GALAX ACHERONIAN

EIN GROßER SCHRITT

Koloniewelten 2119

Bibliografische Information der Deutschen Nationalbibliothek

Die Deutsche Nationalbibliothek verzeichnet diese Publikation in der Deutschen Nationalbibliografie; detaillierte bibliografische Daten sind im Internet über http://dnb.d-nb.de abrufbar.

3. Auflage 2020

© 2019 Galax Acheronian
© Koloniewelten

Covergestaltung und Illustrationen
Galax Acheronian

Lektorat und Korrektorat
Julian Bodenstein

Herstellung und Verlag
TWENTYSIX – der Self-Publishing-Verlag
Eine Kooperation zwischen der Verlagsgruppe Random House
&
BoD – Books on Demand, Norderstedt

ISBN
9783740733797

Ein großer Schritt
- 2119 -

»Damit wir Gottes Willen umsetzen können,
müssen wir zuerst dafür sorgen, dass unser
Wille vom Volk umgesetzt wird,
und zwar so, dass sie glauben, es sei ihr eigener.
Darum geht es letztendlich im Glauben
– den Glauben selbst.«

2116
Jason Drake
Glaubensminister NCP

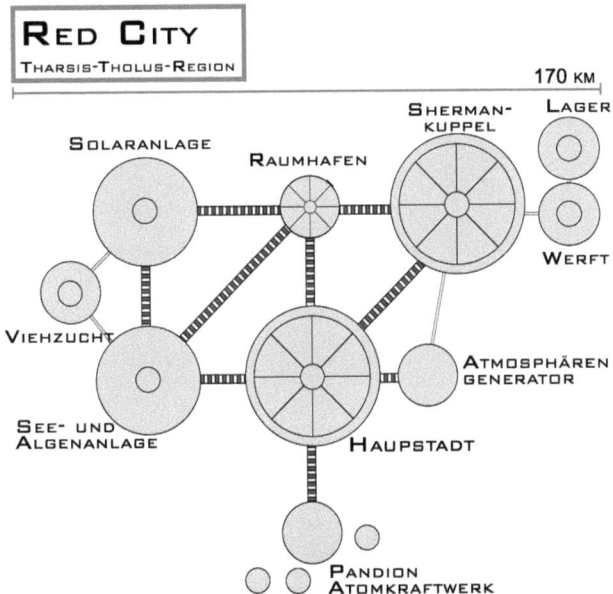

Mars, Red City – 2119 n. Chr.

1

Selbst heute wirkte *Red Citys* Skyline noch immer imposant und beeindruckend. Man sah der Stadt kaum an, dass nahezu alle Bereiche seit fast siebzehn Jahren verlassen waren. Hören konnte man es jedoch. Drückend schwebte eine allgegenwärtige Totenstille über jedem verlassenen Haus und den ebenso verwaisten Straßennetzen. Die gigantische im Luftschleier vernebelte Kuppel, tief im Marsgestein verankert, verhinderte, dass hier im Inneren irgendetwas zerfiel. Fast jedenfalls. Mit der Abwanderung waren damals auch die Bewässerungssysteme für die überall angepflanzten Bäume und die Parkanlagen deaktiviert worden. Die Luft schmeckte mit jedem Jahr chemischer, je mehr vom Grün abstarb.

Die hölzernen Giganten in den Straßen trotzten ihrem langen und trockenen Tod bis zum Letzten. Heute hielten sie mahnenden Geistern gleich ihre knorrigen Äste über staubige Straßen und Gehwege. Einige der Bäume waren ihrem Eigengewicht erlegen und in Häuser oder auf den von Blättern übersäten Asphalt gestürzt.

Dunkelheit erfüllte die Kuppel. Die weit entfernte Sonne sandte ihr fahles Licht mehr schlecht als recht durch die von Rauch und Ruß vergilbten Panzerglasplatten. Tausende kleiner Feuer, die in all den Jahren angezündet worden waren, hatten ihre Spuren hinterlassen. Das gemischte Strahlenspiel von außen ließ nur eine Ahnung von dem erscheinen, was dieser einst ›*größte Schritt in die Zukunft der Menschheit*‹ gewesen war.

Weit im schattigen Inneren glommen zwei blendende Scheinwerfer auf. Sekunden später rauschte sirrend ein dunkles Elektromobil an einem der umgestürzten Bäume vorbei. Hunderte Blätter und Staubkörner folgten, solang der Zugwind sie tragen konnte. Die Limousine war eines der letzten aktiven Fahrzeuge auf dem Mars. Mit dem Zerfall der Infrastruktur wurde auch die Produktion und Wartung der Elektromobile eingestellt. Die an dasselbe Unternehmen gebundene Einschienbahn ›RRW‹ hatte ihre letzte Fahrt vor über einem Jahrzehnt abgeschlossen. Seitdem ruhte der letzte Zug am gläsernen Hauptbahnhof im Zentrum der Stadt.

Knapp zweitausend Menschen lebten hier auf sich allein gestellt als Gefangene inmitten dieser toten Millionenstadt. Überleben konnten sie bisher, weil der ansässige Energiekonzern die notwendigsten Funktionen *Red City*s für sich selbst am Leben erhielt. Somit stand jeder ›Bewohner‹ dieser Stadt unfreiwillig in der Schuld der *Pandion Corporation* .

Marek LeSolda, Sicherheitschef jenes Energiekonzerns, dirigierte die dunkle Limousine um einen weiteren vertrockneten Baum. Sichtlich war er gealtert, seit er damals 2083 diese Stadt erstmals betreten hatte. Er selbst bemerkte es nur an seinen Knien, dem angesetzten Bauch und auch an der leicht verschwommenen Sicht seiner Augen. Der Firmenarzt aber versicherte ihm, dass er für sein Alter bestens in Schuss war und sicher noch einmal siebzig Jahre vor sich hatte. Der Doc riet ihm sogar, sich einige Implantate einsetzen zu lassen, um die Verbrauchsspuren seines Körpers zu kompensieren. LeSolda jedoch war strikt dagegen. Er wollte in Würde altern und seinen Körper, das Gottesgeschenk, auf diese Weise ehren.

Auf der Rückbank der Limousine starrte Devon P. Gibson, der primäre Teilhaber und auch Manager der Pandion Corporation sowie drittwichtigstes Mitglied der NCP, fast schon apathisch aus dem Fenster, die Augen vor Müdigkeit klein, das junge Gesicht von tiefen Sorgenfalten durchzogen. Sein Verstand verdaute noch.

Er schien wie ausgewechselt. Heute lachte er nicht über die verzweifelten Menschen, die *Red City* nach Brauchbarem absuchten, um Jobs bettelten, um sich die wenigen Lebensmittel leisten zu können, die hier noch produziert oder für die Weiterleitung zu den Mondkolonien zwischengelagert wurden. Von den Jupiterstationen hörte man seit Jahren nichts. Wie auch in *Red City* schwieg es auf den Monden und die Kolonien hielten die Erdenmenschen im Unwissen über die Geschehnisse in den Tiefen des Sonnensystems.

Einzig die Versorgungsflüge zeugten noch von ihrer Existenz und waren das letzte Bindeglied zum blauen Planeten, der hier in der Tiefe noch für Abwechslung sorgte. Gibson lachte heute allerdings auch nicht über die stumm auf dem Schirm flimmernden Erdnachrichten, die weiter kaum entfernt sein konnten.

Auf der Heimatwelt war es unverändert. Es gab primitive Unterhaltung für die Unterschicht, kalte und heiße Wirtschaftskriege und Meldungen über die Belange der Reichen und Schönen. Ein anderes für alle Menschen sehr wichtiges Medium waren die sogenannten freien Medien, in denen jedermann seinen Dunst ausgießen konnte –für den Pandionmanager ein steter Zeitvertreib und auch sein liebstes Amüsement.

In der Regel gab es immer irgendwo einige Randartikel in diesen kleinen unabhängigen Onlinezeitungen, die behaupteten, die Regierenden und Unternehmen handelten nur, um sich auf allen Wegen zu bereichern, und schädigten das System, um noch mächtiger und reicher zu werden. Eine Jahrhunderte alte Neuigkeit, die noch nie jemanden interessiert hatte und irgendwie nie zu sterben schien. Gelegentlich griffen auch die von den verschiedenen Parteien kontrollierten Medien diese Themen auf, um einem Konkurrenten zu schaden. Zur Bändigung der Unabhängigen unterhielt eine jede weltliche Partei die Propagandaabteilung, deren Aufgabe es war, die störenden

Stimmen oder Ideen der anderen auffällig laut lächerlich zu machen und somit vor den Augen der Allgemeinheit zu demontieren.
Gibson genoss es täglich aufs Neue, wie gut diese Taktik nach all den Jahrzehnten noch immer funktionierte.

Sicher, es gab Tage, da erschrak er ernsthaft über die Detailfülle, mit der diese gern zu den Verschwörungstheoretikern gestellten Stimmen aufwarteten. Zum Glück aber waren diese unter den echten Spinnern und ihren simplen Gedankenbildern nahezu unsichtbar. Dennoch gab es sie, die Snowdens und Assanges. Vermutlich hatte sogar jedes Unternehmen und jede Partei irgendwo einen selbsternannten Journalisten als Spion eingesetzt, die sich dann wiederum gegenseitig zerfleischten. Auch nur wieder so eine kleine Realsatire, so wie vieles außerhalb seines Zugriffes.

Hier gab es derlei nicht, davon war Gibson überzeugt, denn dafür war die NCP einfach zu klein und unbedeutend. Sollte sich dies allerdings eines Tages einmal ändern und tatsächlich jemand die alltägliche Schmutzwäsche aufwühlen, so würde man diese Person sicher leicht aufspüren, ihr irgendwas anhängen und sie beiseiteschaffen können. Es sei schlicht sein Ding, behauptete er und meinte, er sei geübt in diesen Bereichen. Viel zu gern und zu oft sprach er davon, was er mit solchen selbst ernannten Wahrheitssuchern machen würde.

Marek LeSolda kannte jede Geschichte des Mannes, den er durch diese tote Stadt chauffierte. Wenn Gibson einmal nicht damit prahlte, was er tun könnte, so war der Inhalt seines Monologes, was er getan hatte und wie großartig er doch sei, ausgeschmückt mit allem, was er geschafft und wen er schon besiegt hatte. Zugegeben, einige dieser Geschichten waren wirklich spektakulär, so sehr, dass sie unmöglich alle wahr sein konnten.

Keine dieser Geschichten gab es an diesem Morgen. Devon P. Gibson blieb still, war verständlicherweise geradezu eingeschüchtert. Marek LeSolda war darüber sogar ausgesprochen froh. Der schmierige Mann hinter ihm mochte unermesslich reich, NCP-Vorstand und als Besitzer des letzten Unternehmens inmitten der Reste *Red City*s sein Brötchengeber sein, das änderte alles nichts daran, dass er ein fürchterlicher Mensch war, der seinen Wohlstand, in dem er sich wie eine Made wand, einfach nicht verdiente und gewiss nicht auf legalem Wege erhalten hatte.

Alle in *Red City* waren auf ihn angewiesen, auf sein Geld und seine Gnade. Förmlich besaß Gibson die Stadt in der Flasche, welche Marek LeSolda auf dem Gewissen und so in die Hand der NCP gegeben hatte.

Dass Marek den Familiennamen seiner Frau aus zweiter Ehe angenommen hatte, diente nur dazu, in alle Ewigkeit inkognito zu bleiben. Bis heute gab es Menschen, die den Namen des einen Polizisten kannten, welcher den Anfang vom Ende eingeläutet hatte.

Siebzehn Jahren zuvor war LeSolda nur knapp einem Mordanschlag entgangen, durchgeführt von einem verwirrten Mann namens Oliver Schulz. Dessen Eltern waren bei Sherman angestellt und einige Jahre, nachdem sie wieder auf der Erde waren, wegen unchristlichen Gebärdens verhaftet und verurteilt worden. Der hinterbliebene Sohn war zum Glück bei seinem Attentatsversuch gestorben. LeSolda hatte sich daraufhin in die Vergangenheit des Toten vergraben, um sicherzugehen, dass es zu keinen weiteren Anschlägen kommen würde. Es gab nur noch einen einzigen Verwandten – irgendwo, als Eisklotz auf einem der vor vielen Jahrzehnten gestarteten Raumschiffe ... Lichtjahre von hier entfernt und unwissend über alles, was seitdem hier geschehen war. LeSolda war sogar recht überrascht gewesen, als er erkennen musste, dass er seinem Attentäter als junger Mann schon einmal begegnet war. Trotz allem sorgte sich Marek vor weiteren Übergriffen, die bisher zum Glück nie stattgefunden hatten.

Sein Boss, Devon Gibson, wusste höchstwahrscheinlich von alledem nichts. Er ahnte vermutlich auch nicht, wer ihn dort gerade aus dem alten Observatorium durch die Hauptstadtkuppel zurück in die Pandion-Kuppel brachte. Es interessierte ihn womöglich auch nicht.

»Marek, können Sie mal etwas Energie geben!?«, fuhr er ihn plötzlich an, raubeinig wie eh und je.

»Sir?« LeSolda erwiderte den Blick über den Rückspiegel. Warum diese Eile? Es war noch nicht einmal sechs Uhr morgens. Gibson musste diese Frage in den Augen seines Sicherheitschefs erkannt haben. »Es gibt keinen Grund, sich hier an irgendwelche Geschwindigkeitsbegrenzungen zu halten. Weder gibt es Verkehr noch Polizisten …« Gibson blickte kurz auf die seit Jahrzehnten verlassenen Gebäude. »Oder sonst irgendwas.«

LeSolda erhöhte die Geschwindigkeit. »Ich war mal Polizist, Sir.«

»Wer … «, begann Gibson und machte eine Pause.

»Ich, Sir.«

»Wer!«, wiederholte sein Geldgeber und grinste verständnislos. »... will das wissen?!«

LeSolda nickte schweigend, natürlich wollte ein Devon P. Gibson dergleichen nicht wissen. Dazu war er schon immer zu arrogant und selbstverliebt gewesen.

»All das ist doch jetzt vollkommen bedeutungslos.« Die Stimme des Mannes auf der Rückbank war wieder ruhiger geworden. Mit gehobenem Kopf richtete er seine Krawatte, die er mehr schlecht als recht in der plötzlichen Hektik heute Nacht angelegt hatte. »Noch bedeutungsloser als jemals zuvor«, fügt er leise hinzu.

Wenige Stunden zuvor hatte LeSolda ihn aus dem Schlaf gerissen. Normalerweise würde Gibson ihn dafür standrechtlich erschießen lassen. Normalerweise. Der

Grund, weshalb sein Sicherheitschef und ›Mädchen für alles‹ gegen vier Uhr an seinem Apartment Sturm geklingelt hatte, würde es allerdings sogar rechtfertigen, wenn LeSolda stattdessen durchs Fenster direkt ins Schlafzimmer gestiegen wäre, Gibson nackt wie er war aus dem Bett und den Armen der Hure gezerrt hätte, um ihn anschließend huckepack durch die verlassene Stadt zum alten Observatorium zu schleppen. Dieser Grund, dieser Tag, dieser eine Moment rechtfertigte einfach alles!

»Haben Sie eine Vorstellung, was gerade passiert ist?« Die Frage war offensichtlich rhetorisch. Jeder mit einem halbwegs klaren Verstand musste genauso perplex sein wie er. Als Gibson Stunden zuvor völlig schlaftrunken im Observatorium angekommen war, hatten ihn bereits zwei Pandionmitarbeiter aus dem Forschungsbereich erwartet. Sie waren ähnlich aufgeregt wie LeSolda.

Seit Jahrzehnten war der größte Teil dieser Anlage abgeschaltet und ungenutzt. Die Funkzentrale, einige Labore sowie das ehemalige Sherman-Rechenzentrum waren hier hinten einzig noch besetzt. Die Systeme dienten zur Koordination diverser Transporte und Arbeitsschiffe, die vom Mars zur Erde, den Mondkolonien oder zu den erzhaltigen Asteroiden flogen. Drei Männer überwachten hier rund um die Uhr den Funkverkehr im Sonnensystem.

Das klare Signal, welches die Lotsencrew heute Nacht empfing, stammte jedoch weder von einem Frachter noch von irgendeinem tief im System operierenden Forschungsschiff oder gar einer der Mondkolonien. Nach mehrmaligem Prüfen war man sich eindeutig sicher, dass diese Botschaft ihren Ursprung weit über das Sonnensystem hinaus fand.

Marek dachte über die Frage seines Geldgebers nach. Ja, was war denn eigentlich passiert?
Lichtjahre entfernt hatte jemand oder etwas ein Funksignal ins Sonnensystem geschickt, genauer, direkt auf den Mars.

Es war möglich, dass sich viele Menschen erschraken, fürchteten, einige sich bestimmt freuten. Was die meisten jedoch tun würden, lag auf der Hand. »Ich bin zuversichtlich, dass sich nicht allzu viel verändern wird.«

»Weil?«

»Die meisten Menschen die Echtheit des Signals schlicht anzweifeln würden. So wie all die UFO-Dokumentationen stets lächerlich waren.«

Gibson lachte verächtlich. »Ach? Und wie kommen Sie darauf?«

»Gottvertrauen.«

Nun kratzte sich der Pandionmanager am Kopf und lächelte gar ein wenig mitleidig. »Gottvertrauen? Oder doch eher Menschenvertrauen?«

Wenn Gibson von Menschen sprach, war es nie etwas Gutes. Er gehörte zu den Leuten, die die Menschheit für etwas Dummes hielten, was sicher eine Art wahren Kern trug, aber zu simpel war, es so leicht abzutun. Letztendlich aber gab es eine Kraft, die stärker war als alles, was der Mensch je schaffen konnte und sehr wahrscheinlich würde auch das heutige Signal nichts daran ändern.

»Ich vertraue auf Gott!«, bestärkte LeSolda.

Gibson beugte sich leicht vor. »Soweit ich weiß, lehrt uns die Bibel, dass wir gottgleich sind, ... was uns direkt auf Platz zwei neben den Herrn selbst stellt. Welcher Mensch will sich bitteschön diesen Status nehmen lassen? Sicher keiner von uns. Wie also sollen wir das mit dem, was wir heute erfahren haben, vereinbaren, ohne ihr Vertrauen zu erschüttern?«

»Gar nicht, Sir. Denn dieses Vertrauen enthält eine klare Aussage.«

»Die da wäre?«

Marek schien in seinem Element. »Wenn es Leben auf einem anderen Planten geben würde, hätte Gott uns dies sicherlich mitgeteilt.«

Devon hob leicht belustigt die Augenbrauen. »So? Was, wenn Gott selbst nichts davon wusste?«

»Er ist allwissend.«

»Beschränkt auf das Wissen der Menschen«, konterte Gibson.

»Für eine Führungsperson der NCP sind Sie recht gotteslästerlich.« LeSolda schluckte die Worte ›wieder einmal‹ zusammen mit seinem Ärger herunter. Stattdessen wirkte er ein scharfes »Sir!« heraus.
Nicht zum ersten Mal stellte Gibson die Unfehlbarkeit und Erhabenheit Gottes in Frage, hatte immer wieder die Heilige Schrift mit all den Dingen, welche auf der Erde möglich und geschehen waren, abgeglichen. LeSolda sammelte jeden einzelnen blasphemischen Auswurf seines Vorgesetzten, seit Jahren! Er war sich sicher, sie eines Tages benutzen zu müssen. Devon Gibson war in seiner Selbstdarstellung so sehr von sich überzeugt, dass er sich der beschworenen Gefahr kein Stück bewusst war, in die er sich begab, sobald er Marek LeSolda seine Sicht der Dinge erläuterte.

Gotteslästerlich hallte es in Gibsons Kopf wider und ließ ihn die Augen verdrehen. Er lehnte sich zurück und sah wieder aus dem Fenster. Solche Worte ängstigten ihn nicht, schließlich war er nicht irgendwer. In seinem Umfeld war er es gewohnt, im Zweifel die Menschen zu kaufen oder zu beseitigen, was dazu führte, dass ihm in den letzten zwanzig Jahren niemand mehr gefährlich geworden war. Erst recht brauchte er keinen so treuen Anhänger der eigenen Partei wie Marek LeSolda fürchten. Zumal sie alle im selben Boot, beziehungsweise in derselben Limousine saßen.

»Ach, Marek«, begann er gedehnt. »Haben Sie je herausgefunden, warum wir Menschen die Religionen erfunden haben?« Er lächelte und deutete auf ein paar Männer, die gerade in einem Haufen verbrannter Möbel herumwühlten, obwohl Marek sie gewiss nicht sehen konnte.

»Um diese ganzen Trottel da draußen besser zu kontrollieren. Mit Zuckerbrot und Peitsche.« Er wog mit seinen Händen gegeneinander ab. »Ein Gleichgewicht. Verbieten Sie ihnen auf der einen Seite einfach die grundwichtigsten Elemente der menschlichen Natur. Zum Beispiel Hass, Zorn oder Sex.« Er schüttelte entschieden den Kopf und hob den Finger. »Warum gibt wohl es Fastenzeiten? Na? Ganz einfach.« Er deutete nun auf eine dünne, mit Lumpen überzogene und stark abgemagerte Frau, die regungslos an einem wärmenden Feuer abseits der Straße saß. Grausam kalt waren die Marsnächte und kaum einer der verlassenen Wohnblöcke beheizt. »Essen ist überlebenswichtig und Hunger ist schrecklich! Der Gram darüber hält das Volk beschäftigt. Auf der anderen Seite versprechen wir ihnen einfach das Paradies nach dem Tod und fertig! Die Hoffnung auf dieses Versprechen lässt sie ihr Leid ertragen – und wir haben leichtes Spiel. Es ist das beste System aller Zeiten ... Es funktioniert seit über zwei Jahrtausenden.« Er grinste. »Deshalb bin ich erfolgreich in der NCP. Was nützt schon ein Musikinstrument ohne einen Künstler, der seine Funktion kennt und es zu spielen versteht?«

Marek antwortete nicht, was Gibson auch nicht interessierte. Sein Blick galt seinem PCP, das eine Kopie der empfangenen Daten in seinem Speicher trug. Das Signal war eindeutig außerirdisch, denn nichts und niemand auf der Erde war in der Lage, eine so hochenergetische Welle zu erzeugen. »Nun ja. Wenn ich das hier richtig ausspiele, bringt es mich ganz weit nach vorn.« Er klappte den handlichen Computer zu und seine Gedanken lagen bei den Männern, denen er das soeben Erfahrene recht bald erklären musste. »Oder aber es ruiniert einfach alles. Für alle Zeiten, dann ist unser System ausgelaufen.« Gibson wusste, dass er eine solide Strategie brauchte: locken, verkaufen, handeln.

Ihm fehlte nur der Hinweis, ab welchem Punkt er sich oder der Welt das Genick brach.

LeSolda hatte auf Gibsons Anweisung vor Beginn der Rückfahrt eine Rundnachricht an alle wichtigen Männer der Partei geschickt. Es war abzusehen. Marek konnte nur ahnen, was in Gibson vorging. Zurecht war er aufgewühlt. Schon in der Vergangenheit schien jedes noch so kleine ungeplante Ereignis diesen Mann aus der Bahn zu werfen. LeSolda kannte das Verhalten seines Bosses zu Genüge. Wann immer er einen kleinen Erfolg hatte oder ein solcher in Aussicht stand, wurde er hibbelig wie ein kleines Kind, wobei Gibson diese Unruhe meist mit der schlimmsten aller Sünden befriedigte. Es war grundsätzlich fürchterlich, heute jedoch verständlich.

Seit fast zwei Jahrzehnten standen beide Männer still auf ihren Posten. LeSolda selbst konnte sich nicht einmal mehr daran erinnern, wann er zu Gibsons ›Mädchen für alles‹ geworden war. Zu lang und zu belanglos war es angesichts der tristen und ereignislosen Tage, die sich hier auf dem Mars von einem auf den anderen zu wiederholen schienen. An vielen Tagen, so glaubte LeSolda sogar, waren die um ihr Überleben kämpfenden Menschen da draußen besser dran als er. In einigen Nächten betete er sogar für ein wenig Aufregung. Wie erhört brach nun dieser Tag an, weckte alte Geister und stellte LeSoldas Gedankenwelt sogar auf die Probe – die er auf alle Fälle gewinnen musste.

Durfte sein, was er nun wusste? Wie sollte er damit umgehen? Im Gegensatz zu den meisten Menschen, die gewiss den heutigen Tag als Unsinn abtun würden, kannte er die Wahrheit – oder besser gesagt, die Form einer Wahrheit, wie sie sich ihm entgegenstellte. Wem durfte er davon erzählen? Seine Ehefrau Melanie würde all dieses zweifellos großartig finden. Könnte sie das Positive nähren, seine Furcht vertreiben und ihn stärken wie eh und je? Was aber war mit Christian, dem gemeinsamen Sohn? Dessen ganzes Leben hatte LeSolda ihm von Jesus und Gott erzählt. Jahrelang hatte er gekämpft, um die Fragen und Zweifel in dem Jungen zu besiegen. Nach Christians Kommunion vor drei Jahren war dieser endlich ein guter Christ geworden. Musste LeSolda ihm nun etwa erklären, dass all das doch nicht so ganz stimmte? Undenkbar!

Er dirigierte die schwarze Limousine um ein altes liegengebliebenes Polizeiauto. Schon seltsam, es sah aus, als würde es nur parken. Das letzte Mal als er einen aktiven Dienstwagen des *Red City* Police Department gesehen hatte, hatten zwei Beamte seinen damals vierzehnjährigen Sohn nach Hause gebracht. Er hatte Verletzungen wie von einer Schlägerei im Gesicht und am ganzen Körper. Angeblich sollte Christian mit einem etwa gleichaltrigen Jugendlichen ein leeres Apartment verwüstet und angezündet haben. Hausbesetzer hätten die beiden dabei ertappt und es kam zu einer gewalttätigen Auseinandersetzung. Eine zufällig vorbeikommende Polizeistreife musste einschreiten und nahm alle Beteiligten fest. Christian ging nur deshalb nicht ins Gefängnis, weil er Marek Zintoks Sohn war.

An der Haustür hatte LeSolda die Vermutung angestellt, die Polizisten wären für die Verletzungen verantwortlich, was beide Beamte sofort abstritten. Christian bestätigte, dass die beiden Männer ihn und seinen Freund vor den Hausbesetzern gerettet hatten. LeSolda war jedoch sicher, dass in diesem Apartment weit mehr geschehen war, als die Polizisten oder sein Sohn zugaben, schon allein, weil er keinen Rauch an Christians Kleidung riechen konnte. Nachgefragt hatte er nicht, er kannte die beiden Beamten auch nicht, um ihre Autorität und Funktion derart in Frage zu stellen. Diese hingegen schienen aber ganz genau zu wissen, wer er war.

Von diesem Tag an wurde Christian ruhiger, blieb im Inneren dennoch der kleine Rebell, welcher sich schon als Kind mit vielen Regeln Gottes schwergetan hatte. Es hatte schon zu seiner Geburt begonnen. Das erste Gebet war offenkundig ein Schrei, da Babys noch nicht sprechen konnten. Christian war damals vollkommen still auf die Welt gekommen. Er hatte geatmet und gequengelt, ... doch er hatte einfach nicht geschrien. Melanie hatte dies nicht so schwergenommen wie ihr Ehemann. Dank ihr war es in der Familie auch nicht so streng wie zu LeSoldas Kindheit, was bis heute so geblieben war.

Vor etwa einem Jahr hatte er seinem Sohn eine Stelle bei Pandion besorgt, wo Christian in derselben Position wie sein Vater vor über dreißig Jahren als Sicherheitskraft tätig war. Dort sollte er Verantwortung und Pflichtbewusstsein erlernen. Es war wahrscheinlich die beste Art und Weise, den in ihm gediehenen Widerstand endgültig zu brechen. LeSoldas Hoffnung, dass sein Sohn eines Tages ein loyaler und vernünftiger Christ werden würde, bröckelte heute allerdings mehr denn je. Mit einem kurzen Blick fixierte er den Mann hinter sich. Mit dem Wissen von dem heutigen Ereignis bestand die Gefahr, dass Christian ebenso gottlos werden würde wie der Mann hinter ihm.

2

Die Fensterwand hinter Devon P. Gibson zeigte den Marshimmel in seinem tristen Blassbraun. Die weit am Horizont aufgehende Sonne war nicht mehr als ein kleiner blasser Fleck, der von leichtem Blau umgeben war.

»Meine Herren, werte Kollegen und Minister!«, begann er und lehnte sich an einen für seine Position eher armseligen Schreibtisch. Es war ein Standardbau aus irgendeinem einfachen Bürofachhaus, vermutlich lange vor Gibsons Zeit hier installiert. Vor dem Schreibtisch, zwei Stufen in der Tiefe, erstreckte sich das weite dunkle Büro. An der dunklen Decke, im Zentrum des halbrunden Büros, befand sich ein blau beleuchtetes Aquarium, das Licht und Faszination gleichermaßen spendete. Der Dampf mehrerer Kaffeetassen spielte feine Bilder in der wabernden Beleuchtung des Oberlichtes, unter dem in Omegaform ein Tisch aus schwarzem Glas sowie acht ungehörig bequeme Ledersessel standen.

Ungeachtet der Morgenstunde war das Gremium, bestehend aus Partei- wie Firmenvorstand, umgehend und geschlossen erschienen. Sie alle wussten nur, dass es dringend war, was Gibson zu sagen hatte, und dass nichts davon über eine elektronische Leitung laufen durfte. Allein diese Einstufung ließ jeden einzelnen der Männer verschiedenen Alters in diesem Augenblick schweigen.

Der Pandionmanager suchte einen kurzen Kontakt mit jedem der acht teils müden, teils grantigen Augenpaare, die auf ihn gerichtet waren. Dann räusperte er sich und aktivierte einen holografischen Schirm direkt vor seinem Schreibtisch. »Etwas äußerst Unerwartetes ist heute Nacht geschehen.« Ein ungeduldiges Seufzen erklang aus der Mitte des Rundtisches, ausgestoßen von William Carter, Parteivorsitzender und direkter Stellvertreter Gibsons. Hätte es nicht die Regel gegeben, dass Manager der Parteifirma und Parteivorsitzender nicht dieselbe Person stellen durfte, so hätte jetzt Gibson dort unter den Fischen gesessen und geseufzt, während an seiner Stelle Carter auf den projizierten Schirm deutete.

Gibson bediente sein PCP und ließ den ersten Teil seiner noch im Dienstwagen zusammengestellten Präsentation ablaufen. Vor dem Gremium schwebte nun das Bild eines Raumschiffs der *Modulklasse*, umringt von Hunderten von Menschen. Im Hintergrund der Fotografie waren Luftballons aufgehangen, zusammen mit einem Transparent, das die Aufschrift ›Ein kleiner Schritt‹ zeigte. Dahinter erhob sich die damalige Sherman-Zentrale in Form einer kleinen Koloniekuppel. Für jeden erkenntlich war dieses Bild vor sehr langer Zeit hier in *Red City* aufgenommen worden. Das Hauptaugenmerk der acht Männer lag auf dem noch nicht gestarteten Raumschiff in einer untypischen Zusammenstellung, die es deutlich länger als die üblichen

Fracht- oder Forschungsschiffe machte. Acht Module, das absolute Maximum, befanden sich zwischen Kommando und Antriebssektion, wobei nur zwei von ihnen die allseits bekannten Lagermodule waren. Am Rand des Bildes befand sich eine Markierung, die das Bild als ›geheim‹ klassifiziert. Gibson trat durch das Hologramm, um zu prüfen, ob er alle Aufmerksamkeit hatte, dann wandte er sich der Darstellung hinter sich zu. »Vor neunundfünfzig Jahren starteten einige Schiffe in dieser Zusammensetzung … «

Ein abfälliges Lachen erklang und unterbrach seine Einführung. »Oh bitte, das ist doch nicht Ihr Ernst!« Gibson sah sich um und räusperte sich. »Seien Sie gewiss, dass dieses Foto echt ist, Mr. Dorna.« Seine Stimme schwang kalt wie geschärfter Stahl in die Richtung des Vertreters für Wirtschaftsinteressen seiner Partei. Dessen Aufgabe war es einzig, Pandions Geld an den Steuerfahndern der Erde vorbeizuschleusen und es irgendwo dort zu mehren, wo es einen innerlichen Nutzen hatte. Dorna hob nur seine Hände und deutete auf die Holographie. »Sie lassen uns alle hier zu dieser unchristlichen Zeit aufmarschieren, um uns diesen Schwachsinn zu zeigen?« Dorna stand auf und setzte an, den Tisch zu verlassen. Ein plötzlicher Knall fuhr durch den Raum. »Setzen Sie sich!«, bellte Carter, der soeben seine Handfläche kraftvoll auf die tiefschwarze Glasplatte niedergeschlagen hatte. »Diese Kolonialversuche sind echt. Ich war dabei«, fügte er etwas leiser hinzu. Er warf einem etwas jüngeren Mann einen kurzen Blick zu. »Aber schön zu sehen, dass Mr. Kilans Abteilung so gut arbeitet, dass diese sogar uns erfasst.«
Nun erklang bei einigen dieser erlesenen Runde leichtes Gelächter. Dorna wagte kein Widerwort und setzte sich geräuschvoll, ließ es sich dabei aber nicht nehmen, von Zeitverschwendung und Blasphemie zu murmeln.

Mit einem giftigen Lächeln änderte Gibson das Bild. »Ich habe noch gar nicht begonnen, unser aller Weltbild zu zerrütten.« Er deutete auf ein kurzes Computerkommunikationslog. »Eines dieser Schiffe hat sich nämlich vor wenigen Stunden zurückgemeldet. Die Botschaft war simpel: ›Wir sind angekommen.‹« Er verschränkte die Arme und war erstaunt, wie selbstsicher er dies überbringen konnte.

Es schien ein Messer zwischen den Rippen der NCP und würde die Glaubwürdigkeit der Partei ins unermessliche Tief reißen. Er selbst hatte in seiner Jugend auf der Erde zu den Menschen gehört, welche die Geschichten um die Versuche, fremde Welten zu kolonisieren, für Unsinn gehalten hatten. Es war schließlich nur ein technisch unmöglicher Wunschtraum der Raumfahrtbehörde und eine armselige Propaganda der ehemaligen Sherman-Stiftung, die damit ihren Marktwert und den Einfluss der Demokraten zu steigern versuchte. Seit Gibson aber hier auf dem Mars die Firma leitete und Pandion durch den Aufkauf der Stiftung nicht nur Räumlichkeiten, sondern auch Datenträger, Schiffe und Werftanlagen erhalten hatte, wusste er, wie real dies alles gewesen war.

Dennoch war es dank langjähriger Arbeit vergessen worden und heute sprach kaum noch jemand über diesen kläglichen Versuch, ein neues Zeitalter einzuläuten. Es waren damals vor allem die Konservativen gewesen, die sich von derlei ›Unsinn‹ in ihrem Dasein gestört gefühlt hatten. Diese bestanden aus dem einfachen, braven Bürgertum, das kommentarlos seine Steuern zahlte, dem Beruf nachging, ›Fremd‹ wie ›Neu‹ nicht duldete und die richtigen Produkte kaufte, um ihre Wahlstimmen festzulegen.

Hin und wieder echauffierte es sich in den gängigen Medien, auf den Straßen oder in der Politik *(welche ihnen eine dankbare Bühne bot)* darüber, dass ›andere‹ anders waren als sie selbst, beziehungsweise darüber, dass diese ›Anderen‹ einfach nicht die von ihnen so demütig angenommene Lebensart verfolgten, ob nun im Familienbild,

den Bildungsinteressen, Religionen oder der Tatsache, dass sie die Erde nicht als Paradies wahrnahmen. Sie galten als die perfekten Wähler.
Diesen die Perspektive zu geben, dass das Lebensziel die Erde, Gott, die Kirche und natürlich die Erlösung nach dem Tod seien, nicht aber das Weltall, hatte der Partei bereits vor dreißig Jahren den ersten Aufschwung gegeben.
Seinerzeit hatte sie zusammen mit anderen ähnlich fungierenden Bewegungen recht wirkungslos gegen den ›frevelhaften‹ Vorstoß der Menschheit in die Unendlichkeit des Weltalls gepredigt und protestiert.

Die Erde war das absolute Geschenk Gottes, sie zu verlassen nur eine Beleidigung an den Schöpfer selbst, die unter keinen Umständen geduldet wurde. In fast allen Staaten war inzwischen Gotteslästerung von Gesetzes wegen strikt verboten und legitimierte jeden Protest und jede Klage gegen Sherman, welche allerdings restlos abgeschmettert wurden. Dann aber, vor vierunddreißig Jahren, hatte die unermüdliche Bewegung mit der Zerstörung des zweiten Kolonialversuches die erhoffte Bestätigungerhalten. Gott wollte, dass die Menschen auf seiner für sie geschaffenen Erde blieben!

Allein deshalb hatte sich der Vorstand 2107 dazu entschlossen, die Daten, welche die Realität des Kolonisierungsprojektes zweifelsfrei beweisen würden, bis auf Weiteres unter Verschluss zu halten. Heutzutage war Geschichtsfälschung so einfach wie nie zuvor in der weiten Welt medialer Informationsverbreitung. Da absolut authentisch wirkende Film- und Fotoaufnahmen inzwischen von jedermann kinderleicht zu fälschen waren, durften einzig Bilder und Texte dienstlich ausgewiesener Journalisten als ›wahr‹ in die Geschichtsschreibung aufgenommen werden; ein Umstand, der der NCP zugutegekommen war, als sie die Stiftung übernommen hatte. Wer sich heutzutage über die Sherman-Stiftung informieren wollte, würde nur erfahren, dass der Versuch der Menschheit, fremde Welten zu bevölkern, im Jahre des Herrn 2085 am Jupiter ihr dramatisches Ende gefunden hatte. Andere Daten, so erklärte man, waren nicht gefunden worden. Selbst die Stationen auf den Monden um den Gasriesen konnten nichts Gegenteiliges behaupten. Sie durften und konnten auch nicht, da jede Kommunikation zwischen den Kolonien und der Erde über *Red City* lief.

Diese und andere Dinge waren immens wichtig, denn wie hätte es auch ausgesehen, wenn die Partei hätte zugeben müssen, sich komplett geirrt zu haben? Nicht dieser Tage, nicht in ihrer Position. Es war schon eine gewisse Ironie, dass der auf dem Mars gegründete und weit von der Erde befindliche Energiekonzern Pandion mit seinem Marktstand eine einst so unbedeutende Partei nach nur zehn Jahren in eine Position gebracht hatte, in der sie sogar an den Debatten der Regierenden auf der Erde teilhaben durfte.

Dies übertrumpfte einzig noch die Übernahme der bankrotten Sherman-Stiftung, was aufgrund der irdischen Immobilien den Marktwert Pandions über Nacht verdreifacht hatte. Somit nahm die NCP seit beinahe zwanzig Jahren mit stabilen sechs Prozent direkten Einfluss auf die Weltpolitik. Trotz des Verfalls der Marskolonie schrieb Pandion mit dieser schwarze Zahlen. Die Ursache darin fand sich offenkundig im Monopol auf Atomenergie. Seit auf der Erde nach Grundlage des ›38er Beschlusses‹ im Jahre 2078 der letzte Atommeiler für immer abgeschaltet worden war, produzierte der Konzern hier auf dem Mars ohne umwelttechnische Gefahren Energie für einen Großteil der Menschheit. Monatlich flogen mehrere übernommene Schiffe der *Modulklasse* mit gigantischen Energiespeichern beladen vom Mars zur Erde, wobei für Pandion keine weiteren Kosten anfielen, denn bis zu ihrem letzten Atemzug nur Wochen vor der Übernahme hatten die Sherman-Werften ihren Betrieb aufrechterhalten und jeden Transportauftrag angenommen, den sie an Land ziehen konnten, weit über die Versorgung der Mondkolonien hinaus; einmal um das eigene Ende hinauszuzögern und auf der anderen Seite den Menschen in *Red City* die Gelegenheit zu geben, ihre Rückkehr zur Erde zu finanzieren.

Aberhunderte von einsatzbereiten Schiffsmodulen standen teils seit fünfzig Jahren ungenutzt in den Lagerkuppeln. Sie dienten gelegentlich als Ersatzteillieferanten oder für einmalige Unternehmungen, wie die Erforschung der Sonne oder anderer Raumkörper durch die NASA, und natürlich für den Güteraustausch auf den Jupitermonden, welche Pandion anstelle von Sherman übernommen hatte, beziehungsweise wozu sie vertraglich verdonnert worden waren.

Dass die meisten Schiffe bis heute nie den Marsboden verlassen hatten, war für die meisten Menschen ein weiteres Indiz, dass die Kolonisierung niemals stattgefunden hatte.

Dem stand nun dieses Signal entgegen.

»Überraschend, nicht wahr?«, kommentierte Gibson das Foto mit spitzer Zunge. Er besaß die Frechheit, die Grundfesten der eigenen Partei hier mit einem Lachen zu erschüttern. Schon jetzt wünschten sich einige in den Reihen des Gremiums gewiss einen Scheiterhaufen herbei. Wenn jemand von der ›National Christian Party‹ etwas nicht tolerierte *(und sie tolerierten nie besonders viel)*, dann war es das Widerlegen ihrer Meinungen durch Beweise.

Die Männer verschiedenen Alters jedoch schwiegen. Ihre Blicke verfinsterten sich. Gibson war so klug, seine Ansprache hier vorzutragen, als geheim eingestuft und mit allen Vorsichtsmaßnahmen. Nichts destotrotz war es nun wohl eine unliebsame Tatsache: Irgendwo da draußen gab es einen Planeten, der von Menschen besiedelt war, eine fremde Welt, die nicht in das christliche Bild der NCP passte und auch nicht passen durfte.

»Unangenehm, ja«, begann Carter. »Aber keine Katastrophe. Behalten wir auch das für uns, so wie den Rest.«

Gibson nickte leicht. »Es ist etwas anderes, etwas Lächerliches zu diffamieren, als ein Signal, das womöglich auch auf der Erde gehört wurde.«

Das Gremium warf sich verschiedene Blicke zu. Glaubwürdigkeit und Bestand der Partei standen womöglich wirklich auf dem Spiel, wenn dieser geglückte Vorstoß ins All bekannt wurde und somit die Fundamente der Partei als global-christliche Vereinigung ins Wanken brachte. Seit die hier versammelten Männer in den irdischen Regierungen Fuß gefasst hatten, gab es viele neue Anhänger, alte wie junge, die damals noch nicht geboren waren und den Predigten der Partei und Kirchen bedingungslos glaubten.

Einer von ihnen war der hier anwesende Robert Rivulet, Leiter der Abteilung Kultur und Bildung - wobei es in seinem Aufgabenbereich stand, beides irgendwie im Keim zu ersticken. Bildung wie auch Kultur hatten sich in den letzten zweihundert Jahren stets gegen die kirchlichen Lehren aufgelehnt. Darüber war man sich sogar in anderen Religionen einig. Für ihn musste Gibsons Ausführung gar markerschütternd sein, war doch alles, was die Partei damals groß gemacht hatte, gerade als eine offenkundige Lüge zusammengebrochen.

»Das ist interessant«, brachte er angesichts des eben Gehörten recht trocken heraus. Langsam beugte er sich vor und faltete die Hände. »Devon. Legen Sie uns tatsächlich gerade den Beweis vor, dass eine der meistdiskutierten Verschwörungstheorien in Wahrheit den Tatsachen entspricht? Und wollen Sie allen Ernstes sagen, dass wir es womöglich nicht eindämmen können?«

Gibson nickte. »Allerdings. Das und mehr ... « Er öffnete eine weitere Datei, die nun ein Sonnensystem darstellte, welches bereits vor mehr als siebzig Jahren durch die Ferndiagnosesysteme der Sherman-Stiftung kartografiert worden war. »Hier sind sie gelandet, im Chrysadorsystem, nicht ganz neununddreißig Lichtjahre entfernt und seit einigen Tagen von gottlosen Menschen in Besitz genommen. Allerdings nur zum Teil ... «

»Verdammt! Und das kurz vor der Auszählung ...«, unterbrach der Propagandaminister Marvin Kilan mit seiner energischen Stimme. Ihm wurde gerade bewusst, dass seine Aufgabe nun um ein Vielfaches erschwert wurde.

»Das wird gewaltigen Ärger geben.« Dieser Vorfall erinnerte ihn ein wenig an die historische Entdeckung Amerikas vor mehr als sechshundert Jahren. Auch dieser Kontinent war in der damaligen Version des christlichen Glaubens nicht vorgesehen gewesen und hatte für sehr viel Streit und Zerrissenheit gesorgt. Chrysador konnte ein zweites Amerika werden, nur weit schlimmer, da jeder hier wusste, dass eines von Shermans Auswahlkriterien jenes gewesen war, dass alle Kolonisten atheistisch sein mussten. Es lag im großen Interesse der Stiftung, die Menschheit zu verbreiten und nicht den Glauben, der sie ausmachte.

»Wieso eigentlich?« Hilian Trupida, ein durchschnittlicher älterer Mann, seines Zeichens erfahrener sowie findiger Anwalt und Leiter der Pandion Rechtsabteilung, klopfte mit seinen Fingern auf die polierte Tischplatte. »Wieso Ärger? Wir könnten das doch einfach benutzen.« Er sah sich in den eigenen Reihen um. »Die NCP klärt auf ... Dies hier ist im Grunde eine Sensation, die wir lenken können, negativ wie positiv. Der Ausgang der Auszählung selbst wird weniger den Interessenbereich abdecken ... Wir könnten den Fokus auf uns lenken.«

»Weniger?« Dorna sah ihn mit funkelnden Augen an.

»Die Auszählung ist wichtig! Wir stehen an einem Scheidepunkt ... Unser Einfluss wächst, wir könnten dieses Jahr vielleicht sogar ins europäische Parlament kommen!«

Trupida winkte ab. »Niemals!« Er lachte verhohlen und sah sich in die andere Richtung um. »Seien wir doch mal ehrlich zu uns selbst: Weniger als sieben Prozent der Amerikaner stehen zu uns.« Er hob mahnend den Finger. »Und ich meine damit diese arroganten, geistig stumpfen, viel zu fetten und jeden Schwachsinn schluckenden Vollidioten, welche eher ans Ende der Welt, Santa Claus und ihre eigenen Unfehlbarkeit glauben als an die Rotation der Erde um die Sonne.« Er grinste, da er wusste, dass alle, die hier saßen, ebenfalls Amerikaner waren und sicher nicht so dachten wie er. »… Von diesen beschissenen Europäern ganz zu schweigen! Die glauben noch nicht mal an Gott.« Nun hatte er wieder die Stimmen auf seiner Seite. Wie auch Gibson wusste Trupida Zuckerbrot und Peitsche wie eine Teufelsharfe auszuspielen. »Unsere derzeitige Position verdanken wir einzig diesem Unternehmen. Wollen wir mehr Stimmen, müssen wir uns für den Markt interessanter machen.«

Unterstützung fand Trupida überraschend bei Rivulet. »Ganz genau! Nutzen wir es! Exklusive Fernsehshows, marktwirtschaftlicher Einfluss durch Merchandising. Mehr Marktanteile, mehr Stimmen. Wieso sollte das unsere Chancen denn gerade verschlechtern? Gerade Aufgeschlossenheit kommt bei Europäern besonders gut an.«

Jack Dorna ließ nun seinen verdrossenen Blick ein wenig erhellen. »In Ordnung. Nehmen wir einmal an, all das könnte eine Chance für Europa sein. Aber was erzählen wir? Was wissen wir? Wer sind die? Was glauben sie? Und ist es mit der Bibel vereinbar?«

»Wie gesagt, es sind Gottlose«, wiederholte Gibson und erhielt zustimmendes Nicken. »Das war eine der Regeln.«
Dorna schüttelte nur seinen Kopf. »Das sind die Europäer auch. Wir sollten dies alles hier nur sehr vorsichtig behandeln. Wenigstens solange, bis wir eine zu uns passende Strategie entworfen haben.« Er zuckte mit den Schultern. »Wenigstens bis nach der Auszählung. Ein spontaner Kurswechsel hat bisweilen niemanden überzeugt.«

Gibson räusperte sich nun sogar ein wenig vornehm. »Ich freue mich ehrlich, dass Sie alle so rege diskutieren, doch dieses Signal ein ganzes Jahr lang geheimzuhalten wird wohl schwer möglich sein.«
Trupida zog seine Stirn in Falten. »Warum nicht? Noch weiß niemand davon … und unsere Antwort dorthin wird schließlich auch Jahrzehnte dauern, wenn mich meine Schulbildung nun nicht im Stich lässt.«
Gibson schüttelte leicht aber anerkennend den Kopf. »Keinesfalls, Mr. Trupida.« Er begab sich in einen festeren Stand. »Und ich muss Ihnen allen sagen, dass ich erleichtert bin, dass Sie alle diese erste Mitteilung meinerseits so leicht aufgenommen haben.« Er warf Marek LeSolda einen Blick zu und erinnerte sich mit etwas Unbehagen an das Verhalten seines nächsten Vertrauten, als dieser ihm auf dem Weg ins Observatorium die Situation zu schildern versucht hatte. LeSolda war anfangs außer sich gewesen vor Aufregung und Angst, da er selbst nicht wusste, wie er in Worte fassen sollte, wovon er zu berichten versuchte. Gefasst hatte er sich, nachdem er einige Stunden mit sich und seinen Gedanken allein gewesen war.

»Denn wie ich gerade sagen wollte«, setzte Gibson fort, »haben wir heute noch sehr viel mehr erfahren.« Wieder nahm er sein PCP zur Hand.
Erneut knallte die Handfläche William Carters auf den Tisch. »Nun komm doch Mal auf den Punkt, Junge!«, rief der deutlich ältere Parteichef dazwischen. Seine Stimme wirkte fremdartig. Im Normalfall hatte sie irgendwas Hypnotisches, etwas, das er sich über die Jahre antrainiert hatte. In dieser Runde aber verzichtete er darauf. Sie war rau und ungehalten und brachte jeden am Tisch dazu, den Atem anzuhalten.
Gibson nickte, nahm die Maßregelung an und holte ein wenig Luft. Er wusste, dass es nicht einfach war, was nun kommen musste. »Okay, … nun, die Kolonisten dort haben Kontakt mit … nun ... einer außerirdischen Intelligenz.«

Gibson schluckte hart und sah auf das an der Decke hängende Aquarium.

Carter klappte der Mund auf. Seine Hand blieb ruhig auf dem Tisch liegen. Einigen wenigen stürzte jede verbliebene Fassung aus dem Gesicht. Die geschlossene Versammlung wurde von einer totengleichen Stille in den Würgegriff genommen, die selbst der Parteivorsitzende in Jahren nicht hätte hervorrufen können. Es schien, als hätte jeder den Atem angehalten und hoffte, dass das eben Gehörte von allein verschwinden würde, wenn es merkte, dass es hier nicht willkommen war.

Eine gefühlte Ewigkeit lang starrten mehrere Augen den Pandionmanager an, bis Pearl Pirok, stellvertretender Vorsitzender der NCP und Besitzer von fast einem Drittel des Unternehmens, leise zu kichern begann. Pirok war sich gerade sehr sicher, dass dies alles irgendein bekloppter Scherz war, um irgendjemanden ins Bockshorn zu jagen. Womöglich hatte er den Geburtstag eines Mitgliedes vergessen. Würden gleich ein Dutzend Huren dazukommen? Er kicherte, jedoch nichts geschah, weder ein Applaus noch gab es Huren. Als auch sonst niemand lachte, erstickte er sein Gekicher. Stattdessen räusperte er sich. »Könnten Sie das wiederholen?«
Gibson verzog den Mund. »Die Kolonisten haben in Chrysador eine außerirdische Zivilisation angetroffen.«

Nun sprang der Glaubensminister Jason Drake von seinem Platz auf. Wie mit einem Schwert stach sein Finger in Gibsons Richtung. Erst wortlos, dann stotternd brachen die ersten Beschimpfungen heraus. Mit wutverzerrter Fratze bezeichnet er Gibson als einen ›bescheuerten Kasper‹ und ›einen armseligen Verschwörungstheoretiker‹.

Seinem Beispiel folgten andere Mitglieder der kleinen Gruppe, die ebenfalls den Geisteszustand Gibsons lautstark in Frage stellten. Marvin Kilan nutzte seine alles übertönende Stimme, um klarzustellen, dass es schlicht keine Außerirdischen gab, wobei er mit der Faust auf die dunkle Glasplatte donnerte.

Gibson ließ die Schultern sinken und wechselte einen langen Blick mit seinem Sicherheitschef, der weniger nicht erwartet hatte. LeSolda war weit weniger aufgewühlt, hatte auf dem Hinweg noch in den Raum gestellt, dass die Meldung möglicherweise missverstanden worden war und sehr viel später alles heruntergespielt und auf Gott vertraut. Gibson hoffte, dass die Männer hier ähnlich agieren würden. Inzwischen hatte sich sogar Carter erhoben und rief gegen die anderen an, dass noch gar nichts bewiesen sei. Gibson behielt seine innere Ruhe, seufzte und versuchte einen vorsichtigen Vorstoß. »Meine Herren, bitte!« Das verächtliche Gezeter am Tisch wurde stattdessen lauter, ebenso die Verwünschungen und die Bibelzitate. Gibsons Blick ruhte auf Rivulet, Spacal und Trupida, die weder aufgestanden waren noch sich an den Hasstiraden beteiligten.

Trupida, der sehr langsam seinen Kopf schüttelte, schien das Verhalten seiner Parteikollegen sogar recht peinlich zu sein. Nach weiteren Momenten der Lobpreisung Gottes wusste sich Gibson nicht mehr anders zu helfen und erhob seine Stimme zu einem Brüllen. »Beruhigt euch, verdammt nochmal!«
Die Stimmen ebbten augenblicklich ab. Als Gibson sich der Aufmerksamkeit gewiss war, sah er wieder auf die hinter ihm schwebende Darstellung. Weiterhin mit lauter Stimme setze er fort: »Es ist passiert! Pech! Auf der anderen Seite haben wir das Glück, als Erste davon zu wissen!«

»Genug!«, fuhr ihn Dorna an. »Ein fremder Planet, Kolonieschiffe und Außerirdische? Wem wollen Sie diesen Scheißdreck verkaufen? Haben Sie uns allen Ernstes für diesen Schwachsinn herkommen lassen?«

Trupida zuckte mit den Schultern. »Jack! Früher oder später musste es doch so kommen.«

»Was?«, fuhr Dorna ihn an.

»Na, dass wir da draußen etwas finden.«

»Unfug!«, war die wie ausgespuckte Antwort. Dorna funkelte Trupida finster an. Der Pandionanwalt fühlte sich zu Unrecht angefahren. »Wir wussten es immer … irgendwo. Seit Jahrhunderten.«

»Nichts wussten wir!«, war die schrille Antwort, gefolgt von einem Faustschlag auf dem Tisch. Der Propagandaminister Kilan stimmte mit ein. »Ganz genau! Es gibt nur eines, das wir wissen sollten!«
Trupida sah ihn leicht amüsiert an. »Was da wäre?«

»Dass da draußen nichts ist! Gott hat die Erde erschaffen! Für uns! Nach seinem Ebenbild! Alles andere ist Blasphemie! Blödsinn für arme Spinner!«

»Billige Hollywoodunterhaltung!«, fügte Drake hinzu. Dorna nickte beiden entschlossen zu. »Und so soll es sein! Ich danke Ihnen.«

»Gern«, erwiderte Kilan und setzte sich wieder.

»Ich lass mir jedenfalls nicht von so einem Blödsinn die Stellung nehmen, die wir verdienen«, erklärte Drake entschlossen, wobei er wieder mit seinem Finger auf der Tischplatte umhertippte. Zustimmendes Gemurmel stärkte seine Position.

»Dass wir diese lächerliche Erforschung des Weltraums erdrosselt haben ist ein Segen für alle gottesfürchtigen Menschen«, setzte Dorna nach und ließ sich ebenfalls wieder auf seinen Platz nieder. Trupida grinste etwas breiter, während er zwischen den drei Männern hin- und herblickte: »Wieso? Haben Sie etwa Angst, dass sich Ihr ach so gemeines Wissen als Wunschdenken herausstellt?« Dorna sprang erneut auf. »Wie können Sie es wagen? Sie elender Ketzer!«

Der aggressive Schlagabtausch spaltete das Gremium in verschiedene Lager, die mal zustimmten, mal Einwände erhoben. Die nächsten Bibelzitate wurden gedroschen, um die Argumente gegen die verfahrene Situation zu stärken.

»Meine Herren!« Gibson erhob erneut seine Stimme. »Können wir uns jetzt endlich mal auf das konzentrieren, weshalb ich Sie habe kommen lassen?!« Er aktivierte eine Voreinstellung seines PCPs und ließ die Darstellung auf dem Hologramm wechseln. Nun zeigte es eine komplexe Blaupause mit mehreren technischen Details, die offenkundig das Wissen und Verständnis aller hier Anwesenden bei Weitem übertraf. Gibson deutete auf das Bild. »Wir sind nämlich seit heute Nacht in Besitz einer Blaupause für ein Stück außerirdischer Technologie!«

Die ersten Stimmen stellten sich ein, wurden getauscht mit fragenden Blicken. Hatten die anderen auch gehört, was Gibson gerade gesagt hatte?

»Einer Technologie, die sehr viel weiter fortgeschritten ist, als alles, was wir haben«, fügte der Pandionmanager mit Nachdruck hinzu.

Die letzten wütenden Augenpaare richteten sich nun mit deutlicher Überraschung auf das Hologramm. Keiner verstand, was dort abgebildet war. Selbst Mario Spacal, Technischer Leiter und nun Opfer weiterer fragender Blicke, konnte nicht das Geringste erkennen.

Das Schweigen im Raum wurde zu einem unerträglichen Drücken und man konnte förmlich die Gedanken riechen, die jedem durch den Kopf gingen; eine außerirdische Hochtechnologie, die alles in den Schatten stellte, was auf der Erde jemals existiert hatte. Die Skepsis und auch die Ablehnung verschwand, wurde ersetzt durch allzu menschliche Gier.

Gibson beobachtete Dorna, wie dieser an seinem Finger kaute. Oder Trupida, der seinen Hals bedächtig kratzte. Besonders lächerlich wirkte Pearl Pirok, der sich schon fast krampfhaft an der Tischkante festhielt, um nicht vom Stuhl zu fallen. Jeder starrte auf die fremdartige schematische Darstellung, bis schließlich erneut der Jüngste unter ihnen das Wort ergriff. »Und was sehen wir da?«

Gibson zuckte mit den Schultern. »Laut der Botschaft, die uns erreichte, ist das eine Art Kommunikationsanlage. Unsere technische Abteilung arbeitet bereits daran, daraus schlau zu werden.«

»Kommunikation?«

Gibson nickte. »Um unsere erwartete Antwort zu senden. Dieses Ding ist irgendein Hochenergiegerät, das eine verkrümmte Trägerwelle erzeugt oder nutzt oder was auch immer. Hängt wohl nicht mit unserer Raumzeit zusammen … Ich habe keine Ahnung … «

Mario Spacal, als einziger mit einem Verständnis für Technik, räusperte sich. »Mit Verlaub, Devon, was Sie da erzählen, ist physikalischer Schwachsinn.«

Gibson zog die Stirn kraus und sah kurz auf sein PCP. »Nun, die Nachricht, die ich erhalten habe, ist genau zwölf Tage alt …«

»Tage?«, fragte Spacal etwas verunsichert nach.

Gibson nickte. »So sagte man es mir.«

Spacal lehnte sich zurück und atmete kräftig aus.

»Und was wollen Sie uns damit sagen?«, fragte Dorna mit einem leicht säuerlichen Unterton.

»Lichtjahre! Sie Hornochse!«, fuhr Spacal ihn an. »Licht allein benötigt Jahrzehnte hierher, Funkwellen weit mehr und zerstreuen sich eher, als dass sie ankommen.«

»Dann war es eben schneller. Wo ist das jetzt besonders?« Dorna zuckte selbstzufrieden mit den Schultern. Spacal legte seine Hand ins Gesicht und schwieg. Er war dankbar, als Gibson wieder das Wort übernahm.

»Diese Vorrichtung ist bahnbrechend für jeden Physiker … oder in ihren Worten …«, Gibson streckte die Hände in Richtung des Gremiums aus, »Absolut unbezahlbar. Wir können damit weit mehr als mit der Erde in Echtzeit kommunizieren.«

Erneut senkte sich dichtes Schweigen in seinem Büro. Man konnte fast spüren, wie die Gedanken sich in den Köpfen der Männer überschlugen. Einige rutschten unruhig auf ihren Plätzen hin und her, suchten einander Blicke oder senkten sie auf die dunkle, das Aquarium reflektierende Tischplatte. Der Zwiespalt zwischen der angeborenen Gier und dem antrainierten Glauben forderte einmal mehr seinen Tribut. Gibson senkte seine Stimme. »Wenn wir dieses Gerät nachbauen, benötigen wir nach ersten Hochrechnungen wenigstens drei unserer Atommeiler, um ein einziges Hallo zu den Kolonisten zurückzuschicken.«

Rivulet zuckte mit den Schultern und deutete durch das breite Fenster auf die gigantische Anlage weit außerhalb *Red City*s. »Das sollte wohl das geringste Problem sein.«
»Aber warum sollten wir das tun?«, fragte nun Pearl Pirok. »Mal abgesehen von den Kosten.« Er lehnte sich zurück. »Und was sollen wir mit diesem Alientelefon? Verkaufen wir diese Baupläne an den Meistbietenden und finanzieren wir uns so die nächste Legislaturperiode.«

»Nein, Sir«, warf Gibson sofort ein. »Wir müssen mit diesen Kolonisten reden. Als Erste.«

»Was gehen die uns an?«, verdeutlichte Pirok seinen Standpunkt.
Trupida hob die Hand: »Wie ich das sehe, gehören diese Kolonisten uns. Rechtlich betrachtet. Mit dem Kauf der Shermananlage vor elf Jahren gehören uns nicht nur die hier in *Red City* produzierten Güter«, Er machte eine Pause und hob seinen Finger zur Decke, »was jedes verdammte Schiff da draußen mit einschließt, nein, uns gehört diese verflixte Kolonie. Wir haben im Grunde alles, was die haben, vollkommen legal.«
Gibson deutete erleichtert auf den Pandionanwalt. »Ganz genau.«

»Das ist ... krass ...«, warf Dorna unverblümt aus.
»Oh ja«, fügte Rivulet gedehnt hinzu und machte sich eine kleine Notiz in seinem PCP.

Marek LeSolda tat so, als sei er unsichtbar – wie jedes Mal. Er hatte seinen Platz in diesem Büro wie auch in der Gesellschaft dieses Gremiums. Dezente Zurückhaltung war das Alpha und Omega seiner Stellung. In all den Jahren hatte er hier oben bereits Dinge gehört, aufgrund derer man wenigstens die Hälfte dieser Männer auf der Stelle erschießen durfte. Zu urteilen hatte er jedoch nicht, denn letztendlich hatten diese Männer eines gemeinsam: Was immer sie taten, diente dem Zweck, Christi Lehre und Gottes Wille unter die Menschen zu bringen.
Der Zweck heiligte im wahrsten Sinne des Wortes alle Mittel, welche leider nur zu selten die besten waren. Heute Morgen aber war es noch komplizierter als die üblichen Probleme von vertuschter Korruption, Intrigen und Manipulationen zum Machterhalt oder zum Sturz einzelner Politiker. Die Partei stand innerhalb dieser Mauern vor einer inneren Zerreißprobe. Was Gibson gerade zu verkaufen versuchte, bedurfte eines sehr viel dickeren Fells als üblich, um Glaube und Macht unter einem Hut zu halten. LeSoldas Gedanken um die Schwierigkeiten der Parteispitze verflogen, als sein PCP zu vibrieren begann. Still öffnete er das handtellergroße Gerät und blickte in das Gesicht von Aline Cromwell, der Leiterin der Pandion Forschungsabteilung, die sich derzeit in den ehemaligen Shermananlagen ausgebreitet hatte.

»Ich muss sofort Mr. Gibson sprechen«, erklärte sie.
»Er ist in einem Meeting«, zischte LeSolda ihr zu.
»Es betrifft das Meeting.«

LeSolda sah kurz auf Gibson, der die leise Störung mit einem flüchtigen Seitenblick durchaus zur Kenntnis genommen hatte, aber sich nichts anmerken ließ. LeSolda nickte Alines Abbild zu und begab sich ebenso unsichtbar, wie er sich in den dunklen Winkeln des Büros aufhielt, in Richtung seines Vorgesetzten Devon Gibson.

»Mrs. Cromwell«, sagte er leise und reichte sein PCP an den Mann im Maßanzug weiter. Mit einer schnellen Bewegung nahm dieser den Computer entgegen, wandte sich vom Gremium ab und sah in das digitale Abbild der deutlich älteren Frau. »Was?«

»Unter vier Augen bitte, Sir«, bat sie vornehm. Mit einem Nicken schaltete er das PCP in den Telefonmodus und legte sich das Gerät ans Ohr. Langsam ging er auf das große Fenster zu, während er schweigend lauschte. Im Hintergrund murmelten die Männer noch über Sinn und Zweck des Ganzen, diskutierten Nutzen und Chancen und natürlich die damit verbundenen Gefahren für Partei, Unternehmen und Zukunft.
Gibson hörte noch immer den Ausführungen Cromwells aufmerksam zu, ging dabei am Fenster auf und ab. Zu jeder vollendeten Runde trafen sich seine Augen mit denen von Marek LeSolda, der ebenfalls wieder Abstand genommen hatte.

Nach einigen Minuten bedankte sich Gibson, klappte das PCP zu und reichte es seinem Untergebenen zurück. Er sah sich nicht um, als er das Wort ergriff. »Nun denn, meine Herren.« Seine Augen lagen auf der kilometerweit entfernten Hauptstadtkuppel der ehemaligen Marsstadt, hinter der sich für ihn kaum noch zu erkennen die baugleiche Shermankuppel befand, in welcher Aline saß und die Blaupausen der Außerirdischen genauer untersuchte. »Ich bin gerade auf den Boden der Tatsachen zurückgeworfen worden.« Er wandte sich dem Gremium zu. »Die Maschine, die uns diese Pläne versprechen, wird mehrere Millionen Dollar kosten. Mrs. Cromwell geht von gut acht Monaten Konstruktionszeit aus. Abgesehen davon, dass das Laden des Energiespeichers noch einmal so lang dauern wird.«
Spacal runzelte die Stirn. »Sie meinen acht Monate die Leistung mehrerer Atomreaktoren?«

Gibson nickte. »Durchaus.«

»Das sind Umsatzeinbußen von zwei Drittel im kommenden Jahr!«

Wieder bestätigte Gibson.

»Für ein verdammtes Wort?«, war die nächste ebenso unfassbare Frage.

Diesmal aber schüttelte Gibson den Kopf. »Nein, nicht ganz. Ich denke, Mrs. Cromwell kann Ihnen die Details …«

Ein Lachen unterbrach ihn. »Eine Frau will uns etwas erklären … Machen Sie sich nicht lächerlich!«

Gibson räusperte sich und sah Dorna an. »Mit Verlaub, ich denke Mrs. Cromwell kann Ihnen so einiges erklären, gesetzt den Fall, dass ihr Wissen Ihren Horizont nicht schon an der Basis übersteigt.« Wieder sprang Dorna von seinem Platz auf. »Was bilden Sie sich eigentlich ein, Sie elender Dreckskerl! Ich war bereits Teil dieser Partei und der Kirche, da haben Sie noch in die Windeln geschissen!«

Spacal stand ebenfalls auf, sah aber Dorna funkelnd an. »Nun halten Sie doch endlich mal die Klappe, Mann!« Er sah nun Gibson an und sprach etwas ruhiger. »Wie haben diese verdammten Außerirdischen dieses Problem gelöst?« Er sah sich zu allen übrigen um. »Niemand baut ein Hochenergiegerät, das ein halbes Jahr auflädt, um die Botschaft eine Woche eher ankommen zu lassen. Nein, sie müssen allein aus der Logik heraus eine sehr viel fortschrittlichere Energiegewinnung haben.«

Gibsons Antwort war ein Schulterzucken. »Das ist richtig. So, wie ich die heutige Botschaft verstanden habe, haben die Außerirdischen ein natürliches Material, das ihr Energieversorgungsproblem gelöst hat. Die Kolonisten nennen es *Chrys*, nach dem Sonnensystem, aus dem es stammt.«

»Ein natürliches Material?« Spacal setzte sich wieder: »Wissen Sie mehr darüber?«

Gibson verneinte. »Nur unwesentlich.« Er öffnete in seinem PCP die entsprechende Datei und schaute sich diesen Abschnitt der Botschaft noch einmal an. »Das Mineral nimmt offensichtlich große Mengen Energie in Bruchteilen von Sekunden auf. Mengen, mit denen wir wochenlang beschäftigt wären.« Er verkaufte nun etwas, von dem er wusste, dass eine Probe in den nächsten Jahrzehnten nicht verfügbar sein würde. Seine Gedanken lagen insgeheim bei weiteren Blaupausen und neuen Ideen. Das fremde Mineral diente ihm nur als Köder. Wenn er seine Karten jetzt richtig ausspielte, würde sich das Gremium um das Zeug reißen, koste es, was es wolle. Sobald er diesen Punkt erreicht hätte, wäre der dauerhafte Kontakt mit der Kolonie abgesegnet.

»Faszinierend …«, murmelte Spacal und sah sich noch einmal in den Kreisen des Gremiums um.
Robert Rivulet machte sich eine erneute Notiz, während die anderen darauf warteten, dass Gibson sich wieder ihnen zuwandte.

»Das schmeckt mir alles nicht!«, fuhr Dorna auf. Ehe jemand etwas erwidern konnte, hob er seinen Finger, um zu symbolisieren, dass er noch nicht fertig war. »Wir haben hier in den letzten sechzig Jahren die sicherste und sauberste Energiequelle geschaffen …« Er schüttelte den Kopf. »Seit dem 38er Abkommen kriecht die Erde am Limit.« Er legte seine Finger langsam auf die Tischplatte. »Wir hier, die NCP, sind der Erlöser, daher sind wir, wo wir sind.«

»Und das wird auch weiterhin so bleiben«, schloss Spacal selbstsicher.

»Nicht, wenn diese Energieform auch auf der Erde angewandt werden kann. Dann sind wir obsolet.« Dorna deutete auf das Fenster. »Niemand wird uns mehr brauchen. Wir schaufeln unser eigenes Grab! Brechen wir es ab, jetzt und hier!«

Halt die Klappe!, hallte es in Gibsons Kopf.

»Das zu diskutieren sind wir heute hier«, erklärte Spacal dem Wirtschaftsverantwortlichen gelassen. »Oder gibt es noch etwas, das Sie in ihrem durchaus spannenden Vortrag für uns vorbereitet haben?« Spacal sah Gibson ein wenig belustigt an.

Das war das Stichwort. *Okay, legen wir los,* dachte sich Gibson, sah von seinem PCP auf, blickte in die Runde und suchte nach den wenigen, die ihn in den vergangenen Minuten nicht zum Feindbild erklärt hatten. Aus Richtung der Gegner gab es sicher einige, die in ihm die Verantwortung für die Existenz dieser verdammten Außerirdischen sahen. Bereits während seines improvisierten Vortrages hatte er Befürworter und Gegner herausortiert und wusste bereits, wer überzeugt war und wo es verschwendet war, weitere Versuche zu unternehmen. Die neutralen Meinungen waren sein einziges Ziel.

Seit Marek LeSolda ihm heute Morgen versucht hatte zu erklären, was geschehen war, stoben in seinem Kopf ähnliche Sätze von einer Ecke in die nächste, ließen ihn seit Stunden mögliche Antworten für mögliche Gegenargumente zusammenstellen.

Gibsons Augen fielen auf Spacal. Dieser war deutlich unentschlossen, schwebte zwischen Faszination und Skepsis. Ebenso war der ewig brüllende Wirtschaftsminister Dorna nicht grundlegend kontra. Die Firma und somit seine eigene Zukunft lagen in seinen nächsten Sätzen. Ein letzter Blickfang galt Robert Rivulet, der als einziger der Mitglieder offene Begeisterung zeigte. Eine Begeisterung, die selbst er nur bedingt teilte. »Sie haben mich missverstanden. Diese Energiespeicher der Außerirdischen produzieren rein gar nichts.« Er hob die Hand und formte seine Finger zu einem unsichtbaren Würfel. »Es ist ein natürliches Speichermineral. Mengen, die auf üblichen Wegen mit zwei Frachtschiffen in ganzen acht Wochen zur Erde gebracht werden, könnten wir in ferner Zukunft in unseren Hosentaschen mitführen.« Er deutete auf die Blaupause. »Wir müssen nur anrufen und einen dauerhaften Kontakt herstellen.« Ein erneuter Check aller Körpersprachen. Gibson war unverhofft siegessicher, als er die Zahnräder in jedem einzelnen Kopf förmlich hören konnte. Zum unzähligsten Male erschlug er heute die in der Regel von sich selbst vollends überzeugten Männer durch eine sorgfältig geplante Strategie, ein Umstand, den er durchaus genoss, gepaart mit dem Wissen, dass er absolut zurecht hier stand, wo er hingehörte. Gibson spürte langsam eine leichte sexuelle Erregung in sich aufkommen. Sein Blick richtete sich auf die beruhigenden Fische in seinem Aquarium und er atmete tief durch. Gott, verdammt, er machte sich selbst so an, was sich durch ein nur schwer zu unterdrückendes Haifischgrinsen offenlegte. Innerlich empfand er sich als ein weit mächtigeres Raubtier als einen Hai, denn schließlich hatte er jeden einzelnen des Gremiums an seinem Haken. Es war nun nur noch eine Frage der Zeit, bis sie ihm genehmigten, alle Register zu ziehen, um mit der Kolonie in Kontakt zu treten.

»Dort gibt es Energiespeicher in Handgröße und der Leistung von mehreren Milliarden Gigajoule«, setzte er in aller Deutlichkeit nach. Fast schon zögerlich hob Carter seine Hand. »Ihnen sollte ebenso klar sein wie mir, dass es unmöglich ist, zeitnah an eine Probe zu kommen. Daher meine Frage: Können wir diesen Speicher irgendwie kopieren?« Er deutete auf die Blaupause an der Wand.

»Gibt es dazu auch Pläne?«

»Nein … Wie gesagt, es ist natürlichen Ursprungs.« Er hob sein PCP, auf dessen Speicher alle übermittelten Daten verfügbar waren. »Es handelt sich um einen Kristall, der von einem Pilz geerntet wird.«

»Ein Pilz?« Spacal weitete ungläubig die Augen.

»Ja, sowas in der Art … Es ist wohl der eheste Vergleich. Diese, wie hier bezeichnet, ›hochkomplexe

Lebensform‹ hat einen ganzen Planeten eingenommen. Die Kolonisten spekulieren, ob der Planet gar der ganze Pilz ist … Man weiß es noch nicht.«

»Ein nachwachsender Energiespeicher … Ist das überhaupt möglich?« Spacal blieb skeptisch.

Jason Drake lächelte plötzlich. »Nun, die Wunder des Schöpfers kennen keine Grenzen. Ich halte es für keinen Zufall, dass wir als Energiekonzern diese Möglichkeit heute erhalten.«
Zustimmendes Gemurmel folgte seiner Idee. Selbst Dorna nickte leicht.

Gewonnen. Gibson faltete symbolisch die Hände und blickte wieder auf die Fische, die sich in dem Glas über den Tischen tummelten. »Ja, ich muss dem zustimmen, dass der Herr uns sehr wohlgesonnen ist. Wir sollten dieses Geschenk dankend annehmen.«
Ein Seitenblick galt seinem Sicherheitschef, der sehr genau darüber Bescheid wusste, wie Gibson tatsächlich über Religion, Kirche und Gott dachte. *Würde er nun etwas sagen?* Gibson bewegte sich kurzzeitig auf fürchterlich dünnem Eis. Natürlich hatte er die höhere Stellung inne. Was auch immer LeSolda ihm vorwerfen konnte, sein Wort wog mehr. Vermutlich wusste dies der Alte in seiner Ecke ebenso. Sein anständiges Schweigen bestätigte Gibson schließlich. Dennoch konnte er sich der Erleichterung in seinem Innersten nicht verwehren.

Spacal machte sich nun wie Rivulet ebenfalls eine kleine Notiz in seinem PCP. Er würde wohl noch heute der Forschungsabteilung in den alten Shermananlagen einen Besuch abstatten. Heute und gewiss die nächsten Monate. »Meine Abteilung würde ebenfalls nur zu gern eine Probe davon erhalten. Sehr schade«, flüsterte er.

»Schade? Was meinen Sie«, fragte Rivulet plötzlich und sah auf. Auch Gibson reagierte überrascht. »Ich werde eine Probe anfordern, sofern Sie alle sich dazu entscheiden.«

»Sicher, sicher«, begann Spacal und winkte ab. »In gut fünfzig Jahren wäre sie dann hier. Einige von uns werden dies tatsächlich noch erleben.« Er lächelte. »Was planen Sie wirklich, Devon?«

»Kann man denn keine Objekte durch diese Anlage schicken?«, warf Rivulet ein und deutete auf die Blaupause an der Wand.
Gibson blickte kurz auf die Blaupause und verneinte dann deutlich. »Zum Senden von Botschaften werden mehrere Energieimpulse durch den Raum gepresst.« Er zuckte mit den Schultern. »Alles digital … Keine Materie.«
Spacal bestätigte. »Eben, es ist auch gar nicht möglich, den Raum als solchen so weit zu verformen, dass man Materie hindurchstecken kann. Wir sprechen hier schließlich davon, ein kleines Wurmloch zu schaffen.«

»Und was ist ein Wurmloch?«, wollte Dorna wissen.

»Etwas, das Sie nicht begreifen. Es verzerrt den Raum an zwei Punkten und bringt diese näher zueinander«, erklärte Spacal und winkte ab. »Reine Science Fiction.«

Nun horchte Marek LeSolda auf. Vor mehr als dreißig Jahren hatte er schon einmal so etwas gehört. »Entschuldigen Sie, Sir.« Er trat aus seinem Schatten. »Sagten Sie, diese Maschine verzerrt den Raum?«

Alle Augen waren nun auf Gibsons Sicherheitschef gerichtet. Die Position dieses Mannes innerhalb der Partei und auch bei Pandion war trotz seiner Funktion so weit unten, dass er schon allein für das Ergreifen des Wortes geviertelt gehörte. »Ich hätte da einen Vorschlag …«, setzte LeSolda nach.

Räuspern und Husten in der hohen Reihe vor ihm war die Antwort. Dann lachte Dorna auf. »Ich glaube, Mister … ›wie auch immer‹ ist für diese Kreise noch nicht richtig erzogen.« Er grinste und andere stiegen in das verhohlene Gelächter ein. »Sie sollten ihren Schatten an der kurzen Leine halten, Devon«, riet Drake an Gibson gewandt.

Dieser verschränkte die Arme und verengte die Augen. Jemand wie Drake oder auch Dorna war absolut nicht in der Position, ihm zu sagen, wie er seinen Laden hier zu führen hatte. Zumal Spacal ihm wohl ein wenig auf die Schliche gekommen war. *Würde er ihn einweihen müssen?* LeSoldas unangebrachter Einwurf schien alle so sehr zu amüsieren oder zu entsetzen, dass die Frage nach den wahren Plänen möglicherweise unter den Tisch fallen konnte. Nicht aus Versehen hatte Devon vergessen zu erwähnen, dass die Außerirdischen ihre Energie aus Fusionsgeneratoren zogen. Er musste nur mit allen Mitteln von der Möglichkeit zu dieser Idee ablenken. Seine rechte Hand jetzt zurechtzuweisen war daher in allen Richtungen falsch. LeSolda mochte ein naiver Dummkopf sein, ironischerweise besaß er allerdings mehr Anstand und Loyalität als Dorna und Drake zusammen.

Mit einem langen strafenden Blick brachte Gibson die Männer zum Schweigen. Er war sich bewusst, wie sehr die elitären der Partei ihren selbsternannten Sonderstatus genossen und um wie viel sie sich besser empfanden als andere. LeSolda hätte ihm wenige Augenblicke zuvor möglicherweise den Hals brechen können, stattdessen schien er sich helfend einbringen zu wollen. Ein erneuter Beweis für seine Loyalität und ein weiterer Tropfen in das Fässlein voller Schuld. Es wurde dringend Zeit, diese zurückzuzahlen, ehe sie ausgewachsen war. Darüber hinaus ergab sich für Gibson eine gewisse Befriedigung, den Vorstand zu provozieren. Selten hatte er einen größeren Haufen arroganter und von sich selbst überzeugten Hohlköpfe gesehen als diesen. Er wusste genau, dass bis auf wenige Ausnahmen ihm hier niemand das Wasser reichen konnte, und doch taten sie alle so, als wären sie dazu imstande. Leute wie Dorna oder Drake glaubten wahrscheinlich sogar, Gott in Person zu sein. Gibsons Blick glitt einen Moment auf Trupida. Hinter dessen fast schwarzen

Augen, die wachsam die gesamte Situation beobachteten, schien das größte Potenzial für Aufrichtigkeit zu verweilen. Er hatte auch nicht gelacht, als die beiden Parteikollegen LeSoldas Einwurf kommentiert hatten.

Um diesen Zwischenfall abzuschließen, wandte sich Gibson nun seinem Sicherheitschef zu. »Marek, warum fragen Sie?«

Dieser aber erkannte seinen Fehltritt bereits und schüttelte nur reumütig den Kopf. »Nichts, Sir. Entschuldigen Sie.«

Hilian Trupida hatte den kurzen Blick Gibsons ebenso bemerkt sowie dessen inneren Kampf, Drake nicht die Nase zu brechen. Ihm gefiel die Idee des guten altmodischen Schwanzvergleichs, der immer wieder zwischen einigen Gremiumsmitgliedern anschwoll. Er lächelte bei diesem Gedankengang und fühlte, in dieselbe Kerbe schlagen zu müssen. Langsam wandte er seinen Kopf in Mareks Richtung. »Na, was nun? Sie sind jetzt wie lange bei uns?«

»Vierunddreißig Jahre, Sir«, war Marek LeSoldas demütige Antwort.

»Und in der Partei?« Trupida erkannte, das LeSolda in etwa in seinem Alter war. Er hätte zusammen mit diesem Mann die Schulbank drücken können. Ein Grund mehr, ihn ein wenig respektabler zu behandeln.

»Mein ganzes Leben«, war die zögerliche Antwort.

»In Zahlen! Bitte.« Trupida sah Dorna und Drake kurz an, dann wieder LeSolda. Dieser sah inzwischen nur noch auf den Boden, den Kopf ehrfürchtig geneigt.

»Sechsundsechzig Jahre, Sir.«

Trupida schmunzelte. »Sie haben sich gut gehalten für Ihr Alter ...«

»Danke, Sir.« Marek wagte noch immer nicht aufzublicken. Trupida hingegen sah sich nun in der gesamten Reihe seinesgleichen um. »Sie sind also treuer als unser guter Jack Dorna hier?« Der Wirtschaftsminister riss die Augen auf, doch wagte gegenüber des sehr viel älteren Anwalts nicht denselben Ton anzuschlagen, wie er es bei Gibson tat.

»Und Ihr Glaube ist vermutlich unerschütterlich?« Trupida sah wieder Marek an, lehnte sich dabei langsam zurück und schlug schließlich die Beine übereinander.

»Selbstverständlich.«

»Dann sprechen Sie!« Fast schon gebieterisch hob er auffordernd seine Hand und hoffte, dass der Sicherheitschef durch die kurzen Fragen genug Zeit hatte, sich zu sammeln und nun etwas halbwegs Brauchbares herausbrachte.
Nun sah Marek ihn erstmalig an. Von der entspannten Körperhaltung seines Gegenübers deutlich überrascht runzelte er fragend die Stirn.

Trupida lächelte darauf nur. »Möglich, dass Ihre berufliche Stellung hier nicht die höchste ist.« Er winkte ab. »Gott aber stehen Sie näher als so manch anderer hier.«

»Hören Sie mal!«, fuhr es hinter ihm aus Dorna. Trupida hob ruckartig seine Hand, ließ LeSolda dabei nicht aus den Augen. »Schweigen Sie, Dorna«, spie er aus.
Mit einem Lächeln bedachte er wieder Gibsons Sicherheitschef, der nun die ungeteilte Aufmerksamkeit aller hatte.

»Also?«

3

Aline Cromwell zupfte unbewusst an ihrem silbergrauen Haar, das sie in den letzten fünfzig Jahren immer kürzer hatte schneiden lassen. Ihr vor mehr als sechzehn Jahren verstorbener Gatte hatte immer bedauert, ihr nicht mehr mit den Fingern durch die Strähnen fahren zu können. Auch Aline hatte dies bedauert - jahrelang. Am Sterbebett ihres Mannes hatte sie ihm das Versprechen gegeben, ihr Haar wieder länger wachsen zu lassen – bis heute war dieses unerfüllt geblieben. Es war als Frau schon so schwer genug, sich in diesem Beruf zu behaupten. Mit langen Haaren wäre dies wohl noch schwieriger gewesen.

Vor ihr stand ein deutlich größerer Kristallschirm als die gängigen Modelle. In mehreren Anzeigefenstern erglommen unterschiedliche Anzeigen, je nach erbetenen Suchanfragen. Speicher für Speicher durchsuchte sie Millionen von Datenbänken nach den Schlagworten, die ihr Gibson gegeben hatte. Nur einen knappen Meter stand er hinter ihr und beobachtete mit gemischten Gefühlen jeden ihrer Schritte. Es war unerträglich.

Gibson fühlte sich unwohl. Nahezu unerträglich empfand er das Warten auf etwas Unvorstellbares. Nachdem sein Sicherheitschef Marek LeSolda relativ kurzgefasst und stotternd vor dem Gremium erzählt hatte, dass er als junger Mann einmal bei Sherman Akteneinsicht bekommen hatte und sich heute noch erinnerte, einen experimentellen Antrieb gesehen zu haben, der es ermöglichte, die Lichtmauer zu umgehen, hatte Gibson sofort schon bedauert, ihn sprechen zu lassen. Das Gremium war sogar deutlich skeptischer als er. Nur Spacal und auch Trupida hingen förmlich an LeSoldas Lippen. Die Aussage des Sicherheitschefs war lückenhaft, fast schon bedeutungslos ungenau gewesen, stand allerdings in keiner Silbe im Widerspruch mit dem, was alle wussten. LeSolda benannte Daten wie das Jahr 2079 und Namen wie Kyan Camon in Zusammenhang mit einer Prototypentechnik, die sich angeblich noch immer hier auf dem Mars befinden sollte. Als er dann noch erklärt hatte, dass es einen erfolgreichen Test gegeben haben sollte, forderte Spacal Belege, die Gibson zu liefern hatte. Die Strategie, die Gibson entwarf, eröffnete sich nun in neue, selbst für ihn ungeahnte Richtungen. Es wurde ihm gestattet, die heute empfangene Botschaft zu nutzen, auszuschlachten und zu Geld zu machen. In einem war er sich sicher: War auch nur ein Körnchen Wahres an dem, was LeSolda behauptet hatte, würde Gibson als einer der bedeutendsten Männer aller Zeiten in die Geschichte eingehen.

Unverzüglich ließ er sich von LeSolda zurück in die ehemaligen Forschungsanlagen Shermans fahren, wo man primär damit beschäftigt war, die Botschaft und vor allem den angehängten Datensatz genaustens zu studieren. Mehr als zehn der brillantesten Köpfe des Unternehmens hatte man zusammengetrommelt, weitere zehn waren von der Erde auf dem Weg hierher. Sie alle rätselten um das Wie und Warum diese Maschine funktionieren soll.

Der beste Kopf der hier arbeitenden Abteilung wurde von Gibson jedoch abgezogen. Er ließ diesen nun nach der von seinem Sicherheitschef beschriebenen Maschine suchen, auch wenn Aline Cromwell von Beginn an alles andere als überzeugt davon gewesen war, dergleichen zu finden.

»Unfassbar«, stieß sie plötzlich aus. »Es gibt sie wirklich!« Sie wandte sich einem älteren Mann zu. »Tilio, das musst du dir ansehen.«

Der Angesprochene, ihr persönlicher Assistent und laut Akten seit fünf Jahren offizieller Lebenspartner, blickte auf. Er trug eine starke Brille und sein graues Haar war zu einem langen Zopf gebunden. Gibson empfand sein Auftreten als weibisch. Die Haare waren lächerlich, die Brille ließ sein ohnehin schmales Gesicht noch verdorrter aussehen. Als der Assistent an seinem Sicherheitschef vorbeiging, schienen beide den Atem anzuhalten, ehe der Grauhaarige auf Cromwell zuging. Dass beide Männer vor unzähligen Jahren Kollegen im *Red City* Police Department gewesen waren und was der eine über den anderen wusste, ahnte niemand, auch Gibson nicht. Noch weniger wusste er, dass dieser Mann nicht weniger Schuld daran trug, dass *Red City* heute war, wie sie war. Stillschweigend waren beide übereingekommen, diesen Teil ihres Lebens sehr tief zu vergraben.

Als Tilio das Terminal erreichte, schob Aline ihren Stuhl ein Stück beiseite. »Was sagst du dazu?«

Er setzte sich schweigend zu ihr und legte die Faust unter sein Kinn. Lange las er, prüfte Berichte, Fotografien und Daten. Irgendwann richtete er seinen Blick auf die ältere Frau an seiner Seite. »Was zur … « Er schluckte, warf den beiden Männern in seinem Rücken einen kurzen Blick zu, dann senkte er die Stimme. »Was ist das?«

»Sag du es mir«, zischte Aline.
Er schüttelte den Kopf. »Was weiß ich … Ich meine, ich weiß, wonach es aussieht, …. aber … woher kommt das?« Sein Blick galt der außerirdischen Blaupause. »Wie kann das sein?«
Aline deutet auf ein anderes Fenster des Schirms. Er enthielt einen Testbericht aus dem Jahre 2079.
»Es gab einen Versuch mit einem positiven Ergebnis … Aufgrund der Nutzen-, Kosten-, Energie- und Reichweitenproblematik wurde das Projekt jedoch auf Eis gelegt … Aber die Forschung ging bis zuletzt weiter.«

Gibson räusperte sich fast schon vornehm. »Das heißt, dieser Prototyp wurde weiterentwickelt?«
Tilio, der sich aufgrund seines Implantats die Daten sehr viel schneller einverleiben konnte, schüttelte den Kopf. »Nur Theoretisch. Am siebten Mai 2095 wurde diese Datei ein letztes Mal verändert.«

»Umso besser«, grinste Gibson.
Tilio blickte auf. »Nicht wirklich. Vor zwei Jahren ist Kyan Camon gestorben. Das ganze Ding hier basiert auf seiner Forschung und seinem Wissen. Er war der Einzige, der das ganze überhaupt verstand oder bedienen konnte.«

Aline stieß leicht verärgert Luft aus. »Es mag ja großartig sein, aber es ist durchaus auch durch andere zu verstehen.« Sie warf einen Blick auf die Blaupause der Alientechnik. »So wie wir das sehen, funktionieren beide Maschinen in etwa nach dem gleichen Prinzip.«
Gibson hob die Augen. »Tatsächlich?«

»Nun, Sir, sie sind sich im Groben ähnlich, verfolgen jedoch jeweils einen anderen Ansatz. Die Maschine der

Außerirdischen kanalisiert den Raum, um ein Funksignal hindurchzupressen. Man nennt dies auch Tunneln, eine schon recht erprobte Technik, auch auf der Erde … Natürlich nicht in diesen Dimensionen wie das dort. Die Außerirdischen schaffen den Tunnel durch ein künstliches Schwereband. Die Maschine ist im übertragenen Sinne ein unermesslich enorm gebündelter Gravitationsimpuls, wenn Sie so wollen, der in schneller Abfolge Einsen und Nullen über den verengten Raum in seinem Ziel treibt.«

Aline lehnte sich zurück und verschränkte die Arme. »Im Grunde einfach genial und genial einfach. Wir hatten großes Glück, dieses Signal hier überhaupt gehört zu haben.«

»Ich dachte, es war an uns adressiert?«, fragte Gibson leicht irritiert.

»Sicher, aber wenn dieses Signal auf seinem Ziel aufschlägt, an dem es keinen aktiven Empfänger gibt, verfliegt es ungehört. Dass wir die Funkzentrale hier nie verändert haben, ist dabei das Glück.«
Gibson kratzte sich am Kopf. »Soweit okay … Und diese Camon-Maschine?«

Tilio wandte sich Gibson zu, weitete seine Hände in zwei halboffenen Schalen. »Nun, dieses Ding tunnelt zuerst Daten an einem Punkt im All, welcher anschließend anvisiert und analysiert wird.« Mal bewegte er die eine, mal die andere Hand. »In einer zweiten Phase des Prozesses wird mithilfe einer Mikrosingularität der entfernte Punkt zur Ursache herangezogen«, langsam ließ er seine Hände zusammentreffen. »Wobei sich dann der im eigentlichen Sinne weit entfernte Punkt physisch betrachtet nur noch wenige Meter vor der Maschine befindet. Einem Objekt muss man dann noch einen kleinen Stoß geben und wenige Augenblicke später befindet es sich an einem sehr viel weiter entfernten Ort. Nachdem die Mikrosingularität aufgelöst wurde, fügt sich der Raum wieder in seinen ursprünglichen Zustand, das Objekt bleibt allerdings, wo es war … Lichtjahre weit weg … in Sekunden.« Tilio weitete seine Hände wieder und sah dabei Aline breit grinsend an. »Das ist Wahnsinn, oder? Dass ich das noch erleben darf?!«

Aline lächelte nicht, wandte sich stattdessen an Gibson. »Mein Gatte mag Science Fiction.« Sie zuckte mit den Schultern. »Lichtjahre ist übrigens bei Weitem übertrieben. Die Reichweite von diesem Ding ist gelinde gesagt lächerlich. Ja, es mag funktionieren, doch ob es Sinn macht? Eine ganz andere Frage.«

»Mrs. Cromwell!«, unterbrach Gibson und deutete auf die Blaupause der Außerirdischen auf einem weit entfernten Großbildschirm. »War ich etwa all die Jahre im Besitz eines solchen unbezahlbaren Apparates?« Fast mochte man meinen, Gibsons Pupillen würden sich in Dollarzeichen verwandeln. Seine ursprüngliche Idee war es gewesen, einen dauerhaften Kontakt zu etablieren und außerirdische Technologien an den Meistbietenden zu verkaufen … Nun aber hatte er ein weit großartigeres Ding direkt in seinem Besitz.

Alines Kopfschütteln ließ ihn jedoch keine weiteren Gedanken in diese Richtung formen. »Wie ich gerade sagen wollte, Sir, dieses Ding ist mehr eine Idee als ein Apparat. Der Prototyp war wohl nichts weiter als ein gewaltiges Provisorium«

»Aber er existiert?«, hakte Gibson nach.
Aline lachte ein wenig. »Nun, sollte dieser Prototyp noch irgendwo sein, was ich im Übrigen stark bezweifle, wird er uns wohl nur beim Bau dieser Kommunikationsmaschine Zeit und Geld sparen. Einen tatsächlichen Einsatz halte ich für Unsinn.«

»Na, dann räumen Sie Ihre Zweifel und finden Sie das Ding!«, forderte er sie auf.

Tilio sah sich in dem Datensatz um. »Alines Zweifel sind gerechtfertigt. Dieses Ding zu finden wird schwieriger sein, als es zu verstehen.« Er wandte sich Gibson zu. »Nachdem der Shermankomplex von uns übernommen

wurde, hat man ihn von oben bis unten nach Brauchbarem umgekrempelt. Niemand hat dergleichen gefunden. Und glauben Sie mir, es wäre uns aufgefallen, wenn es hier so etwas gäbe.«
LeSolda näherte sich ein Schritt. »Wonach müsste man denn suchen?«

Aline runzelte die Stirn. »Ich brauche mehr als das hier. Laut dieser Bauzeichnungen hier ist es verdammt groß und ziemlich rund.« Sie vergrub sich tiefer in den alten Datenblöcken, in denen sie die ersten Hinweise gefunden hatte. Plötzlich erreichte sie einen gesperrten Ordner.
»Oh, hier wird's interessant.« Mit einer schnellen Bewegung ihrer linken Hand aktivierte sie ein neu hinzugefügtes Programm, welches einst geschrieben worden war, um auch die verschlüsselten Daten der Stiftung lesbar zu machen. Das Programm decodierte den gesperrten Bereich und öffnete einen weiteren Systemzweig.

Als erstes sah man ein Foto der gesuchten Vorrichtung. Es war ein gigantischer Kreis, größer als der vor mehr als achtzig Jahren in Afrika konstruierte Teilchenbeschleuniger, welcher noch immer zum größten Bauwerk der Menschheitsgeschichte zählte. In weiteren Bildern standen einige Männer vor einem losen Teilabschnitt und wirkten gegen das Konstrukt wie Miniaturen.

»Aber wie kann man das übersehen? Ich meine, das ist … größer als die Kuppel …«, rätselte Gibson. Aline hob bei dieser Feststellung die Augenbrauen. »Ja, das ist richtig, Sir!« Sie hatte ein weiteres Untermenü geöffnet, das nun den Standort verriet. »Weil ...«, sie sah von links nach rechts, »sich der Prototyp direkt unter uns befindet.« Sie sah sich ein wenig um. »Oder besser gesagt, um uns herum.« Es stellte sich ein zusätzlicher Bauplan auf dem Schirm dar.

»Oh … Ich korrigiere«, begann sie mit weiten Augen und sah Gibson an. »Wir sind in diesem Ding.« Ihr Blick galt nun Tilio. »Mein Gott, diese ganze Kuppel ist der Prototyp!«

Gibson ballte begeistert die Fäuste. »Das heißt, es kann benutzt werden?«

Aline schüttelte leicht den Kopf. »Nein, Sir, es ist an keinem Stromkreis angeschlossen. Ich weiß auch nicht, wie es sich auf die Anlage hier auswirkt. Schließlich sprechen wir hier von einer Mikrosingularität, also einem schwarzen Loch!«

Tilio übernahm das Wort. »Zudem hatte man nur eine winzige Sonde hindurchgeschickt. Die wog vierzig Gramm. Zuvor musste man dieses Ding fast ein halbes Jahr lang aufladen …« Er schüttelte den Kopf. »Dieser Test verschlang deutlich mehr Energie als unsere geplante Antwort an die Kolonisten verschlingen würde.«

Aline nickte eifrig. »Und selbst wenn man nur ein paar Gramm mehr durch den Raum prügelt, steigt der Kostenfaktor exponentiell an. Dasselbe, wenn sie weniger Masse ein Stückchen weiter schicken wollen. Es ist ein unendlicher Kreislauf.«

»Aber es ginge?«, wiederholte Gibson seine Frage eindringlich.

»Technisch: ja, praktisch: nein.«

»Wie lange müssten wir laden, um etwa zehn Gramm von diesem Chrys hierherzuschaffen?«

Aline überschlug und erkannte schnell, dass die benötigte Zeit lächerlich hoch war. »Ich würde zwischen 40 und 1000 Jahre schätzen«. Sie musste grinsen. »Es ist einfach unmöglich, zumal dieses Ding eine sehr beschränkte Funktion hat.«

Sie deutete auf ein altes Protokoll, dass sie mit einem Fingertipp vergrößerte. »Als erstes muss die Zielkoordinate bekannt sein.« Ihr Finger rutschte zur nächsten Zeile im Text. »Und ein freier Korridor existieren. Hier steht, dass ein Durchflug unmöglich ist, wenn man zwischendurch Materie trifft, und wenn es nur ein kleiner Asteroid ist.« Sie zuckte mit den Schultern. »Wo auch immer diese Idee herkommt, niemand hat das Experiment von '79 wiederholt. Nach '85 ging es hier eh nur noch bergab ...«

»Sie hat recht«, warf Tilio ein. »Selbst wenn wir genug Energie aufbringen können, Sir, gibt es keine Möglichkeit, diese all die Jahrzehnte zwischenzuspeichern, um einen Korridor bis Chrysador zu schaffen.«

Devon strich sich über die Stirn. »Verdammt.«

Tilio sah wieder auf die Blaupause. »Naja, die auf Chrysador hätten dieses Problem vermutlich nicht.« Er deutete auf den Abschnitt, der das Chrys erklärte.

Gibson schlug plötzlich seine Faust in die hohle Hand. »Na, das ist es doch! Schicken Sie den Kolonisten diese Pläne!« Er deutete auf den Schirm. »Zusammen mit unserer Antwort und der Bitte um eine Probe von diesem Chryszeug.«

»Sir, mit diesem Datensatz werden sich die Kosten verhundertfachen.«

»Benutzen Sie dieses Ding ...« Sein Kinn zeigte auf den Prototypen. »Sie bekommen alles, was Sie brauchen. Fangen Sie an.«

Aline sah zwischen den Kristallscheiben und den Männern hin und her. »Wir können dieses Ding auch nur benutzen, wenn der Mars in der richtigen Position zum Chrysadorsystem steht. Ahnen Sie, was da an Berechnungen und Kosten auf uns zukommt?«

Gibson schüttelte den Kopf. »Nein, interessiert mich auch nicht. Machen Sie es einfach.«

4

Marek LeSolda sah sich der Frage ausgesetzt, woher genau er von diesem Prototypen gewusst hatte. Gibson wartete wohl damit, bis er Gewissheit hatte, dass sein Sicherheitschef kein Spinner mit Wahnvorstellungen war. Unterschätzt zu werden zählte zu LeSoldas Merkmalen.

Seine Augen trafen sich mit denen von Gibson über den Rückspiegel der Limousine. Sein Geldgeber schien zu wissen, dass Marek so einiges zu verbergen hatte, war allerdings auch nicht bemüht, diese Geheimnisse zu entschlüsseln. Die Frage selbst blieb jedoch lauernd wie ein hungriges Raubtier im Fahrzeug stehen.

»Also?«, wiederholte Gibson auffordernd.

»Ich bin viel rumgekommen, seit ich hier lebe, Sir.« Der Pandionmanager seufzte. Eine Antwort ohne Aussage war eigentlich sein Fachbereich, blieb für einen Dialog jedoch nur anstrengend.

»Und wie lange ist das?«, setzte er nach.

»Siebenunddreißig Jahre, Sir.«

»Sie waren also hier, als die zweite Kolonialflotte gestartet ist?«

»Auch als sie vernichtet wurde, ja.«

»Und doch sind Sie in der NCP?«

»Wieso nicht, Sir.« Marek wollte nicht zugeben, dass er damals nur wegen seines Vaters zur Partei gekommen und später aus Überzeugung geblieben war. Die NCP war die letzte politische Institution, die den christlichen Glauben in seiner Urform verbreitete. Selbst die Republikaner waren inzwischen ein weichgewordener Haufen, der seine Fahne täglich in einen neuen Wind hing. Je nach Forderung der Massen waren sie mal gegen, mal für irgendetwas. Werte standen für Stabilität, eine Fahne nicht.

»Nun, weil die Partei immer gegen das Projekt war und es später sogar leugnete, … allen voran ich«, erklärte Gibson und lachte gehässig. »Und obwohl ich's besser wusste, habe ich damals den Vorstand überzeugt, den dritten Start grundsätzlich abzublasen …« Gibson lachte erneut.

»Und, Sir?

»Sie sind Mitglied einer Partei, die Ihres Kenntnisstandes vorsätzlich lügt, um sich einen Vorteil zu

verschaffen.« Er räusperte sich. »Beziehungsweise ihre Glaubwürdigkeit nicht zu verlieren.«
Marek sah über die leerstehenden Häuser. Wie oft hatte er Christian belogen, um die Worte Gottes in einem glaubwürdigen Licht erstrahlen zu lassen? Es gehörte dazu, wenn man die Wahrheit festigen wollte. So wie Himmel und Hölle zusammengehörten. »Das ist Politik, Sir.«
　Gibson lachte erneut. »Das weiß ich wohl. Doch Sie sagten, dass Sie zutiefst glauben, was ich Ihnen übrigens sofort abkaufe. Doch im Glauben geht es eigentlich um mehr. Sagte nicht irgend so ein Gebot, du sollst nicht lügen?«

LeSolda verzog einen Moment lang den Mund. »Sagen wir es so, … wenn eine Notlüge hilft, das Richtige zu machen, … nehmen wir mal an …«, Marek überlegte einen Moment, Gibson nahm ihm allerdings die Suche nach einem Beispiel unverhofft ab. »Dass ein hohes Tier der Kirche mehrere Kinder vergewaltigt hat. Über Jahre. Ein Junge starb sogar.«
　»Sir?«, fragte Marek und war erschrocken, dass sein Geldgeber ausgerechnet mit einem solch widerlichen Beispiel kam. Anderseits passte es zu seinem Charakter.
　»Dann wird gelogen, bis sich die Balken biegen, um diesen Mann zu schützen. Meinen Sie in etwa solche Dinge?«, setzte Gibson fort.
Marek schüttelte entschieden den Kopf. »So etwas gibt es nicht. Niemand, der wahren Glaubens ist, vergreift sich an Kindern!«
　»Kennen Sie noch Pater Boister?«
　»Nein, Sir.« Die Antwort war schärfer als geplant.
LeSolda fuhr es eiskalt den Rücken herunter, als er diesen Namen hörte.
　Selbstverständlich kannte er das Ungeheuer Boister. Mehrere Kinder einer Schule hatten diesem Religionslehrer und geachtetem NCP-Mitglied die übelsten Dinge nachge-

sagt. Die Presse war seinerzeit lange in zwei Lager geteilt gewesen, die jeweils die andere Seite verteidigten und eine der widerlichsten Schlammschlachten ausfochten, die jemals stattgefunden hatte. Es wäre sogar beinahe zu einem Prozess gekommen, dann aber hatte ein Bombenattentat an der entsprechende Schule den Aufmerksamkeitswinkel verändert. Moslems hatten die Schule in Rauch und Trümmer verwandelt, um angeblich damit die Lehren Christi zu vernichten. Dies jedenfalls war die Aussage des offiziellen Abschlussberichtes einer gut bezahlten Untersuchungskommission gewesen. Ein unantastbarer Beweis war der Pass des arabischen Attentäters gewesen, der in den ausgebrannten Trümmern gefunden worden war und eigentlich jeden Zweifler verstummen lassen sollte.
Boister selbst war Tage später irgendwo und ungesehen in Kanada untergetaucht. Seitdem stritten die Theorien über die Meinung, dass die Aussagen der getöteten Kinder der Wahrheit entsprachen und das Attentat ein Insiderjob gewesen war bis hin zu der Idee, dass weder die Schule noch das Attentat jemals existiert hatten. Verschwörungen aller Formen hatten wieder einmal Hochkonjunktur und spalteten sich zu Wissen und Unwissen.

»Ich denke doch.« Gibson lächelte gehässig. »Ich selbst habe damals das Schiff organisiert, mit dem der gute alte Pater verschwinden konnte. Das brachte mich ein gewaltiges Stück nach vorn.«

»Ich an Ihrer Stelle hätte diesen Mistkerl auf der Stelle getötet«, sagte LeSolda ohne Gefühl in seiner Stimme.

Gibson schlug sich aufs Knie und lachte schallend. »Marek, Marek, Marek!« Er deutete mit dem Finger auf ihn. »Sie sind großartig!«

LeSoldas Antwort war ein unzufriedenes Brummen, Gibson blieb jedoch amüsiert. »Sicher hätte ich das tun

können. Nur wäre ich dann ganz bestimmt nicht da, wo ich heute bin.«
Mit verengten Augen suchte LeSolda Gibsons Blick und der Frohsinn wich aus seinen Augen. Der Pandionmanager machte eine Pause, beinahe, als hätte er gerade so etwas wie einen Gewissensfunken in sich gehört. Er mied sogar den anklagenden Blick seines Fahrers, den er wohl nur unbewusst annahm und daher lieber aus dem Fenster sah. Stumm zogen die verlassenen Häuser *Red City*s vorbei.
»Wer weiß, vielleicht ist dieses ekelhafte Arschloch längst tot«, fügte er leise mehr zu sich selbst als an LeSolda hinzu. »Und sollte es eine scheiß Hölle geben, er hat sie weiß Gott verdient!« *Aber die Hölle gibt es nicht, ... genauso wenig wie den Himmel,* stellte Gibson gedanklich die Realität richtig.
Es war schon eine Ironie, dass die christlichen Eliten – und Boister gehörte definitiv dazu – sich darüber deutlich im Klaren waren, dass es weder Gott noch Hölle gab. Während die Schäfchen der Kirche in stetiger Angst vor dem Schöpfer und den Konsequenzen ihrer Taten dahinvegetierten, lebte die Elite wie Könige ohne Gesetz, Regeln und Moral. Sie alle wussten, dass sie in der Sünde baden durften und nach dem Tod nichts kam, worüber sie sich sorgen mussten.

»Und mehr!«, rief er plötzlich energisch aus. Gibson hatte einen dieser kurzen sentimentalen Augenblicke, in denen er sich wieder bewusst war, dass die Schurken die Weltkontrolle schon vor Jahrhunderten übernommen hatten. Welcher Gott würde so etwas geschehen lassen? »Aber die große christliche Partei hat ihn beschützt.«

LeSolda schwieg.
Normalerweise kommentierte er seine Reden mit grimmigen Blicken, einem Verdrehen seiner Augen oder einem stummen Starren. An mutigen Tagen brummte er, was Gibson immer ein wenig amüsierte. Diesmal gelang es

LeSolda jedoch nicht, etwas Gegenteiliges zu sagen. Wahrscheinlich, weil seine Worte so ehrlich waren wie der reine Glaube.

»So, wie sie alle ihre Mitglieder schützt, besticht und fördert«, setzte er fort. »Jeder von uns ist käuflich!«

Nun nickte LeSolda, langsam und bedächtig. »Richtig, doch ich bin stets durch meine Leistungen befördert worden.« Er wog den Kopf. »Bis heute.«

Gibson winkte ab. »Ach, schämen Sie sich nicht, dass Sie jetzt einer von uns sind.« Er lächelte. »Sie waren mal Polizist?«

»Ja, Sir.«

»Dann schauen Sie sich doch mal an! Sie wurden mein verdammter Sicherheitschef!«

»Ja, Sir.«

»Und schwupp!« Er schnippte mit den Fingern. »Mit dem heutigen Tag sind Sie drei Sprossen emporgestiegen.«

»Meine Aufgaben haben sich nicht geändert«, widersprach LeSolda.

»Aber Ihr Bankkonto tut es! Von nun an, sobald Sie sich daran gewöhnt haben, in den Sitzungen mehr zu tun, als an der Tür zu stehen, passiert der Rest von allein. Ich werde sicher bald einen neuen Sicherheitschef brauchen!«

Gibson grinste, hatte er den alten doch längst satt. Noch nie hatte ein Mann so lange für ihn gearbeitet. Den meisten war nach drei oder vier Jahren ein schrecklicher Unfall zugestoßen.

Schon im ersten Jahr hatte Gibson gewusst, dass dieser Mann anders war. Gerade warf dieser ihm über den Spiegel einen längeren Blick zu. Manchmal glaubte er, dass sein Mädchen für alles Gedanken lesen konnte. Es schauderte ihn. Leicht räuspernd fügte er nach: »Als Trupidas neuer Schützling werden Sie sicher bald in seinen Diensten stehen.«

»Das wage ich zu bezweifeln, Sir.«

Gibson winkte ab. »Ach, Marek, Sie haben den Alten ordentlich beeindruckt. Er mag Männer, die ihre Eier noch in der Hose tragen und nicht beim Boss abgegeben haben. Und dazu zählen Sie zweifellos.«

»Wenn Sie meinen, Sir.«

»Das meine ich. Nicht jeder hat den Schneid, vor dem Gremium loszuplappern …« Er grinste. »Oder mir zu sagen, dass er Pater Boister umbringen würde.« Gibson beugte sich etwas vor. »Wissen Sie, wenn ich Ihnen so etwas sage, kann mir keiner was. Aber Sie haben es mir gesagt. Wir leben aber in einer Welt, in der entscheidend ist, ›wer‹ etwas tut, nicht ›was‹ diese Tat beinhaltet.«

»Ich weiß, Sir.« LeSolda lächelte. »Dennoch gibt es immer einen, der über allem steht. Und an dieser letzten Stelle steht Gott.«

»Sie sollten nicht über Glauben sprechen, wenn Sie genau wissen, dass alles, was Sie tun, eine Farce ist.«

»Eine Farce?«

»Sie lügen! Sie nutzen aus! Sprechen auf der einen Seite von Gott und auf der anderen würden Sie sogar morden.«

Marek LeSolda richtete seinen Blick wieder durch den Spiegel. »So wie Sie? … Sir.«

Gibson lehnte sich etwas zurück und war zufrieden. »Sehen Sie! Sie haben Eier!«

LeSolda zuckte mit den Schultern. »Sie bezahlen mich für meinen Job, nicht für meine Meinung.«

»Richtig … Und ich denke, ich sollte Ihnen womöglich mehr Geld geben als der alte Anwalt …«

»Weil ich Ihnen gefährlich werden könnte?«

»Ganz genau. Stehen Sie ihren Freunden stets nahe, aber Ihren Feinden noch näher.« Gibson sah aus dem Fenster. »Hat mal ein kluger Mann gesagt.«

»Das ist absurd, Sir.«

»Nein, nur Politik.«

LeSolda schnaufte. Es stimmte, dass der Firmenanwalt kurz auf ihn zugekommen war, ihn leicht am Arm berührt und gesagt hatte, dass sie sich wiedersehen würden. Inzwischen wusste LeSolda, dass Trupida ihm seine Visitenkarte auf das PCP gespielt hatte.

Jeder wusste, dass der Alte immer wieder einfach Leute in die höheren Abteilungen schob, die ihm gefielen und nützlich sein konnten. Er hatte bereits eine halbe Armee um sich geschart. Er konnte Carter jederzeit stürzen, doch aus irgendeinem Grund tat er es nicht.

LeSolda fragte sich insgeheim, ob er nun zu den Eliten unter den Eliten gehörte und somit die Zeiten vorbei waren, in denen er nur Wähler gewesen war. Würde er ab heute wirklich direkten Einfluss nehmen? War er eine Stimme? Oder war er der verlängerte Arm des Anwalts?

Sein ganzes Leben lang hatte er nur jemand Besonderes und Besseres sein wollen … und nun hatte Gott ihm diesen Wunsch einfach so erfüllt, vollkommen unerwartet. Mareks loses Mundwerk, das er die lange Zeit hier in *Red City* entwickelt hatte, war der ungeahnte Schritt nach vorn. Er musste an Jessica, seine erste Ehefrau, denken. Heiß und kalt lief es an seinem Rücken auf und ab. Selbst nach über dreißig Jahren war das Feuer seiner Wut über ihre ekelhaften Taten noch immer nicht erloschen. Damals hatte er gehofft, es würde einen Sinn machen. Ihre Lügen hatten ihn dazu gebracht, bis zuletzt nach der Wahrheit zu suchen, deren Wirkungen er spielend in Kauf genommen hatte. Den Untergang des Unternehmens, das diese Stadt am Laufen gehalten hatte. Melanies Pinky Pig Pub, den er nach wie vor täglich aufsuchte, musste nur ein Jahr darauf schließen. Er hatte sie geheiratete, auch aus einer Schuld heraus. Wie so viele in diesem gläsernen Gefängnis hatte sie nicht genug Geld für den Rückflug zur Erde. Marek allein besaß zwar diese Menge an Geld, da Pandion ihm aber aufgrund seiner Parteizugehörigkeit ein großartiges Gehalt zahlte, wollte er die Stadt vorerst nicht verlassen. Melanie hatte irgendwann davon gesprochen, sich mit ihm für die dritte Kolonialflotte zu bewerben, aus dem Internen wusste LeSolda jedoch schon im Vorfeld, dass es den Start nie geben würde. Die NCP hatte bereits überall bei Sherman die Finger drin.

Als Entscheidungshilfe gegen den Kolonialflug hatte er ihr einen Sohn geschenkt, der trotz aller Umstände zu seinem einzigen und wahren Stolz geworden war. Im Fazit wäre all das ohne Jessicas abscheuliche Lügen nie passiert. Womöglich war dies sogar der Sinn ihrer Untaten. Marek entschied, gleich morgen zu Trupida zu gehen, damit sich endlich alles fügen konnte, wie es sollte. Er war schließlich dafür geschaffen, etwas Besonderes zu werden, das hatte er schon als kleiner Junge gewusst. Mit einem Stoßgebet dankte er Gott für dessen unendliche Güte. Es stellte sich wieder einmal dar, dass die Wege des Herrn unergründlich waren, aber stets zum Besten führten. Kommenden Sonntag würde er den hiesigen Bischof fragen, ob er vor der Gemeinde eine Rede halten durfte. Gottes Eingreifen sollten alle erfahren dürfen.

»Also nutzen Sie Trupidas Angebot. Wenn Sie es richtig anstellen, werden bald Sie hier hinten sitzen.« Gibson klopfte auf den freien Platz neben sich. »Und wenn Sie wollten, könnten Sie sich jeden Tag eine andere Nutte kommen lassen, alles bezahlt von unseren Wählern.« Er klappte sein PCP auf und prüfte seine Termine. »Apropos Nutten ... Bringen Sie mich in die Kranowallee, ich muss schon den ganzen Tag sowas von dringend abspritzen.«

LeSolda erschauderte bei dieser widerwärtigen Wortwahl. Gibson war und blieb ein ekliger Mensch, mal mehr, mal weniger, aber immer ein wenig abstoßend. Es gab auch niemanden, dem er es erzählen konnte. Die Wähler würden ihm niemals glauben und die Männer über Gibson waren keinen Deut besser: eklige, machtgierig und gottlose Verdammte.

Es war schon richtig, seit Jahrhunderten war einzig das ›Wer‹, niemals aber das ›Was‹ entscheidend. LeSolda nahm die nächste Ausfahrt und brachte das Fahrzeug in die gewünschte Richtung. Eine andere Wahl blieb ihm nicht. Gottes Wege waren schließlich unergründlich.

Steckte am Ende keine Belohnung, sondern eine Aufgabe dahinter, dass er ihn hierhergebracht hatte? Sollte er in den eigenen Reihen aufräumen? Marek LeSolda erinnerte sich an die zweite Frau in seinem Leben, die es tatsächlich geschafft hatte, seine Achtung zu gewinnen und Teil seines Weges geworden war: Ayasha Surona. Nachdem sie ihren Sohn hatte einfrieren lassen, widmete sie sich ihrer eigentlichen Aufgabe hier in *Red City*. Unter dem damaligen Chief Diwari, der längst irgendwo auf der Erde in einer Zelle verrottete, hatte sie mehr als zwanzig Polizisten vom FBI abführen lassen. Er selbst hatte in dieser Zeit befürchtet, dass auch er dazu gehören würde, doch nichts war geschehen. Dennoch traute er der Sache nicht, hatte in aller Vorsicht seinen Jumpsuit an den Nagel gehangen und war wie geplant zu Pandion gegangen, als simpler Sicherheitsmann, später Abteilungsleiter und dann, viele Jahre und Sprossen später, der direkte Schutzpatron des Firmenchefs. Er hatte damals einen winzigen Posten in der Partei angeboten bekommen mit einer gewichtslosen Stimme und ohne Einfluss bei den wirklich wichtigen Fragen. Er hatte abgelehnt, sein Ehrgefühl hatte es ihm verboten.

Heute aber würde er dies nicht tun, heute würde er Gottes Mission annehmen und er versprach dem Herrn, Devon P. Gibson ganz besonders auf die Finger zu schauen. Wenn er es richtig anstellte, würde bald ein Platz zur Spitze frei werden und ein weiterer Sünder zur Hölle fahren.

Welche Symbolik, dachte er, als er genau in diesem Augenblick in den sündigsten Ort *Red City*s einfuhr.

***

Zischend glitt die Wohnungstür in die Wand und ließ LeSolda in das großzügige Apartment, das er sich seinerzeit nicht hatte leisten können – und nun umsonst nutzte.

Hinter dem Eingangsbereich befand sich gerade zu das abgedunkelte Wohnzimmer, in dessen Sofaecke Melanie unter kleinen grünen Lampen saß, die Arme verschränkt, ihn fixierend. Im Hintergrund erklang ein alter Film, den sie sicher schon einhundert Mal gesehen hatte.

»Du bist spät«, merkte sie an.

Marek zog sich seine Schuhe aus und entledigte sich seines Jacketts. Er nahm ihre Anmerkung nicht an. Es war schließlich nicht das erste Mal, dass er länger arbeiten musste. Er lächelte, musterte sie. Das Gesicht war noch immer strahlend, nur das Silber in ihrem Haar zeugte von ihrem wahren Alter.

»Es gibt Gründe«, sagte er und trat in das Wohnzimmer. Hinter seinem Rücken nahm er eine Flasche Wein hervor.

»Großartige Gründe.«

Melanie sprang förmlich auf. »Wo hast du den her?« Alkohol war selten. Er wurde importiert und recht schnell von den Vermögenden gesichert. In diesem Haus war vor mehr als 20 Jahren das letzte Mal ein edler Tropfen geflossen.

»Mr. Trupida gab ihn mir, ... damit ich meine Beförderung feiern kann.«

Melanie stutzte, sah ihren Gatten an. »Beförderung? Und wer ist Mr. Trupida?«

LeSolda berührte sie schamlos und drängte sie sanft zur Seite, um an den Schrank zu gelangen. »Wenn ich es richtig anstelle, mein neuer Boss. Auch wenn ich wohl weiterhin den Dreck für Gibson wegräumen werde ...« Er öffnete eine Schublade und entnahm einen Korkenzieher, den er auf den Flaschenhals setzte.

Ehe er den Auslöser zum Öffnen drücken konnte, hielt Melanie seine Hand. »Warte damit … Es ist doch schon so spät.« Sie nahm ihm die Flasche ab. »Ich koche uns morgen etwas Passendes dazu und wir genießen den ganzen Abend.«
Marek nickte. »Essen ist gut.« Sein Blick suchte die Küche ab.
Nun lachte seine Ehefrau beinahe. »Du, wir haben bereits gegessen … Christian ist sogar schon im Bett.«

Sich der Situation ergebend blickte LeSolda den Flur hinunter, welcher zu Christians Zimmer führte. »Ein braver Junge.«
Melanie stieß ihn an. »Er ist kein Junge mehr.«
    »Ansichtssache«, meinte Marek und ließ sich mit einem leichten Stöhnen auf dem Sofa nieder. Wasser und Chips standen auf dem kleinen Glastisch davor. Beherzt griff er zu.
    »Und genau darum muss ich auch mit dir sprechen.« Melanie setzte sich an seine Seite.
    »Weswegen?«
    »Ich habe mich heute sehr intensiv mit unserem Sohn unterhalten«, begann sie ein Thema, von dem Marek nur an ihren Augen erkennen konnte, dass es ihr unangenehm war.
    »Er hat sich doch nicht etwa schmutzig angefasst?«
Melanie schüttelte den Kopf. »Marek, … nein, er möchte erwachsen werden … und seinen Weg gehen.«
Nicht verstehend schüttelte LeSolda seinen Kopf. »Ich habe seinen Weg doch schon geplant.«
    »Er möchte auf eigenen Beinen stehen, sich beweisen.«
    »Das kann er«, erlaubte LeSolda.
    »Er sprach davon, sich einen Job zu suchen.«
Nun richtete sich LeSolda ein wenig auf. Schließlich war es nicht einfach gewesen, ihn im Sicherheitsdienst von Pandion unterzubringen. »Er hat doch einen«, stieß er leicht beleidigt aus.

Melanie legte ihre Hand auf seine. »Sprich bitte leiser …«
Sie selbst senkte ihre Stimme. »Er möchte sich neu orientieren.«
Energisch wehrte LeSolda ab. »Wozu? Wer setzt ihm solche Flausen in den Kopf?«
»Niemand … «, versuchte sie ihn zu beruhigen. »Und ich unterstütze das. Gib ihm den Freiraum, den er benötigt, und lass ihn eine eigene Entscheidung fällen.«
LeSolda schloss die Augen, widerwillig und störrisch zwang er sich zu einem Nicken. »Okay …«
Melanie strich noch einmal über seine Hand. »Und wenn er eine getroffen hat, dann werden wir als Familie darüber sprechen, ganz diplomatisch.«
»Dann kann ich nur hoffen, dass er eine kluge Entscheidung fällt«, beharrte LeSolda darauf, seinen Unmut noch einmal erklingen zu lassen.
»Welche es auch sein wird, sie wird klug sein«, stand Melanie ihrem Sohn bei.

***

»Klug«, brummte Christian nach.
Das PCP in seiner Hand warf einen sanften Schein auf die kahle Wand hinter seinem Bett. Normale Teenager hatten dort Sportbilder, Fahr- oder Flugzeuge, die meisten gar nackte Frauen hängen. In Christians Zimmer hing dort nur ein Kruzifix. Vor 19 Jahren, am Tag seiner Geburt, von seinem Vater angebracht.

Christian blickte zur Tür, vor die er einen Stuhl gestellt hatte. Sollte eines seiner Elternteile in sein Zimmer kommen, würden sie gegen den Stuhl laufen und wären wenige Sekunden abgelenkt. Das waren die Sekunden, die er benötigte, um sein PCP zu deaktivieren.

›*sie diskutieren :/ vater ist typisch dagegen … mom bleibt cool*‹ stand als letzter Satz im Display. Er berührte das Senden-Symbol und eine kleine Blume zeigte den Übertragungsstatus.

Nun hieß es warten.

Das Signal kroch durchs System, in den Satelliten und wurde zur Erde geschossen – vierzehn elende Minuten lang.

Noch einmal so lange benötigte die Antwort. Seit Monaten lag er jeden Abend im Bett, ließ sich von seinem PCP alle 29 Minuten wecken, falls der Schlaf ihn übermannte.

›*Hast du schon was Konkretes gesagt?*‹, erschien von ›Noah‹ auf dem Display, als seine Eltern längst in ihren Betten waren. Bis heute begriff Christian nicht, dass sie in zwei getrennten schliefen.

›*angeteasert ...*‹, war seine Antwort. ›*sie würden ausflippen... ich wart nen richtig guten moment ab :P*‹

Senden an Noah.

Als das PCP ihn tatsächlich aus dem Schlaf riss, stand abermals nur ein kleiner Satz da, was Christian immer als Zeitverschwendung betrachtete. Er schrieb gerne mehr und viel, betrachtete den Chat eher wie einen Briefwechsel.

›*kann ich dich vlt auch anteasern?*‹

Ein Foto baute sich von oben nach unten auf. Christian erkannte sofort Noahs Gesicht und musste lächeln. Das Bild war jedoch erst zu 30 % abgeschlossen und offenbarte weitere Pixel. Die nackte Brust seines Gegenübers offenbarte sich.

Christian schluckte.

Das Bild baute sich weiter auf, ging über den Bauch hinaus. In halber Panik schlug er seine Hand aufs Display und hoffte, dass es niemand gesehen hatte. Was, wenn sein Vater davon erfuhr? Oder schlimmer: Gott. Heiß und kalt kroch es seinen Rücken herab, als er der Neugierde nicht widerstehen konnte, die Hand ein wenig zur Seite nahm und verstohlen auf das Display schaute wie ein Junge, der in der Klassenarbeit betrog.

Christian atmete heftig ein und aus, war zwischen Angst und Unsicherheit seiner Körperreaktionen wegen entschlossen, diesem Übel entgegenzuwirken. Er markierte das schändliche Bild und wählte es zur Löschung aus. Bebend hielt er seinen Daumen auf den Button, sah sich das Bild noch einmal an und verfluchte die Schmetterlinge in seinem Bauch und das sich anstauende Blut in seinen Lenden.

Bild gelöscht.

Zwischen Bedauern und Wut schrieb er Noah nur, ob dieser wahnsinnig sei und sendete ab. Die Antwort würde er sich wohl erst morgen früh ansehen, zu aufgewühlt war er gerade. Den Weckruf deaktivierte er, legte das Gerät auf seinen Nachttisch und drehte sich um. Unruhig wälzte er sich von einer Seite zur anderen und verfluchte dieses unerträgliche Gefühl, sich selbst berühren zu wollen. Er durfte nicht, denn es war bekannt, dass Gott oder sein Vater eine solche Schandtat niemals vergeben würde.

In seinen Gedanken hallten Noahs Worte wider, wie er erklärte, dass alles normal sei und Christian so sei, wie von Gott gewollt. Als seinen Beweis brachte er immer das Gleiche. ›*Wenn es falsch wäre, hätten wir uns nie getroffen und Gott hätte längst etwas unternommen, um dich zu ändern.*‹

War es wirklich so einfach?

Eine halbe Stunde später erschien abermals nur ein einziger Satz auf dem Display. ›*Nur nach dir, deshalb kann ich es kaum erwarten, dass du zur Erde kommst <3*‹

5

Marek LeSolda saß in seinem neuen Büro, das ihm der Firmenanwalt vor drei Wochen übergeben hatte. Es war groß, hell und im selben Stockwerk wie das seines Vorgesetzten, der ihm anfangs gerade mal eine Besenkammer gegeben hatte. Hilian Trupida hatte sein Versprechen in weniger als einem Monat wahrgemacht und ihm gegeben, was Gibson prophezeit hatte: Geld und Macht. Vorerst aber blieb LeSolda der Sicherheitschef Pandions, wenn auch mit einer stattlichen Gehaltserhöhung und den versprochenen Privilegien eines Parteiabgeordneten.

Im Großen und Ganzen wirkte der Firmenanwalt wie jemand, dem man blind vertrauen und mit dem man offen sprechen konnte, was LeSolda somit auch tat.
Vor wenigen Stunden hatte er sich dem Anwalt erstmals anvertraut und ihm gebeichtet, was er über Gibson wusste, als sei er der alleinige Schuldige an dessen Gotteslästerung. Der Anwalt hatte schweigend zugehört und breites Verständnis gezeigt - für beide Männer.

Er war ein überzeugter Christ, der die Lehren und Regeln ernst nahm und verinnerlicht hatte. Schon vor seiner Anstellung bei Pandion hatte er unermüdlich als Gottes Anwalt gedient. Alle Energie floss ungeteilt in Trupidas heilige Arbeit. Ob Ketzer, provokante Ungläubige oder arme Irre, die falschen Götzen nachliefen, jede verlorene Seele stand in Hilian Trupidas Schussfeld. Niemals strebte der gewissenhafte Anwalt an, seine Gegner zu zerstören, nein, Rettung war sein Antrieb. In den meisten Fällen war es ihm auch gelungen. Der feste Glaube und Teil derselben Generation zu sein war nur eine von vielen Gemeinsamkeiten beider einander gegenübersitzender Männer. LeSolda sprach im Laufe ihrer angenehmen Unterhaltung von seinem Vater. Trupida lächelte nur, als er erklärte, dass beide eine ähnliche Kindheit durchlebt hatten. Auch sein alter Herr hatte in Amerikas Krieg gegen den Islam gekämpft, allerdings war er nie zurückgekehrt, verblieb stattdessen als eine statistische Zahl inmitten Hunderttausender gefallener amerikanischer Helden. Es war natürlich eine lächerliche Zahl, wenn man die Millionen Opfer auf der besiegten Seite betrachtete.

Ausschweifend begann der alte Anwalt seinem neuen Schützling zu erzählen, wie er sich sein ganzes Leben vorbereitet hatte, ebenfalls im Krieg gegen die falschen Gläubigen zu kämpfen – bis diese sich plötzlich einfach ergaben. Wie einst die Russen vor über hundert Jahren war der erklärte Feind aller demokratischen Nationen plötzlich verschwunden.

Ein schwarzer Tag für die damalige US-Regierung. Trupida hingegen hatte dies recht gelassen entgegengenommen. Ein Feind war besiegt, ein anderer drohte viel zu mächtig zu werden: der Unglaube, Trupidas ganz eigener Feind.

Mit Beginn des 21. Jahrhunderts hatten die Religionen in vielen Staaten ihren Weg zurück in die Gesetzbücher gefunden, allen voran die USA und die Länder, die ihnen unterworfen waren, ob wirtschaftlich oder militärisch. Es war für viele ein Einfaches, die Bemühungen sogenannter ›Aufklärer‹ als ›Beleidigung des religiösen Empfindens‹ zu kriminalisieren, zu unterbinden und auch zu verurteilen. Die Krönung aller Blasphemien blieb jedoch die Kolonisierung des roten Planeten nur wenige Jahre vor Kriegsende, wo man sich anmaßte, mit dem Beleben dieser toten Welt einmal selbst Gott zu spielen.

Jede marktführende Partei schlug sich seinerzeit darum, als erste auf diesem neuen Land ihren Claim abzustecken. Gottes Geschenk, die Erde, drohte erneut ihre einzigartige Bedeutung zu verlieren, als die Verantwortlichen in ihren Lästerungen einen neuen Höhepunkt schufen: die Besiedelung ferner Welten, ein gewaltiger Schritt, den sie ironischerweise als ›einen kleinen Schritt‹ deklarierten.

Gottesfürchtige Christen sahen darin eine Wiederholung der Geschichte vom Turm zu Babel und organisierten Proteste, die auch den damals noch Jura studierenden Trupida erfassten. Nur Jahre später wurde der junge Mann zu einem der erfolgreichsten Anwälte seiner Zunft. Wie Wasser den Stein höhlt, begann er sich zu den Ungläubigen vorzuarbeiten, rettete Seelen oder ließ sie wegschaffen. Er wurde ruhiger, besonnener und begann die Dinge in ihren Zusammenhängen zu sehen, ähnlich der ihm gegenübersitzende LeSolda.

Eines Tages, auf dem Höhepunkt seiner Laufbahn, wurde Trupida seines Rufes wegen von der Pandion Corporation engagiert, um ihre Monopolstellung in *Red City* zu verteidigen sowie die Steuerfreiheit von allen irdischen Ländern zu gewährleisten. Trupida hörte damals dieses Klingeln im Ohr. Dasselbe, das er auch gehört hatte, als Devon Gibson seinen Vortrag über Chrysador zum Besten gegeben hatte. Als Anwalt zog er alle Register und gewann. Pandion hatte sich damals, um den Prozess zu gewinnen, von Trupidas überreden lassen, die NCP zu unterstützen. Als Teil einer auf der Erde bestehenden Partei war es dem Unternehmen ein Leichtes, sich steuerfrei als Monopol darzustellen.

Marek LeSolda staunte nicht schlecht, als er erfuhr, dass dieser eine Mann der direkte Verantwortliche war, dass Pandion die NCP unterstützte. Mehr noch staunte er über die damals visionäre Idee des Mannes, als dieser erklärt hatte, dass ein steuerfreies und monopolares Unternehmen eine grundsätzliche finanzielle Sicherheit in alle Ewigkeit sei – etwas, was der NCP dringend fehlte. Die kleinen Proteste auf der Erde gegen die Sherman-Stiftung hatte hier draußen niemand gehört. Die NCP musste seiner Vorstellung nach vor Ort sein, um ihre Mission zu erfüllen. Heute, trotz des Verfalls der Stadt, war er noch immer hier draußen, inzwischen ein geehrtes Mitglied der Partei mit einem ganz besonderen Status. Die größte Gotteslästerung war besiegt und seine Partei hielt eine feste Hand auf das System, das dies alles erst ermöglicht hatte, denn ohne Shermans Lästerungen wäre die NCP nicht dort, wo sie heute stand.

LeSolda fragte nach, wie sich Pandion überhaupt darauf einlassen konnte, gegen Sherman zu arbeiten, was zweifellos auch das eigene Ende hätte einläuten können. Trupida hatte nur gelacht.

»Ist Pandion etwa am Ende? Nein, es war ein Sieg auf ganzer Linie«, hatte er erklärt.

Marek war unsicher geblieben, erinnerte an die erfolgreiche Kolonisation des Planeten und den dort befindlichen Außerirdischen. Der Firmenanwalt behielt sein überlegenes Lächeln bei und sagte einen Satz, der jetzt noch in Marek nachklang. »Gotteslästerung findet nicht im Fortschritt statt, ... sondern in den Menschen. Und das gilt es zu bewältigen.«

LeSolda sah aus dem breiten Fenster seines Büros und blickte auf die tote Wüste zwischen den qualmenden Kühltürmen der Atomreaktoren. Der Mars wirkte nicht anders als irgendeine Wüste auf der Erde. Trupida hatte ihm zuletzt erklärt, dass zu Gottes Werken und Wirken sicher nicht nur der Mensch als zweifelsfreie Krone der Schöpfung gehörte, sondern auch jeder Stein, jedes Tier und jeder Stern. War der Glaube mit dem Außerirdischen so einfach zu vereinen?

Als vorigen Monat das Signal aus Chrysador eingetroffen war, schien es noch eine Katastrophe. Bei Trupida hingegen läutete es und es wuchs die Idee zum irdischen Wahlsieg. *Red City* war derzeit mit 90 Prozent Marktanteil in der Hand der NCP, in den USA war sie bei sechs und auf der gesamten Erde bei weniger als drei Prozent.

Mit der Faszination von Außerirdischen, der Technik, die sie anboten und den Dingen, die sie wussten, konnte sich laut des alten Anwalts der künftige Einfluss auf der Erde verzehnfachen. Der Zweck dazu heiligte das Mittel

und LeSolda wurde angehalten, dieser Idee bedingungslos zu folgen, für ein höheres Wohl, was auch bedeutete, an den Dingen zu rütteln, die bisher zu seiner Wahrheit gehört hatten.
Das plötzliche Sirren seines PCPs riss Marek aus seinen Gedanken.

6

Devon P. Gibsons Augen waren ziellos auf sein Terminal gerichtet. Innerlich war er so ungeduldig wie ein Kind vor Weihnachten. Er konnte sich auf nichts konzentrieren, nicht einmal die Suche nach neuen Pornofilmen hatte ihn ablenken können.

Seine Augen suchten zum wiederholten Male die Zeitanzeige an seinem Terminal. Manchmal blickte er sogar zweimal in der Minute auf das kleine Feld am unteren Rahmen. Es war gerade dreizehn Minuten nach siebzehn Uhr. Heute, irgendwann zwischen 14:30 und 22:00, sollte es endlich soweit sein. So hatte es ihm Aline Cromwell jedenfalls schon vor drei Tagen mitgeteilt. Sollte sie sich also bis 22 Uhr nicht gemeldet haben, mussten die Berechnungen von vorn beginnen. Es bedurfte einer direkten Sicht von der Tharsis-Tholus-Region auf den Stern Chrysadors. Die verschiedenen Planeten im System, die Position der Sonne und ihr eigenes Gravitationsfeld ... alles musste berechnet werden. Seit beinahe einem Monat pumpten die Reaktoren der Pandionwerke nun schon alle Energie in die jahrzehntealten Kondensatoren der ehemaligen Markus-Sherman-Stiftung. Die Gesamtkosten, beziehungsweise der entgangene Gewinn, beliefen sich bereits auf zweieinhalb Milliarden Dollar. Das Gremium war aufgrund der anfänglichen Zahlen deutlich unruhiger geworden, weshalb Gibson beim letzten Quartalsmeeting schlicht gefälschte Zahlen aufgetischt hatte, um die wahren Kosten noch eine Weile zu verschleiern. Er befürchtete, dass man ihn ansonsten zum Abbruch seiner Pläne drängen würde. Etwas, das unter keinen Umständen passieren durfte, schon allein wegen dem, was bereits investiert worden war.

Ein leises Piepen signalisierte ihm einen Anruf seiner Sekretärin, die nur zwei Meter hinter der Tür seines geräumigen Büros saß.

»Ja?«, fragte er, als er das Gespräch angenommen hatte. »Sir, Mr. Trupida ist da.«

»Trupida?« Er hob die Augenbrauen. Tausend Gedanken jagten durch seine Gehirnwindungen, warum ausgerechnet der Firmenanwalt vor seinem Büro stand. Hatte man seine Täuschung entdeckt? Gibson räusperte sich. »Er darf reinkommen.« Eine Wahl hatte er nicht. Langsam stand er von seinem bequemen Sessel auf und richtete sein Jackett. Ein schneller Blick auf seinen Kristallschirm, ob eventuell noch kompromittierendes Material zu sehen war, ehe er seinen unschuldigsten Gesichtsausdruck aufsetzte. Sekunden später öffnete sich mit einem leisen Zischen die weiße Doppeltür. Hilian Trupida schritt mit den Händen auf dem Rücken genüsslich herein. Er trug eine gelbe Krawatte zu einem blauen Jackett, das er wie immer nicht geschlossen hatte.

Sein Körper strahlte Kraft und Gesundheit aus. Man konnte ihm sein Alter von neunundsechzig Jahren an keiner Stelle anmerken. Devon hatte bereits vor zwei Jahren die ersten grauen Haare bekommen, dabei war er gerade mal fünfundvierzig Jahre alt. Weniger als ein Drittel seines Lebens lag hinter ihm. Er neidete es dem alten Anwalt, sein Gesicht aber verriet nichts davon. »Hilian, was kann ich für Sie … ?« Er unterbrach sich, als er seinen Sicherheitschef hinter Trupida auftauchen sah. »Marek?« Fragend starrte er beide im Wechsel an. Es gefiel ihm gar nicht, dass LeSolda sich seinem neuen Gönner so ergeben verhielt.

»Sir«, sagte dieser respektvoll, näherte sich zügig dem Schreibtisch, nahm die beiden Stufen mit nur einem Satz und übergab sein PCP an Gibson. »Mrs. Cromwell, Sir.« Er nickte leicht. »Sie sind soweit.«

Gibson sah kurz auf Trupida, der die Stufen nicht genommen hatte. »Nun machen Sie nicht so ein Gesicht, Devon.« Der Anwalt lächelte wissend. »Der gute Marek hat mich nur gerade informiert, dass das Signal in wenigen Minuten gesendet wird.« Er blickte sich um, als suche er etwas. »Ich will einfach dabei sein, bei diesem historischen Moment.« Dann klopfte er auf seine Brusttasche, in der sich sein PCP befand. »Habe auch William informiert, aber er wird wohl nicht kommen.« Er deutete auf den Boden unter dem Aquarium. »Haben Sie was zum Sitzen?«

Gibson verzog unglücklich den Mund. »Selbstverständlich.« Er setzte sich ruppig und betätigte an seinem Schreibtisch zwei Tasten, worauf sich der Boden unter dem Aquarium öffnete und langsam der Omega-förmige Tisch mit den Sesseln nach oben hob. Derweilen sah er LeSolda scharf an. »Ich glaube, wir müssen noch einmal über Prioritäten reden, Marek.«

»Gerne, Sir.«

Trupida lachte, als er sich endlich setzen konnte. »Devon! Hätten Sie in vergleichbarer Situation anders gehandelt?« »Sicher nicht … und genau das macht mir Sorgen.« Er warf LeSolda einen kurzen Blick zu, der keine Regung in seinem Gesicht zeigte. Erneut erklang das Terminal und Gibson nahm das Signal seiner Sekretärin an. »Lassen Sie sie alle rein, Janine, es ist okay.«
»Jawohl, Sir.«

Die Tür öffnete sich erneut und ließ den stellvertretenden NCP-Vorsitzenden Pearl Pirok hinein. »William hat zu tun …«, erklärte dieser, ging auf seinen Stammplatz zu und setzte sich, ohne darum zu bitten. »Lassen Sie die Freakshow beginnen.«

Die Tür öffnete sich erneut. »Meine Herren, wir schreiben heute Geschichte!«, rief Mario Spacal und klatschte in seine Hände. Hinter ihm betrat Robert Rivulet den Raum und legte seine Hand auf Spacals Schulter. »Das haben wir schon, nun ordnen wir die Einträge.«

Trupida lachte bei dieser Bemerkung, auch Gibson stieg mit ein, dann wurde er ernst. »Hat noch irgendwer irgendwen angerufen?« Sein Blick galt LeSolda, der einzig Trupida informiert hatte. »Nein, Sir.«

Zufrieden lächelte er. »Na, dann können wir ja anfangen.«

Er aktivierte das metergroße Holofeld, das einen Augenblick später Aline Cromwell zeigte, und trat zur Seite.

»Guten Abend, Mrs. Gibson.«

»Wie ist der Status?«, fragte Gibson zurück, ohne den Gruß zu erwidern.

»Die Kondensatoren sind seit einigen Stunden voll geladen. Die Botschaft wurde entsprechend konvertiert.« Cromwell änderte die Ansicht zu einer röhrenähnlichen Vorrichtung auf der Spitze der Shermankuppel. »In vier Minuten senden wir die Botschaft«, erklärte ihre Stimme aus dem Off.

Gibson sah sich in dem kleinen Kreis der Beobachter um. »Meine Herren, wenn ich richtig liege, errichten wir gerade die erste interstellare Handelsbeziehung ... Haben Sie eine Ahnung, wie viel man uns für nur ein Gramm von diesem Zeug geben wird? Von den technologischen Neuerungen ganz zu schweigen!«

»Ich dachte, den Preis können wir bestimmen?«, merkte Rivale an. Gibson grinste mit seinen strahlend weißen Zähnen. »Ganz genau.«

Auf dem Hologramm stellte sich wieder Aline dar, die an einer fast schon simplen Kontrolle stand. »Das Signal wird jetzt gesendet.«

Ein zusätzliches Fenster zeigte in einer kleineren Darstellung die Vorrichtung auf der Kuppel, wie diese sich ausrichtete und mit einem bläulichen Schimmer an einigen Stellen regungslos dastand. Die Männer starrten auf das Hologramm und warteten, doch nichts geschah. Dann erlosch das blaue Glimmen, gefolgt von einem Aufheulen, das durch die Holo-Übertragung aus Alines Arbeitsplatz in Gibsons Büro getragen wurde.

»Was ist passiert?«, fragte er sichtlich irritiert.

»Sir?« Aline sah ihn mit ähnlich verwundertem Gesichtsausdruck an.

»Wann senden Sie?«

»Sir, wir haben bereits gesendet. Das Signal ist nun unterwegs und wird in etwa drei bis vier Wochen die Kolonisten erreichen.«

»Oh … ah …« Gibson strich sich leicht verlegen über den Nacken. Er hatte sich das Ganze etwas spektakulärer vorgestellt.

»Nun denn, zurück zum Tageswerk.« Er grinste. »Wir müssen ein paar Milliarden wieder reinholen.«

»Sir, ich habe da bereits etwas ausgearbeitet.« Robert Rivulet schob sein PCP über den Tisch in Gibsons Richtung. »Wenn wir es richtig anstellen, die Botschaft leicht verändern, unsere Antwort ebenso … mit einem Foto der Außerirdischen …«

Die Tabelle zeigte ein rapides Wachstum. »Dann könnten wir es schaffen, unseren Marktwert schon nächsten Monat mehr als nur zu verdoppeln.«

»Verdoppeln?«, fragte Gibson.

Rivulet nickte. »Ja, mit einem Wähleranteil von fast elf Prozent in den USA.«

»Und der Rest der Welt?«

Der junge Mann schüttelte den Kopf. »Aufgrund der hohen Schwankungen ist dort bei aller Liebe keine Prognose möglich, aber eine Vorstellung, dass wir in vielen Parlamenten über fünf Prozent kommen. Sie müssten mir die Finanzierungseinteilung einfach nur überlassen.«

Gibson lächelte. »Ihnen überlassen?«

»Die Verwaltung, Sir. Ich habe einige wirklich großartige Ideen. Ich benötige nur vollen Zugriff auf unsere Verwaltung.«

»Hört, hört!«, rief Trupida aus. »Da ist jemand fünf Schritte voraus.« Er sah Pirok an, der ebenfalls Rivulet ins Auge gefasst hatte. »Was für Ideen sind das?«

»Nun, Sir, ich habe einige bereits notiert.« Er deutete auf das PCP, das Gibson nun in seinen Händen hielt. Dieser schob es zurück zu Rivulet. »Sehr gut, Robert, machen Sie weiter so.« Er nickte den anderen zu und lächelte. »Das nenn ich Engagement. Wenn Sie mich jetzt allerdings entschuldigen würden, ich werde noch gebraucht.«
Er warf LeSolda einen Blick zu und verließ dann sein Büro.

***

Marek LeSolda öffnete die Tür zu Gibsons Dienstwagen und versiegelte ihn von innen.

»Kann ich Ihnen vertrauen, Marek?«

»Sie wären nicht hier, wenn dem nicht so wäre.«
Gibson lachte. »Sie haben sich verändert ... Als ich damals hier angefangen habe, waren Sie ein kleiner, verschüchterter Wachmann, irgendwo zwischen all den anderen.«

»Das ist mir bewusst.«

»Lassen Sie sich Trupidas Geschenke nicht zu Kopf steigen. Er benutzt die Menschen, wie er sie braucht.«
Marek wandte sich um. Er hatte keine Lust mehr, über den Rückspiegel zu kommunizieren. »Wofür sollte ein Anwalt mich brauchen?«
Gibson zuckte mit den Schultern. »Kennen Sie sein Steckenpferd?«

»Ungläubige jagen?«
Gibson lächelte etwas nervös. »Möglich, dass er das tut.«

»Sie sind noch immer hier, Sir.«
Gibson räusperte sich. »Ich könnte Sie jetzt erschießen.«
LeSolda schüttelte den Kopf. »Nein, Sir, nicht mehr.«

»Vor einigen Wochen gefiel mir die Idee noch, dass Sie bissig geworden sind ... Heute allerdings ...«
LeSolda legte einen etwas amüsierten Blick auf. »Aber Sir, wie heißt es doch so schön? ›Beiße nicht in die Hand, die dich nährt.‹«
Nun hielt Gibson inne. Er dachte einen Moment nach und sackte schließlich erleichtert zusammen. »Danke, das wollt ich hören.«
»War es das, Sir?«
»Nein.«
Gibson klappte sein PCP auf. »Das eben war quasi der Prolog.«
LeSolda runzelte die Stirn, wusste mit diesem Wort nichts anzufangen, war jedoch der Meinung, dass es wohl eine Art Einstieg war.
»Robert Rivulet«, begann Gibson bedächtig. »Der kleine Hosenscheißer.«
Er zeigte seinem Sicherheitschef eine Kopie der Daten, die er ausgearbeitet hatte. »Ganz schön clever für jemanden, der nur Kunst und Bildung ein Bein stellen soll, oder?«
Gibson sah nun selbst auf die Daten. »Entweder will er ein besonders großes Stück vom Kuchen oder sogar alles ...«
Er klappte das PCP zu. »Das werde ich nicht dulden. Finden Sie was über ihn. Buddeln Sie im Dreck, graben Sie Leichen aus.«
»Sir?«
»Sie waren einmal Cop, haben Sie gesagt ... Nutzen Sie das doch.«
»Nun, Sir ...« LeSolda war sichtlich irritiert. Er hatte lange keine Daten gesammelt, abgesehen von Gibsons eigenen, die er bereits als Sicherheit bei Trupida gelassen hatte. Doch Rivulet? Wer würde ein so kleines und junges Licht beobachten wollen?
»Mir egal, wie Sie es machen, aber brechen Sie ihm schnellstens das Genick«, setzte Gibson mit aller Deutlichkeit nach. »Vertrauen Sie mir, er spielt falsch.«

***

»Dies ist deine Zukunft!«, rief Marek LeSolda mit bebender Stimme über den Tisch. Christian blieb unbeeindruckt. Beide Männer saßen sich gegenüber, die Hände jeweils vor sich gefaltet. Trotz seines Alters war LeSoldas Sprössling einen ganzen Kopf kleiner als sein Vater. Er hatte Melanies Locken und auch ein wenig ihrer dunkle Hautfarbe, auch wenn diese sich nie so ausprägen würde wie bei seiner Mutter, da die Sonneneinstrahlung hier in *Red City* eher dürftig war. Sein Vitamin D musste er sich, wie alle anderen auch, über Tabletten zuführen.

»Nein, es ist deine Vergangenheit!«, zischte der Junge zurück.

»Ach so?« LeSolda richtete sich ein wenig auf. »Heute gibt es über mir nur noch den Vorstand ... Schau dir das Geld an, das ich mitbringe.« Seine Augen deuteten auf seine Frau, die am Kopf des Tisches stand und ihre ›Jungs‹, wie sie beide zusammen nannte, beobachtete.

»Deine Mutter könnte ihren Pub wieder betreiben, wenn sie denn wollte.«

»Und wer soll dort hingehen? Diese Stadt ist ausgestorben ... Sie ist ein Grab!«

»Wenn sie ein Grab ist ... wieso willst du unbedingt Polizist in diesem Grab werden?«

»Weil ich es will!« Christian löste seine Hände und ballte unbewusst die Fäuste. »Weil ich über mein Leben entscheiden will!«
Melanie, die wie ein Schiedsrichter dafür sorgte, dass diese Diskussion - wie alle anderen davor - fruchtbar blieb, räusperte sich ein wenig. Ihre dunklen Augen deuteten auf die Hände ihres Sohnes. Dieser verstand sofort und faltete sie wieder. Etwas behutsamer sprach er weiter. »Deinetwegen bin ich mit der Tochter von diesem Anwalt ausgegangen ... Deinetwegen habe ich damals nur die Pflichtfächer in der Schule abgeschlossen ... Deinetwegen bin ich nur ein

armseliger Wachmann in deiner Firma auf deinem alten Posten. Hier bist du mein Vater und dort mein Boss! Es wird Zeit, dass ich mein eigener Boss werde!«
LeSolda schüttelte langsam den Kopf. »Solang ich dein Vater bin, entscheide ich, wer dein Boss ist. Und vor dem Herrn hast du mich und meine Entscheidungen zu respektieren!«

»Marek!«, fuhr Melanie plötzlich dazwischen. »Du redest gerade wie dein Vater.« Es war kein Verstoß gegen die Regeln, es war gerade nur sehr unangebracht.

»Ach, niemals.« LeSolda winkte beschwichtigend ab.

»Oh, doch!« Sie stützte sich auf den Tisch. »Argumentiere anders, weshalb unser Sohn kein Polizist werden sollte.« Sie sah Christian an. »So, dass er es versteht.«
Marek sah sie einen Moment lang an. Wie immer hatte sie keine Position bezogen. Sie war eine viel zu gute Ehefrau, die ihre Meinung fast immer für sich behielt, aber sich niemals scheute, einzugreifen, wenn ein gewisser Punkt überschritten wurde. Marek respektierte das. Er würde sogar so weit gehen, zu meinen, dass er diesen Charakterzug an ihr schätzte. Er sah sie kurz an. Das Lodern in ihren Augen war heute noch so heiß wie vor dreißig Jahren. Sie richtete sich wieder auf und verschränkte die Arme vor ihrer Brust. »Schließlich habe ich auch Traditionen und gesellschaftliche Stellungen hinter mir gelassen, als ich den Pinky Pub übernommen habe«, bekräftigte sie.
Ihr Ehemann schüttelte abweisend den Kopf. »Das ist was völlig anderes. Du bist Europäerin, für dich waren diese Dinge damals normal.«

»Und für dich sind sie es heute, … obwohl unser Zuhause weit von der Erde entfernt liegt …«

»Und dort möchte ich hin«, flüsterte Christian.
Melanie stutzte einen Moment. »Wohin?« In ihrem Kopf hallte die Antwort auf diese Frage bereits, ehe Christian sie aussprach.

»Ich will auf die Erde.«

Sie sah ihn mit hochgezogenen Augenbrauen an, wandte dann den Blick ihrem Ehemann entgegen.
»Und warum das?«, fragte dieser, nachdem seine Augen sich mit denen seiner Frau getroffen hatten.
Christian zuckte mit den Schultern. »Frische Luft … Wetter, Sonne … Freunde?!« Er konnte nicht begreifen, wieso seine Eltern lieber hier auf diesem öden Felsen lebten als auf dem blühenden Nachbarplaneten, den Gott optimal für die Menschen geschaffen hatte.
»Deine komischen Onlinefreunde sind nicht real. Du hast keinen davon je gesehen.«
»Sie sind nicht komisch!«, warf Christian deutlich ein.
»Und letztes Jahr war Noah hier«, fügte er etwas leiser hinzu.
Sein Vater lachte »Was? Dieser nuschelnde Trottel? Er sah aus wie ein Mädchen! Wer war der Kerl? Was hat er in seinem Leben geleistet?«
Christian funkelte ihn mit verengten Augen an. »Geleistet? Er konnte sich mal eben so einen Flug zum Mars und zurück leisten!«
LeSolda winkte ab. »Ein reiches verwöhntes Balg also? Der war doch höchstens fünfzehn!«
»Nein, Vater! Er ist inzwischen vierundzwanzig.« Christians Stimme bebte. »Und er ist ein Polizist. Ich habe geglaubt, dass du dich freust, wenn ich Freunde mit ehrbaren Berufen habe.«
Für einen Bruchteil eines Augenblicks hing LeSolda in seiner Vergangenheit. »Dieser Beruf ist nicht immer gleichbedeutend mit Ehre. Und dieser Junge hat wahrlich nicht das Zeug zu einem Polizisten.«
»Woher stammt er?«, fragte Melanie. »Englisch schien nicht seine Muttersprache zu sein.«
»Er kommt aus Deutschland.«
LeSolda hob die Augen. »Deutschland? Das ist aber nicht in Amerika, oder?«

»Nein, Vater.« Christian musste zugeben, dass er auch nicht genau gewusst hatte, wo Deutschland lag, ehe er Noah kennengelernt hatte. Dergleichen wurde in dieser Familie einfach nicht für wichtig empfunden.

»Das liegt irgendwo in Europa«, erklärte Melanie.
Jetzt war es LeSolda, der die Fäuste ballte. »Mein Gott! Am Ende ist er noch ein Ungläubiger.«

»Marek.« Melanies Augen lagen auf seinen Händen, die sich sofort entspannten.
Christians Finger lagen bebend auf der Tischplatte. »Und wenn schon. Spielt das eine Rolle? Er wird mir einen Posten in seinem Revier beschaffen. Dazu muss ich hier nur zuvor die Ausbildung schaffen.«
LeSolda wehrte mit beiden Händen ab. »Um dich dann von europäischem Gedankengift vernebeln zu lassen? Nein, kommt gar nicht in Frage.«

»Vater! Er ist Polizist! Er vertritt das Gesetz! Er ist sehr gut in seinem Beruf!«
LeSolda strich sich einen Moment nachdenklich über sein frisch rasiertes Kinn, mit der anderen Hand ließ er seine Finger auf der Tischplatte trommeln. *Ein ehrlicher Polizist?* Das war er selbst nie gewesen. Es gab nur eine Person, der er diese Eigenschaften zuschreiben würde. Diese hatte den Mars nur schon vor sehr langer Zeit verlassen.

»Gut, nehmen wir an, alles kommt, wie du es dir vorstellst. Aber kennst du die Kriminalrate auf der Erde? Hat dieser Freund dir auch davon berichtet?«
Nun zögerte Christian. Natürlich hatte er darüber keinerlei Kenntnisse. Woher auch?
LeSolda erkannte dies und setze nach. »Du wirst dort wahrscheinlich nach nur drei Wochen von einem Junkie abgestochen.« Sein Finger tippte auf die Tischplatte. »Kommt gleich zweimal nicht in Frage! Ich verbiete es dir!« Sein Finger hob sich und zeigte nun auf Christians Gesicht. »Ich verbiete dir, vor mir zu sterben!«

Melanie nickte bekräftigend. »In diesem Punkt gebe ich deinem Vater vollkommen recht. Die Erde ist ein Tabu.«

»Aber Mom!«, widersprach Christian. Melanie hob ihre Hand. »Wenn du aber wirklich Polizist werden möchtest, versuche es ruhig einmal. Ich bin mir sicher, dass du es kannst.«

Sie zuckte mit den Schultern. »Und dein Vater könnte sicher ein Wort für dich einlegen, um dir einen ersten Einblick zu verschaffen.« Sie wurde ernster. »Aber!« Sie wechselte einen Blick mit ihrem Mann. »Du solltest dir darüber klar sein, was es heißt, danach zu streben, deine Heimat und uns zu verlassen. Auf der Erde erwarten dich Gewalt, Angst und medizinische Probleme.« Sie deutete auf seine auffällig schlanke Erscheinung. »Du bist hier geboren. Auf der Erde verdreifacht sich dein Körpergewicht. Wie lange glaubst du, wirst du das überstehen? Dort erwartet dich rein gar nichts!«

»Oh doch.« Christian dachte einen Augenblick nach, schien eine konkrete Vorstellung davon zu haben, was ihn dort erwartete. Etwas, was seine Eltern nicht zu ahnen schienen. »Das Leben.« Seine Stimme, nicht mehr als ein Flüstern, zitterte sogar ein wenig.

»Das Leben?« LeSolda lachte laut auf. »Was weißt du denn vom Leben?«

Christians Augen funkelten plötzlich wie die seiner Mutter. In ihm tobte ein Sturm, den er nur schwer unter Kontrolle halten konnte. »Mehr als du!«, raunte er seinen Vater an. »Was hast du denn Großartiges geschaffen? Hier?!« Verletzt schnaufte LeSolda auf. Er mied den Blick seines Kindes und senkte die Stimme. »Dich, mein Sohn.« Christian schluckte und sah reumütig seine Mutter an. Sie wandte sich nur ab und verließ den Raum. Die Diskussion war für heute beendet.

Christian blickte zurück auf die Tischplatte. In ihm haderte das Bedürfnis, seinen Vater um Verzeihung zu bitten. Wenn

er etwas von Marek LeSolda geerbt hatte, war es der Stolz.
Dieser verbat ihm selbst dann noch, nach einer Entschuldigung zu fragen, wenn sie förmlich nach ihm rief.
Nach weiteren schweren Minuten des Schweigens stand sein Vater auf und berührte ihn sanft an der Schulter. Mit nicht weniger sanfter Stimme sagte er. »Na komm, ich fahre dich zur Arbeit.«
Christian verneinte stumm: »Ich möchte heute allein gehen.«
　»Warum? Es liegt doch auf dem Weg.«
　»Ich weiß, Vater, aber ich muss nachdenken.«
LeSolda nickte. »Wie du wünschst.«

7

Der Alltag war zurückgekehrt.
In LeSoldas Tagewerk fiel es nun wieder, unter anderem die Schiffe, welche die riesigen Energiespeicher auslieferten, nach illegalen Flüchtlingen zu prüfen und das Gleiche, wenn die leeren Schiffe von der Erde zurückkehrten. An anderen Tagen schrieb er Dienstpläne, begleitete Gibson auf seinen Besichtigungen, brachte ihn ins Bordell, ins Restaurant oder in die Kirche und holte ihn meist auch wieder ab. Einmal im Monat prüfte er im Rahmen seiner alten Aufgaben die Gütertransporte, welche die Monde Ganymed, Kallisto und Europa anflogen. Vor knapp zwei Jahren hatte es noch einen vierten Verband gegeben, der bis zum Saturnmond Titan flog. Nach seiner letzten Reise war dieser jedoch mit der Meldung zurückgekehrt, dass alle 107 Personen der primär asiatischen Station ›Yao Yuan de Lu‹ ums Leben gekommen waren. Dieser Vorfall brach der AAXO endgültig das Genick und beendete auch vorläufig die asiatische Raumfahrt, was Pandion einen weiteren Großkunden nahm.
Noch heute lagen die Leichen der Wissenschaftler in den *Red-City*-gleichen Kuppelbauten des Titan, da bisher kein

Geld aufgebracht werden konnte, diese zu bergen. Ebenfalls hatte es auch noch keine Untersuchung gegeben, was die Ursache des Unfalls war. Seitens Pandion gab es einen Bergungsplan, der die asiatische Allianz mehrere Milliarden gekostet hätte, jedoch ausgeschlagen wurde. Ausgearbeitet hatte diesen Devon P. Gibson, der sich über die Ablehnung seines Plans weit mehr aufgeregt hatte als über das Abschmettern seiner Partei im Europäischen Parlament des Jahres 2115. Ziel der damaligen Aggression seitens Gibson war Marek LeSolda gewesen. Heute war dies undenkbar und würde auch in Zukunft undenkbar bleiben.

Pünktlich wie an jedem Morgen seit seiner Beförderung betrat Marek LeSolda sein kleines Büro, wobei er ›klein‹ ganz eigen für sich definierte. Inzwischen hatte er sich hier ganz nach seinem Geschmack eingerichtet und auch ein wenig umräumen lassen. Der Schreibtisch stand nun seitlich zum Fenster, damit die ferne Sonne ihr weiches Licht direkt auf seinen sorgfältig eingerichteten Arbeitsbereich werfen konnte. Die ersten Strahlen trafen immer auf ein gerahmtes Foto seiner Familie, das zwischen einer Jesusfigur links und einer Marienfigur rechts seitlich des Kristallschirms stand. Ein kleiner grüner Elefant, der ein rotes Herz mit seinem Rüssel umklammerte, stand direkt bei dem Familienfoto. Er war ein Geschenk seiner Frau und ein Glücksbringer geworden, obwohl dies den Regeln der Kirche widersprach. Der emotionale Wert war größer als der Glaube.
Marek entschied, sich später dafür zu verantworten oder es als Ehren seines Weibes auszulegen.
Neben seinen Schreibtisch ließ er sich eine große Pflanze stellen, ebenso auf alle möglichen bisher ungenutzten Ablagen.
Die meisten davon standen in seinem alten Kämmerlein, ursprünglich als eine Notlösung.

Zu seinen Aufgaben für Devon P. Gibson gehörte es auch, alle Pflanzen im Gebäude zu gießen. Da es früher hier deutlich mehr Angestellte gegeben hatte als in den letzten Jahren, verkam auch das meiste Grün, weshalb diese Aufgabe ihm zuteilgeworden war. Aus Bequemlichkeit sammelte LeSolda nach und nach alle Pflanzen ein und stellte sie in sein Büro, wo er sie einmal die Woche geschlossen gießen und beschneiden konnte. Gesagt hatte niemand etwas und Marek war sogar sicher, dass es bisher niemandem aufgefallen war, weshalb er die Pflanzen auch mit in sein neues Büro nahm – obwohl er von der Blumenpflege längst entlassen worden war. Irgendwie tat er es gern.

Neben der silbergrauen Tür, durch die er gerade zuvor sein Büro betreten hatte, hing natürlich das Kruzifix, direkt neben einem Bild aus seinen Tagen als Polizisten, schräg darüber in einem goldenen Rahmen ein weiteres Bild seiner Frau mit dem gemeinsamen Sohn. Auf dem Foto war Christian zwölf Jahre alt und offensichtlich sehr glücklich. In den letzten Jahren erinnerte kaum noch etwas an das einst so lebendig lachende Kind. LeSolda war darüber keineswegs entsetzt, jedenfalls nicht in dem Maße, wie er es wohl hätte sein sollen. Junge Menschen hatten wohl alle solche Phasen.

Zu Christians Geburt hatte Marek Gott noch versprochen, alles ein wenig besser zu machen als der eigene Vater. Natürlich hatte er seinem Sohn relativ schnell die eigene Bibel gekauft, um mit ihm täglich darin zu lesen. Geschafft hatten sie es nie, was nicht nur an dem Desinteresse und Unverständnis des aufwachsenden Jungen lag. LeSolda selbst meinte sogar irgendwann, dass einige der Erzählungen im Buch der Bücher absolut nicht für Kinder geeignet waren. Dummerweise aber musste Christian da irgendwie durch. Es war schließlich seine Pflicht, Moral und Anstand zu wahren. Später, als sein Sohn selbst lesen konnte, musste er seinem Vater erzählen, welche Passagen er gelesen hatte und was er daraus zu lernen hatte. Als Christian ihm im Alter von fünfzehn Jahren offenkundigen Unsinn erzählte, erkannte er, dass sein Sohn keinen Respekt vor der heiligen Schrift hatte und niemals wirklich alles gelesen hatte. Wenn Melanie nicht gewesen wäre, LeSolda hätte ihn an diesem Tag wohl totgeschlagen.

Ein dunkler Tag in seiner kleinen Familie. Es war der Bruch und der wohl heftigste Streit in seinem ganzen bisherigen Leben. Schlimmer aber war, dass er zu seinem Vater geworden war. Dabei hatte LeSolda nie im Krieg gedient, nie all die schrecklichen Dinge erlebt, die sein alter Herr zu berichten wusste. Er hatte nie verbranntes Fleisch gerochen oder tote Kinder auf der Straße liegen sehen. Auch hatte er noch niemals jemanden getötet. Dieses Trauma war einfach nicht Teil seines Lebens. Es war schon seltsam, dass es das gleiche Alter war, in dem sich jeweils beide Söhne von ihren Vätern abwandten. LeSolda war sich sicher, mehr mit seinem Sohn gemein zu haben als mit dem eigenen Vater.

Schon früher hatte er sich gefragt, ob Christian heimlich onanierte und deshalb so störrisch war. Es war zumindest eine Erklärung. Melanie hatte schon einige Male vorgeschlagen, mit Christian darüber zu sprechen, um ihn vor den Folgen und Gefahren zu warnen, gewagt hatte es bisher keiner von beiden. An jenem Abend des Streits, nur der erste in einer langen Reihe, übermannte LeSolda echte Reue. Er hätte ihn beinahe tatsächlich totgeschlagen! So wie einst sein eigener Vater es bei ihm versucht hatte. Marek fuhr Gott an, was er sich dabei denken würde, die Gemüter von Vätern in diese Richtung schlagen zu lassen. Natürlich wusste er, dass Gott schon immer von Vätern wie Abraham das Töten des eigenen Sohnes gefordert hatte, aber wie konnte ein Gott so etwas nur verlangen? Auch wenn er seine Meinung änderte, wie konnte Gott einen Vater dazu bringen, sich so zu vergessen? LeSolda zweifelte somit einmal mehr und entschied wieder einmal, das Richtige zu tun, anstatt dem Herrn zu gefallen, nur um irgendwann einen besonders schönen Platz an dessen Seite zu erhalten. Er war noch in derselben Nacht zu seinem Sohn gegangen und hatte ihn sehr lange und unter bitteren Tränen um Verzeihung gebeten. Dann nahm er die Bibel an sich und versprach, diese aus ihrem künftigen gemeinsamen Leben zu verbannen. Gott hingegen versprach er, die Lehren Christi auch ohne das Buch der Bücher und vor allem ohne Gewalt an seinem Sohn weiterzugeben. Er hatte es nie geschafft und vermutlich war auch das richtig.

LeSolda streifte sich sein Jackett ab, hängte es sorgfältig über den Haken an der Wand und setzte sich in seinen ledernen Sessel. Das Terminal auf seinem Schreibtisch war bereits online und zeigte ihm einen vollen Posteingang. Er tippte das Symbol an und öffnete seinen digitalen Briefkasten. Jeden Morgen erhielt er eine Kopie aller Nachrichten, die Robert Rivulet an andere Personen schrieb oder die andere ihm schrieben.
Bisher hatte er nichts Brauchbares gefunden, was dem jungen Bildungsminister irgendwie zum Verhängnis werden konnte.
Die Weste Rivulets war reiner als die eigene.
An diesem Morgen waren es allerdings nicht die Kopien des Ministers, die LeSolda sofort ins Auge stachen, sondern eine mit besonders hoher Priorität markierte Botschaft in roten Buchstaben. Als Absender wurde Aline Cromwell aus dem Forschungszentrum genannt. Er berührte das blinkende Symbol, hinter dem sich eine kurze Videobotschaft befand. Cromwell sah mit unterdrücktem Lächeln in ihren Aufzeichner. Sie trug nun etwas längeres Haar als noch vor drei Monaten.
Seit das Funksignal ins Chrysadorsystem gesendet worden war, war es wieder ruhiger geworden. Es war dem Alltag geschuldet, gelegentlich zu vergessen, welches Ereignis Anfang des Jahres eingetreten war.
»Guten Morgen, Mr. LeSolda.«
Marek nickte nur stumm.

»Wir haben Post, aus Chrysador«, sagte sie und sah zur Seite. »Ein recht großes Paket.«

»Krissa Tor?«, fragte er verunsichert.

»Die Koloniewelt im anderen Sonnensystem ...«

Marek sprang förmlich auf. Mit der einen Hand griff er sein Jackett, mit der anderen hatte er bereits den Türöffner betätigt.

***

Das Großbilddisplay stellte ein Wesen dar, das Gibson mit keinem ihm bekannten in Einklang bringen konnte. Es war keine eindeutige Form vorhanden. Der Kopf, aus dessen Stirn ein kurzer Rüssel mit feinen langen Härchen wuchs, war gespickt von vier langen schnorchelähnlichen Gebilden. Ohne erkennbaren Hals ging er in den graubraunen massigen und unförmigen Rumpf über. Soweit Gibson es erkennen konnte, bewegte sich das Wesen auf vier Beinen mit mehreren langen Zehen. Wie bei einer Pflanze traten an den Seiten des Körpers jeweils drei Arme ohne erkennbare Knochen hervor. Aus der Unterseite des Leibes, der von rötlichen Fäden gesäumt war, befand sich ein zusätzliches sehr viel kleineres Armpaar. Die Finger an jeder der acht Hände, sofern es denn welche waren, erinnerten ebenfalls an die Wurzeln einer Pflanze.

Am prägnantesten aber waren die zwei schwungvollen Verlängerungen am offensichtlichen Hinterteil, die direkt aus dem buckligen Rücken kamen, und das wohl Abstoßendste war die Öffnung unter dem Rüssel auf Höhe der Gelenke. Gibson hoffte inständig, dass er die Vorderseite betrachtete und dem Außerirdischen nicht auf die Genitalien schaute.

»Ekelhaft, nicht wahr?« Aline erkannte an Gibsons Gesichtsausdruck, dass der Anblick eines I'To ihn genauso anwiderte wie sie.

»Ist es nackt?«, fragte er.

Sie nickte. »Laut den Kolonisten tragen diese Wesen keine Kleidung, schmücken jedoch ihre Körper mit feinen Metallen in verschiedenen Farben, Formen und Symboliken.« Sie zuckte mit den Schultern. »Und dieses Exemplar hier soll eine ›Sie‹ sein. Ihr Name lautet ›HadaSu‹.«
Gibson schüttelte sich nochmal. »Abartig.« Er wandte sich grinsend LeSolda zu, der einige Meter hinter ihm im Schatten stand. »Oder was sagen Sie dazu?«

»Nun, schön ist es nicht.« LeSolda konnte sich im Inneren nicht dagegen wehren, dieses Wesen auf eine kranke Art und Weise extrem interessant zu finden. Das wollten jedoch weder Gibson noch die Wissenschaftlerin hören. Es gehörte einfach nicht in dieses Umfeld.

»Nun ja, geben wir uns mit dem Gedanken zufrieden, dass wir niemals mit diesen Dingern von Angesicht zu Angesicht interagieren müssen«, meinte Aline und zuckte nur mit den Schultern.

»Gesicht …«, rief Gibson aus. »Wo hat dieses Ding denn ein Gesicht?« Mit einem scheinbar gespielten Würgereflex wandte er sich vom Schirm ab. »Ich schlage vor, dass wir diese Bilder vorerst geheim halten … Der Vorstand wird nicht glücklich darüber sein, dass die so gar nichts von einem Menschen haben.«

»Ja, Sir.« Sie schloss die Ansicht und öffnete die nächste Datei.

»Auf unsere Frage, woran diese Kreaturen glauben, haben wir im Übrigen die Antwort erhalten, dass sie keine Religionen haben.«

»Ist wohl auch besser so … Sollten die am Ende behaupten, Gott habe sie nach seinem Ebenbild geschaffen, wird das nicht nur der Partei, sondern auch der Kirche schaden.« Er senkte die Stimme. »Und sicher wird es dann sehr bald zu Forderungen kommen, sie zu vernichten oder zu Tieren zu erklären.«
Aline hob ein wenig die Augenbrauen. »Vermutlich eher Ersteres. Stellen Sie sich vor, diese Kreaturen finden es

sogar befremdlich, dass wir die Ansicht vertreten, Gott habe das Universum geschaffen.«

Gibson atmete tief ein und aus. Er verstand die Gegner der Weltraummissionen gerade ein gewaltiges Stück besser. Eine Gott anzweifelnde und unerträglich hässliche Spezies? Konnte es noch schlimmer kommen?

»Gut, kümmern wir uns später darum und kommen zu dem wirklich Wichtigen.« Er setze ein künstliches Lächeln auf. »Wie groß ist die Probe? Und haben sie neue Blaupausen mitgeschickt?«

Aline deutete auf eine kleine Metallbox an einem gesonderten Tisch im Labor. »In dieser befinden sich Anleitungen zur Bearbeitung des Minerals sowie zwei Kilo sogenanntes Rohchrystalin.«

»Zwei Kilo?« Gibson pfiff leise. »Nicht schlecht. Hatten Sie nicht gesagt, dass diese Maschine nur ein paar Gramm durch das All schicken kann?«

»Das sagte ich, Sir.« Sie öffnete eine neue Datei auf dem Schirm. »Diese Kreaturen haben allerdings unseren Prototypen in einer sehr viel leistungsstärkeren Version nachkonstruiert.« Sie nahm ein altes Computerpad zur Hand, wie Gibson es einst bei seinen Eltern vor über vierzig Jahren gesehen hatte. »Die haben dort einfach Materialien, die wir noch nicht kennen. Ich werde in unserer nächsten Botschaft um Proben diverser Legierungen bitten.« Sie aktivierte das Gerät in ihren Händen und wartete, dass das Betriebssystem hochfuhr. »Dieses Pad hier stammt vom Kolonialführer Captain George Murray. Er führt mit den I'To die Verhandlungen in unserem Namen.«

»Verhandlungen?« Gibson kratzte sich kurz am Kopf. »Welcher Art sind die?«

»Nun, die Außerirdischen möchten unsere Raumkrümmertechnik weiterhin für sich benutzen. Sie schlagen eine Art Tauschgeschäft vor.« Sie ließ einen Standardvertrag auf dem blau leuchtenden Display erscheinen.

Gibson sah auf den kleinen Schirm. »Sprechen wir hier gerade über Patente?«

»In etwa, ja.«

»Woher kennen diese Dinger Patente?«

»Durch Captain Murray. Er hat den I'To unser Wirtschaftssystem erklärt.« Die Wissenschaftlerin lächelte ein wenig. »Das Einzige, was uns mit diesen Kreaturen verbindet, ist ein komplexes Handelssystem, auch wenn ihres von unserem ein wenig abweicht.« Sie reichte das Datenpad Gibson entgegen. »Hier ist alles erklärt. Der Probe wurde ein ausführliches Datenpaket beigelegt.«

»Okay.« Gibson nahm das Pad nicht entgegen, er war schließlich nicht hier, um Berichte zu lesen, sondern um sich das Relevante daraus erklären zu lassen. »Was können diese Kreaturen uns bieten? Technologien? Waffen?«

»Nein, Sir, sie bieten uns Chrys.«

Gibson lachte. »Es gehört uns doch eh schon.«

Aline tippte wieder auf das alte Pad. »Laut Captain Murray nicht.« Sie öffnete eine weitere Datei auf dem Pad. »Wenn die Kolonisten keinen Streit mit dieser durchaus höherentwickelten Rasse …«

»Höherentwickelt?«, fuhr Gibson ihr über den Mund.

»Diese hässlichen Schlauchwesen?«

Aline nickte. »Leider ja. Die I'To sind etwa zweihundertachtzigtausend Jahre älter als die menschliche Rasse. Sie haben schon den Raum befahren, da hat Gott noch nicht einmal an uns gedacht.«

»Was …!«, fuhr LeSolda auf.

Gibson sah ihn Einhalt gebietend an. »Marek, würden Sie uns kurz unter vier Augen lassen?«

»Ja, Sir.« Langsam trat der ältere Mann aus dem Raum.

Als Gibson sicher war, dass sein ehemaliges Mädchen außer Hörweite war, beugte er sich zu Aline herunter und zischte sie an. »Lassen Sie das!« Er deaktivierte das Pad. »Diese hässlichen Viecher sind weder vor der Menschheit

entstanden noch höherentwickelt ... oder haben keine Religion. Es sind Tiere! Mir persönlich ist das egal. Aber sobald sie diesen Mist publik machen, sind wir am Ende und somit dieser einmalige Deal.
Also sparen Sie sich solche Anmerkungen, wenn andere dabei sind!«

Aline senkte reumütig den Kopf. »Ja, Sir.« Innerlich hasste sie es. Jahrelang hatte sie sich hocharbeiten müssen und wurde inzwischen von den meisten an dieser Stelle geduldet, obwohl sie hier laut parteiinternen Regeln gar nicht sein durfte. Schon früher hatte sie überlegt, die NCP einfach hinter sich zu lassen und sich einer anderen Partei anzuschließen, die in deutlich weniger aggressiven Dimensionen dachte. Ihr Glaube an Gott und die Tiefe in Gibsons Schuld waren jedoch gewichtiger. Jeder Mensch schuf sich nun einmal sein eigenes Paradies, selbst wenn es für ihn die Hölle bedeutete. Schließlich war der Sinn des Lebens die Reifung der Seele für die bewusstseinsfähige Einheit mit Gott, für die sie so einiges in Kauf nahm.

Gibson sah sich nochmal nach LeSolda um, ob er auch wirklich noch außerhalb des Labors war, ehe er weitersprach. »Schlachten wir die Situation aus«, forderte er. »Versuchen Sie also, so viel Technologie oder was auch immer zu bekommen wie nur möglich und dann brechen Sie den Kontakt zu dieser Kolonie ab.« Gibson seufzte und richtete sich wieder auf. »Lassen Sie es dabei, dass diese Dinger eklig sind. Dass wir denen eine Technik geben konnten, ist Beweis genug, dass wir die überlegene Spezies sind. Und so sollte es auch nach außen getragen werden.«

»Natürlich, Sir.« Aline blickte nieder wie ein scheues Reh. »Dann sollten Sie aber noch wissen, dass die I'To eine weitere außerirdische Rasse kennen, die ebenfalls keinen Überlichtantrieb hat.«

»Na, das ist doch gut! Wir sind die einzigen … Das bleibt dann auch so.« Er winkte ab. »Also, wie viel von diesem Chryszeug bieten sie für dieses Camonding?«

»So viel, wie wir benötigen.«

Gibsons Augen verengten sich. »Hm ... Wie viel mag das sein?« Er legte die Hand an den Mund und überschlug einen möglichen Nutzen. Sollte er jetzt einfach das Okay nach Bauchgefühl geben? Das Gremium hatte ihm relativ freie Hand gegeben, obwohl beinahe die Hälfte der Mitglieder unzufrieden war, mit Außerirdischen kommunizieren zu müssen. Sobald das Abbild des I'To die Runde machte, würden es sicher noch mehr Widerstand geben. Gibson fragte sich, ob man diesen Wesen diese Technik wirklich so ohne weiteres überlassen sollte. Unsicher sah er auf die unscheinbare Transportbox aus Leichtmetall. In nur sieben Wochen hatten die I'To die Apparatur zum Krümmen des Raumes kopiert und darüber hinaus deutlich verbessert. Würden sie gemessen an dieser Leistung in schon einem Jahr in der Lage sein, die Erde zu besuchen? Kopfschüttelnd sah er von der Box über das Display auf Aline. »Ich denke nicht, dass mir diese Entscheidung zusteht.«

Er wandte sich zur Tür, durch die LeSolda verschwunden war. »Marek, wir fahren zurück.«

Mit einem Wink Richtung der Box forderte er Aline auf, mit der Probe weiterzuarbeiten. »Finden Sie raus, was wir mit diesen zwei Kilo anstellen können und am Ende rechnen Sie aus, wie viel wir brauchen.«

»Brauchen, wofür?«

»Den Energiemarkt zu erobern.«

Auf dem Weg nach draußen zum Parkgelände befahl Gibson seinem ehemaligen Sicherheitschef, eine zusätzliche Wacheinheit im und um das Labor aufzustellen. Weder durfte das hier erhaltene Wissen und schon gar nicht Teile der erhaltenen Probe nach außen dringen.

8

Innerhalb von nur wenigen Stunden hatte LeSolda einen erweiterten Wachplan für das Labor im Herzen der Shermankuppel ausgearbeitet. Sechs fähige Männer, von denen er jeden einzelnen kannte, kommandierte er einzig für das Labor ab. Als Kopf der Truppe trug er seinen Sohn Christian ein.
Eine Beförderung auf eine bedeutendere Position, in welcher er unabhängig agieren konnte, würde ihn vielleicht auf andere Gedanken bringen und ihm die nötige Bedeutsamkeit von Verantwortung und Pflicht näherbringen.
Ebenso war er somit über einhundert Kilometer von ihm entfernt. Möglich, dass Abstand der Weg zur gesuchten Nähe war.
Den neuen Plan auf eines der austauschbaren Pads gespielt stieg er in den Lift, der ihn zwölf Etagen nach unten in das Erdgeschoss brachte. Normalerweise sandte er seine dienstlichen Anweisungen direkt in sein altes enges Büro, von dem aus er lange Zeit knapp dreißig Sicherheitskräfte und ihre Einsätze verwaltet hatte. Noch einmal so viele Jahre zurück war er nur einer von vielen gewesen unter den anonymen Männern in schwarzer Uniform mit dem Atomsymbol auf der Schulter. Leistung und Einsatzwille ließen LeSolda seinerzeit vorankommen, etwas, das man sich normalerweise schwer verdienen musste. Dass er seinem Sohn dies nun schenkte, störte ihn nur wenig. Trupida hatte ihm schließlich auch etwas geschenkt, etwas sehr viel Größeres.
    LeSolda betätigte den Türöffner mit seinem Daumenabdruck und trat direkt in das schlichte Büro mit seinen kahlen Wänden. Es hatte sich kaum verändert, es roch sogar noch wie früher, nur die Ablage für seine Pflanzen war leer und wirkte wie fremd zwischen den hier eingesetzten Wänden.

Ein grantiges »Was?!«, schlug ihm sofort entgegen, welches jedoch sofort an sich selbst erstickte. Der Mann hinter dem alten Schreibtisch sprang von seinem Sitz auf, stand kerzengerade an seinem Platz und salutierte sogar. »Mr. LeSolda, Sir!« Seine Stimme war kräftig. Das Flattern, das seine Augen ausstrahlten, war in keiner Silbe zu hören. LeSolda warf ihm das Datenpad auf den Tisch. »Neuer Plan.« Er deutete auf die Tür, die zu den Männern in Bereitschaft führte. »Mein Sohn macht heute eher Feierabend.«

»Selbstverständlich, Sir!«
Der Mann beugte sich zu seinem Terminal, rief mit einer schnellen Bewegung die Kommunikation auf und ließ Christian LeSolda ausrufen.
Nur Augenblicke später stand dieser im Büro. »Dad?«

»Wir gehen nach Hause.«

»Ich habe noch Dienst.«

»Jetzt nicht mehr.« Er nickte dem Mann am Schreibtisch zu. »Kümmern Sie sich darum.« Sein Kinn deutete auf das zugeworfene Pad.

»Jawohl, Sir.«
LeSolda öffnete die Bürotür und bedeutete seinem Sohn, zu gehen.

***

Das Elektromobil fuhr exakt mit der vor dreißig Jahren bestimmten Maximalgeschwindigkeit durch den schmalen Tunnel, der die Pandion-Kuppel mit der Hauptstadt verband. Alle fünfhundert Meter hatte der über zehn Kilometer lange Tunnel einen weiten transparenten Abschnitt, der auf die Marsoberfläche blicken ließ und die einzige Lichtquelle auf der verlassenen Straße war. LeSolda konnte sich nicht erinnern, wann die Tunnelbeleuchtung das letzte Mal aktiviert worden war. Seit Pandion alle Energie zur Erde und den Kolonien transportierte, wurde in *Red City* selbst in allen Bereichen gespart, schon allein, weil niemand hier für den Strom bezahlen musste - ebenso nicht für die Wohnungen.

Die letzten Menschen nisteten sich in den Hunderttausenden von verlassenen Wohnungen ein, bis diese unbewohnbar waren. Viele von ihnen waren zu wahren Nomaden geworden, zogen von einem Apartment zum nächsten.

LeSolda hatte mit Melanie ein Penthouse nahe des Tunneleinganges bezogen, das er sich zu normalen Zeiten nie hätte leisten können. Sie hatten sogar einen eigenen Swimmingpool, wenn auch trockengelegt. Wasser war inzwischen teuer und musste regelmäßig von der Erde hergebracht werden, denn irgendwann kam jedes Filtersystem an seine Grenzen und auch die chemische Wassergewinnung war mehr schlecht als recht.

Das Marseis an den Polen war einfach zu weit entfernt. Seitens Pandion hatte es einmal die Idee gegeben, das Eis von den Mondkolonien im Sonnensystem mit den rückkehrenden Versorgungsflügen herzuschaffen, jedoch wurde dies seitens der dort stationierten Kolonisten vehement unterbunden, weshalb man Wasser zum Teil aus den Asteroiden barg, die einst Material für die damaligen Schiffswerften geliefert hatten. Das Eis-Projekt wurde inzwischen allerdings stark vernachlässigt, da es sich einfach nicht auszahlte. Heutzutage kamen die Eistransporter nur noch einmal im Monat. Der Kühltürme wegen hatte die Atmosphäre des Mars in den letzten sechzig Jahren um ganze drei Prozent an Wasserstoff dazugewonnen – trotz rotierendem Kreislauf. Die in die Atmosphäre gelangten Teilchen schlugen sich allerdings recht schnell an den vereisten Polen des Planeten nieder, weshalb es keinen Unterschied gab, denn ob mit oder ohne Wasser, drei oder zehn Prozent Wasserstoff, früher oder später würde der Mars mit Sicherheit wieder die tote Welt werden, die er so viele Jahrtausende lang gewesen war.

Solange *Red City* aber aktiv war und Menschen auf Pandions Energie angewiesen waren, blieb eine Handvoll Menschen freiwillig hier, da ihre Arbeitsplätze und ein angenehmes Leben so sicher waren wie das Amen in der Kirche.
Auch Christians berufliche Zukunft stand auf festen Pfeilern, wie die seines alten Herrn.

»Du bist befördert«, sagte er mit einem schiefen Lächeln. LeSolda war sich sicher, Christian würde sich darüber freuen.

»Warum?« Christian sah ihn an und formulierte die Frage nach einer kurzen Denkpause anders. »Wann?«

»Jetzt«, sein Vater schmunzelte.

»Weil?«
Die Antwort war ein Schulterzucken. »Weil ich dir vertraue.« Er sah ihn kurz an. »Du wolltest doch mehr. Ab morgen bist du der Abteilungsleiter für eine Sondereinheit, die die Labore in der Shermankuppel bewacht.«

»Die ist doch seit Jahrzehnten verlassen.«
LeSolda schüttelte mit geschürzten Lippen den Kopf. »Bis heute wird dort gearbeitet.«
Christian sah aus dem Fenster, als das Fahrzeug einen der transparenten Bereiche passierte. »Ich werde trotzdem an meinen Plänen festhalten.«

»Du bekommst sehr viel mehr Geld …«

»Dad!« Christian sah ihn an.

»Mach Urlaub auf der Erde, für ein, zwei Wochen, dann sehen wir … «

»Dad!«, unterbrach Christian schroff. »Ich habe mich bereits letzten Monat bei der *Red City* Police beworben! Und ich wurde angenommen!«
LeSolda schluckte. »Du hättest vorher um Erlaubnis fragen sollen.«

»Um die Antwort zu erhalten, die ich letztens bekommen habe?« Er schlug sich auf die Knie. »Dad, ich werde dort auch wieder zur Schule gehen, meinen Abschluss nachholen!«

»Was?« LeSolda sah ihn mit einem bitteren Vorwurf in den Augen an. »Schule? Weshalb?«

»Um ein besserer Polizist zu werden.«

LeSolda schüttelte resigniert den Kopf. »Lernen ist überbewertet. Mach einen Job, den du kannst, und sieh zu, wo du bleibst. Lernen hat bisher niemanden weitergebracht. Die richtigen Leute zu kennen hingegen schon.« Er sah ihn an und deutete mit seinem Daumen auf sich selbst. »Und du kennst mich!«

»Ja, das ist doch das Problem. Alle in meiner Abteilung wissen, wer du bist. Wer ich bin. Ich bin da wie eine Kuriosität!«

LeSolda sah ihn an. »Das sagen die dort zu dir?«

»Nein.«

LeSolda sah ihn an. »Wenn sie dich beleidigen, sag es dem Abteilungsleiter.«

Christian seufzte und rollte mit den Augen. »Dad, es ist keine Beleidigung, es ist wie sie tun.«

LeSolda schwieg. Es war nicht das erste Mal, dass sein Sohn unbedacht Worte verwendete, die er selbst nicht kannte. Wie Christian hatte auch er nur die nötigsten Fächer in der Schule absolviert. Es war das einfachste System, um schnell an einen Job zu kommen. Marek hatte noch nie etwas für Menschen übriggehabt, die Wissen in sich reinstopften wie ein hungriges Raubtier, nur damit sie etwas besser wussten. Es war auch nicht im Sinne der Kirche, alles zu wissen. Wissen lenkte von Gott ab und das durfte einfach nicht passieren.

Christian sah seinen Vater mitleidig an. »Es bedeutet, dass man etwas Seltsames ist.«

Einen weiteren Moment schweigen sie. Das plötzlich aufkommende orange Licht der Hauptstadtkuppel ließ beide erkennen, dass sie den Tunnel gerade verlassen hatten. In wenigen Minuten waren sie zu Hause. LeSolda wusste, dass die Diskussion noch sehr lange gehen würde. Er brauchte schnellstens gute Argumente. »Und wenn du Polizist bist, glaubst du, ist das nicht seltsam?« Er lachte.

»Nicht auf der Erde«, brummte Christian und verschränkte seine Arme.

Verächtlich stieß LeSolda Luft aus. »Wenn du wüsstest, was dich in den Großstädten erwartet. Demokraten und Moslems. Frauen und Huren. Drogen … Schwuchteln und Verbrecher! Es ist ein fürchterlich unchristlicher Ort.«

»Umso wichtiger ist es, dass ich dort Polizist bin!«

»Und wo willst du leben? Du kannst nirgendwo hin!« Christian sprach etwas leiser. »Ich werde solange bei Noah wohnen.«

LeSolda hob die Augenbrauen. »Du willst mit jemand Fremdes unter einem Dach wohnen?«

»Er ist nicht fremd.«

»Du kennst ihn kaum!«

»Ich kenne ihn sehr gut.«

»Aber ich nicht. Was, wenn er ein Perverser ist?«

»Dad! Bleib bitte realistisch!«

»Das bin ich! Genau das bin ich!« Er schlug auf die Armaturen des Fahrzeugs. »Verdammt, das ist doch keine Zukunft dort!«

Er sah auf das Navigationsdisplay und fasste einen Entschluss. »Du wirst morgen in der Shermankuppel deinen Dienst beginnen, Ende!«

Christian schüttelte den Kopf. »Du kannst mich nicht dazu zwingen.«

LeSolda verzog verbittert den Mund. »Selbstverständlich. Ich bin dein Vater.«

Als das Fahrzeug nicht die gewohnte Ausfahrt nahm, sah Christian ihn erschrocken an.

»Und du wirst ohne mich dort nicht wegkommen.«

»Das kannst du nicht tun.«

»Ich werde dir morgen Kleidung und Handtücher bringen. Die Apartments dort werden dir gefallen.« Marek LeSolda erhöhte den Energieausstoß und trieb das Fahrzeug aufheulend die Hauptstraße durch die Stadt entlang in Richtung Tunneleinfahrt zur Shermankuppel. Die Tränen der Verzweiflung, die über Christians junges Gesicht liefen, ignorierte er.
Wie er Melanie erklären würde, warum er den gemeinsamen Sohn direkt zu seinem neuen Arbeitsplatz gebracht hatte, wusste er noch nicht. Er hatte sich schon immer um ein Problem nach dem anderen gekümmert.

9

Das Aquarium an der Decke in Gibsons Büro warf das türkise Licht auf den Boden, in dem der omegaförmige Tisch verborgen war. Devon saß an seinem Platz und fixierte den Firmenanwalt, der mit verschränkten Armen und gereizter Miene vor dem Licht stand wie ein Vampir vor dem Sonnenlicht.
Um Geduld hatte Gibson gebeten. Trupida wollte dem wirklich entsprechen. Schließlich war er ein geduldiger Mann, der von sich behauptete, stets mit besonders viel Besonnenheit in die Zukunft zu blicken. In seinem gesamten vollkommen durchgeplanten Leben konnte er keinen einzigen Fehltritt vorweisen. Der Anwalt war es bisher gewohnt, dass sich die Dinge so entwickelten, wie er sie vorhersah, berechnete und annahm.

Als das Signal hier eingetroffen war, bildeten sich in seinem Kopf ähnliche Gedanken, wie sie Devon P. Gibson bereits formulierte und hier dargelegt wurden.

»Geduld?«, spie er aus, als ob er seinen nicht vorhandenen Sohn zur Ermahnung rief. Obwohl Gibson der Manager und Teileigentümer Pandions war, stand die Achtung der NCP-Mitglieder Trupida gegenüber weit höher, was auch mit seiner langjährigen Mitgliedschaft im

Zusammenhang stand. Ihre Bedeutung in der Partei war jedoch in etwa gleichgestellt, weshalb sie darin übereingekommen waren, einander zu stützen. Schließlich verfolgten beide dieselben Ziele, weit mehr als man annehmen mochte.

Trupida erkannte, dass Devon es vor den anderen hervorragend verbergen konnte, dass er es primär nur auf technologische Fortschritte abgesehen hatte, obwohl es im Sinn der Kirche stand, die Technik nicht weiter voranschreiten zu lassen. Für Trupida war es unverkennbar, dass es die Blaupause war, die ihn so eifrig werden ließ. Dennoch machte er sich stark für Gibson, beförderte dessen Sicherheitschef und baute innerhalb der Führungsebene weiter an seiner kleinen Festung aus Gefälligkeiten, um die Sache zu sichern. Nur war keine Festung uneinnehmbar.

»Verdammt! Devon! Liefern Sie uns Ergebnisse! Irgendwas!« Unruhig ging er vor dem Aquarium auf und ab. In seinem Sinnbild bröckelte bereits der Südturm. Seit vier Monaten mussten beide dem anderen Rede und Antwort stehen, wie nun mit den Außerirdischen zu verfahren sei. Ihr abstoßendes Aussehen hatte den Kritikern noch mehr Gewicht gegeben, als sie eh schon verschossen.

Die NCP-Eliten waren sich uneins wie nie zuvor in ihrer Laufbahn. Verunsicherung und Sorge übernahmen jede Monatssitzung seit dem Signal. Verstärkt wurde dies durch die Auszählung der Marktanteile in weniger als sechs Monaten. Mit dieser wurde entschieden, welches Unternehmen mit wie vielen Sitzen die Regierungen verschiedener Nationen stellen durfte. Pandion hatte allein aufgrund Gibsons kleinem Projekt Finanzeinbußen in Milliardenhöhe, was sehr wahrscheinlich den Ausschluss aus allen Industrieländern bedeutete. Wie jede Legislaturperiode würde die NCP zwar *Red City* beherrschen, mehr jedoch nicht. Die Herrschaft über den Mars blieb bisher der einzige Grund, warum die Partei auf der Erde in fast jedem Haus mit genau zwei bedeutungslosen Sitzen dabei war. Wenn jedoch nicht bald etwas anderes als ›Ausgaben‹ zu vermelden war, erreichten sie nicht nur nicht das europäische Parlament, sie verließen jedes bedeutende Parlament.

»Dieses Chrys ist nicht so einfach zu handhaben, wie es den Anschein hatte.« Gibson richtete sich auf und blickte kurz aus dem Fenster mit Blick auf die weit entfernte Shermankuppel. »Aline und Ihr Team arbeiten Tag und Nacht an dem Zeug ... Seit Wochen.« Mit einem schnellen Blick musterte er Marek LeSolda, der seinen üblichen Platz im Schatten nahe der Tür eingenommen hatte.

»Wir haben nur zwei Kilo ... Bei den ersten Tests sind fast vierhundert Gramm nur in den Experimenten verbraucht worden.« Er steckte die Hände in die Taschen und zuckte mit den Schultern. »Notfalls verkaufen wir die Baupläne für diese Kommunikationsanlage. Wie sich herausgestellt hat, hat niemand außer uns diese Botschaft empfangen.«

Trupida schüttelte energisch seinen Kopf. »Auf keinen Fall ... Niemand außer uns darf mit Chrysador reden! Es ist ein einmaliger Trumpf.«

Gibson verzog unzufrieden den Mund. »Dann weiß ich auch nicht ... Verzichten wir halt vier Jahre auf Mitbestimmung ... Die Partei hat eh nie viel erreicht!«

»Das wird den Kern unserer Mitglieder zerstören. Wenn wir jetzt versagen, stehen wir nie wieder auf«, behauptete Trupida, als wüsste er, welche Ereignisse auf die Partei zukommen würden.

»Dann hängt es also an mir? Uns zu retten oder zu vernichten?«

Trupida hob sein Kinn. »So ist es. Sie allein!«

»Was soll ich also tun?«

»Denken Sie sich etwas aus. Egal was. Lügen Sie meinetwegen. Aber bring Sie uns Ergebnisse, die nach schwarzen Zahlen aussehen!«

Devon sah wieder aus dem Fenster, ein Knoten im Hals, ein gefühltes Geschwür im Magen. Der alte Anwalt hinter ihm schien ebenso hilflos zu sein wie er, aber er besaß den Vorteil, alle Schuld auf ihn abwälzen zu können.

»Was meinen Sie, wie ich vor den anderen dastehe?«, setzte der alte Anwalt nach. »Ich habe Sie seit dem Tag des Signals unterstützt, weil ich wie Sie das Potenzial zu sehen geglaubt habe und habe jetzt nichts in der Hand außer Ihrer Vertröstung … schon ein halbes Jahr lang!«

Gibson kehrte zurück an seinen Schreibtisch und aktivierte den transparenten Kristallschirm, der sofort das Chrys in seiner analytischen Beschaffenheit zeigte.

»Vertröstung? Unsere Ergebnisse sind durchaus beachtlich. Nutzlos aber beachtlich. Aline konnte bestimmen, dass das Zeug auf Kohlenstoff basiert und ein biochemischer Prozess für seine Entstehung verantwortlich ist.«

Trupida sah ihn an. »Und? Hilft uns das?«

»Vermutlich nicht, nein.«

»Und was hat sie noch gesagt?«

Gibson zog die Stirn kraus und atmete tief ein. »Also, durch einen Ionenimpuls muss wohl ein Bindemittel aus dem Kristall entfernt werden, um ihn nutzbar zu machen.« Er zuckte mit den Schultern. »Ich bin dafür, dass Spacal das erklärt. Es sind seine Leute dort, die haben die Anleitungen der Kolonie auseinandergenommen.«

»Spacal ist ein Idiot. Am Ende sagt er noch, dass es ein Reinfall war und bricht alles ab, weil er noch nie Risiken mochte. Das kommt nicht in Frage!« Trupida trat durch das Aquariumlicht und stieg zum Schreibtisch auf. »Sie müssen es erklären, so dass die es verstehen. Und verstehen sollen sie nur, warum es Zeit kostet. Also, erklären Sie zunächst mir, warum wird das mit den Ionen gemacht?«

Gibson legte den Kopf schief. »Dadurch wird das Chrys ladefähig. Aufgrund des fehlenden Bindemittels zerfällt es allerdings auch, sobald es entladen wird.«

»Zerfällt?«

Er nickte. »Ja ... Deswegen der Handel, von wegen so viel wie wir brauchen ...«

»Es verbraucht sich letztendlich«, verstand Trupida und nickte unzufrieden.

»Kommen wir also mit dem Zeug wieder in die Zeiten wie zu den Erdölkriegen?«
Gibson lächelte ein wenig. »Sicher nicht, schließlich besitzen wir die einzige Quelle.«
Trupida fuhr mit der Zunge über seine Zähne, ehe er langsam nickte. »Am besten, wir sorgen dafür, dass es so bleibt – bis in alle Ewigkeiten, wenn es denn sein muss!«
Gibson nahm sein PCP zur Hand. »Ich habe schon einen Vertrag entworfen, der die Kolonisten direkt unter unsere Kontrolle bringt. Wir bieten ihnen, was sie wollen, ... binden Sie in Schuld.« Er sah wieder auf den Schirm. »Derweilen hoffen wir einfach, dass Aline einen Weg findet, das Zeug langlebiger zu machen, als es bisher den Anschein hat.«

Plötzlich erklang LeSoldas leises Husten hinter Trupida.

»Und was, wenn man dieses entfernte Zeug wieder zufügt?«
Devon schaut sich nach ihm um und grinste. »Marek, das hier ist selbst für mich zu hoch ...«

»Devon!«, warf Trupida ein. »Anstatt ihn herabzuwürdigen, finden Sie lieber heraus, ob da etwas dran ist.«

»Hilian! Cromwell hat bereits alles Mögliche versucht, mit diesem ... diesem Abfall etwas Sinnvolles anzufangen.« Er rief eine weitere Darstellung auf den Schirm, die eine chemische Verbindung zeigte. »Es gab eine Entladung, als sie versucht hat, was Marek gerade vorgeschlagen hat.«
LeSolda hatte sich aus seinem Schatten gewagt und versuchte, den Namen auf dem Kristallschirm zu lesen. »Lyser ... gchrrscht ... was ist das für ein Wort?«

Gibson lächelte und warf erst LeSolda, dann Trupida einen Blick zu. »Aline nennt es Lyserg-chrystal-diethylamid.« Er räusperte sich. »Bringen Sie uns beiden doch bitte einen Kaffee, Marek.«

»Ja, Sir.«

Gibson sah ihm nach, bis er aus dem Büro verschwunden war. »Schuster, bleib bei deinen Leisten.« Er schüttelte belustigt den Kopf. Trupida verschränkte die Arme. »Ich habe Ihnen schon einmal gesagt, dass Sie ihn nicht unterschätzen sollen.«

Gibson winkte ab. »Das tu ich nicht. Er hat seine Qualitäten, sonst wäre er nicht hier … Eine davon ist es, einen hervorragenden Kaffee zu machen.«

»Das ist allerdings wahr«, war die Antwort des Anwalts, auch wenn sie ihm schwerfiel.

***

Marek LeSolda kannte die Kaffeezubereitung seines Bosses seit seinem ersten Tag in dieser Position. Seitdem hatte er gefühlt eintausend Mal Kaffee zubereitet. Ironischerweise behauptete Gibson immer wieder, dass er den besten Kaffee überhaupt mache. Die Mühle spuckte die zuvor eingegebene Menge gemahlene Bohnen aus und kurz darauf das Wasser mit der exakten Temperatur. Das Gerät rührte das Gemisch nach der voreingestellten Weisung siebenmal um, presste den Satz nach unten, ohne die Krone zu gefährden. Marek fügte genau zwei Drittel eines Stückes braunen Zuckers hinzu und den Hauch eines Schluckes von Milch. Nicht umrühren, um den Satz nicht wieder zu lösen. Trupida nahm einfach einen schwarzen Kaffee ohne alles. Pur, auch das hatte er in den letzten Wochen gelernt.

Nach vielen vertrauensvollen Gesprächen in dem luxuriösen Apartment des Anwalts waren beide stetig offener zueinander geworden. Trupida nahm kein Blatt vor den Mund und erwartete dies auch von seinem Gegenüber.

Unverhohlen äußerte Trupida seinen inneren Zwiespalt bezüglich LeSoldas Nebenbeschäftigung. Er mochte keine Spionage untereinander, weder die von LeSolda gegen Rivulet auf Gibsons Geheiß noch LeSoldas Andeutungen gegen Gibson selbst. Er riet ihm, beides fallenzulassen. Nicht nur einmal erklang die Predigt von Zusammenhalt und Gemeinschaft, von Gleichem für Gleiche. Jeder hier befand sich im Krieg. Dem Krieg gegen den Unglauben.

»Sag mal, alter Mann«, erklang eine helle Stimme hinter LeSolda.

Marek erschrak zutiefst, da er niemanden hereinkommen gehört hatte. Umso erschrockener war er, als er in das junge Gesicht von Robert Rivulet blickte, nur wenige Zentimeter vor dem eigenen. Der Junge hatte leicht lockiges Haar wie Christian und seine Haut strahlte vor Spannkraft, wie sie LeSolda bei sich vor über zwanzig Jahren zuletzt gesehen hatte.

Rivulets Ausdruck selbst blieb regungslos, als er in die verwirrten Augen gegenüber starrte. »Warum verfolgst du mich?«, fragte er fast schon ein wenig schelmisch.

»W-Was?«, brachte LeSolda nur heraus. Natürlich bespitzelte er ihn noch immer, das war schließlich einer seiner vielen Nebenjobs für Gibson. War ihm ein Fehler unterlaufen? Er war doch immer so sorgfältig.

»Oh, du meinst, ich habe es nicht gemerkt, dass jemand meine Nachrichten mitliest?«

»Entschuldigung, Sir, ich habe keine Ahnung, wovon Sie sprechen.« LeSoldas Hände waren ruhig, seine Stimme kräftig. Er durfte Rivulet seine Nervosität nicht zeigen, es würde ihn nur verraten.

»Erinnerst du dich an die Antwort, die ich von Dorna bekommen habe? In der er meine Frage von letzter Woche beantwortet hat?« Rivulet grinste. »Meine Originalnachricht an ihn war allerdings ungelesen, bis vorgestern, da wurde sie abgerufen. Dorna hatte sie aber nie angerührt und doch beantworten können. Er war eingeweiht.« Rivulet nährte sich ihm. »Ich habe mir dann einen neuen Schlüssel machen lassen. Sicherheitsstufe zwei.« Der junge Mann deutete auf seine Parteikarte an seinem feinen Jackett. Es lag eine zweite darunter. »Der alte blieb aktiv, nur um herauszufinden, ob er benutzt wird. Und siehe da. Er wurde abgefragt, auf dieser Ebene, aus deinem Büro.« Er grinste. »War nicht einfach, in die Datenbank zu kommen, aber es hat sich gelohnt. Ich habe dich jetzt bei deinen vergammelten Eiern, alter Mann. Nun muss ich noch überlegen, was ich damit mache.«

LeSolda schluckte. »Was auch immer Sie damit tun, Sir, Sie befinden sich in einem Irrtum. Ihre Drohung nehm ich jedoch zur Kenntnis.«

»Solltest du auch.« Rivulet verzog grimmig sein Gesicht. »Ich weiß, wer du bist, Zintok. Du warst der Bulle, der diese Stadt in den Untergang gerissen hat ... Ich kann dir Zehntausende nennen, die sich gerne einmal mit dir unterhalten wollen ... Also. Noch einmal. Was willst du von mir?«

LeSolda schluckte, sah einen Moment auf den dampfenden Kaffee in seiner Hand und versuchte in Rivulets Augen zu sehen. Er brauchte eine Ausrede, etwas Glaubwürdiges, etwas, das jeder hier schlucken würde, dem er es erzählen würde. Er rief sich in Erinnerung, was er über den Jungen vor sich wusste.

Rivulet war siebenundzwanzig Jahre alt, geboren auf der Erde und vor sechs Jahren hier aufgeschlagen, lange nachdem die Stadt verrottet war. Soweit er in Erfahrung bringen konnte, hatte er weder Eltern noch Gönner in den richtigen Kreisen, um hier diese Position zu belegen. Seine Aufgaben erfüllte er jedoch zur vollsten Zufriedenheit. Über zwanzig Theateraufführungen, Hunderte von Filmen und weit Tausende Webseiten hatte er mit seiner Abteilung in den Untergrund getrieben. Eifrig schöpfte er zusammen mit Trupida das Verbot zur Gotteslästerung bis zum Letzten aus.

LeSolda musste es ihm lassen, ehrgeizig zu sein. Ein Ehrgeiz, der sich auch finanziell auf ihn auswirkte. Anhand seines Anzugs erkannte er, dass Rivulet feine Anzüge liebte. Sein Kinn war mit Gewissheit gelasert, nicht rasiert. Er war vermutlich so materialistisch wie die meisten hier. Womöglich konnte er so punkten.

»Ich wollte mitverdienen«, hörte er sich sagen. »Dank mir kam das Paket überhaupt erst hier an. Bekommen habe ich aber nichts. Ich wollte Ihre Ideen stehlen, ... sie Gibson vorlegen.« Er hatte seinen Vorgesetzten soeben aus der Verdachtslinie gerissen – *Warum auch immer*, dachte er bei sich.

»Mehr Geld? Steckt Trupida dir nicht schon genug zu?«

»Wann hat man jemals genug?« LeSolda lächelte schüchtern.

Rivulet jedoch entspannte sich sichtlich. »Ja ...Schon.« Sein Gesicht zeigte eine gewisse Genugtuung. »So seid ihr«, murmelt er und wandte sich ab. An der Tür drehte er sich nochmal um. »Ich beobachte dich, Zintok! Sehr scharf!«

»Ja, Sir.«

Als LeSolda allein war, richtete er seinen Blick gegen die Decke der Kantine. Seine Gedanken richteten sich an Gott. *Verdammtes Lügen ... Wieso hilft das immer ... und niemals die Wahrheit?* Lügen war eine Sünde und doch immer wieder der Weg zum Ziel. Ein Unternehmen oder Politiker, der nicht betrog, log und hinterging, wurde irgendwann von einem skrupelloseren Menschen besiegt. LeSolda erinnerte sich daran, was sein Vater einmal gesagt hatte. Vor sehr vielen Jahren lebte in der Hölle eine Kreatur, die man ›Teufel‹ nannte und die für das Übel der Welt verantwortlich war. Angeblich sollte er einer von Gottes Engeln gewesen sein. Später stelle sich für viele Christen heraus, dass es nie einen Teufel gegeben hatte, sondern dass es falsche Götter wie Allah, Zeus, Buddha oder Odin waren, die gute Christen vom einzig wahren Gott ablenken wollten. LeSolda schob den Gedanken zur Seite. Es war ihm zu kompliziert, über die Vergangenheit der Menschheit und Erde nachzudenken.

Mit den beiden Kaffees in seinen Händen kehrte er in Gibsons Büro zurück. Der Pandionmanager stand hinter seinem Schreibtisch, mit den Händen aufgestützt und auf seinem Terminal Aline Cromwells Gesicht fixierend. » … können Sie dieses Zeug nun laden und entladen, ohne es zu zerstören?« Er wirkte gereizt, das verrieten seine Stimme und Körperhaltung. Trupida hingegen saß gemütlich in einem der hochgefahrenen Sessel und sah Gibson leicht lächelnd dabei zu. War er etwa amüsiert über die machtlose Lage seines Gegenübers?

»Nein, Sir, das scheint unmöglich«, erklang Cromwells Stimme durch den Raum, »aber ich habe ein gereinigtes Stück. Es funktioniert also!«
LeSolda stellte Gibsons Kaffee auf den Tisch. »Können Sie es wiederholen?«, fragte er Cromwell, ohne eine Notiz von seinem Untergebenen zu nehmen.

»Ich gehe davon aus. Ja, Sir.« Die Wissenschaftlerin war unsicher, das konnte LeSolda anhand ihrer gesenkten Augen sehen. Er ging um den Schreibtisch, die beiden Stufen herunter und reichte Trupida den Kaffee, der sich leise und höflich bedankte.

»Und wie lange wird das dauern? Wir brauchen endlich ein erkennbares Resultat!« Gibson schlug mit der Faust auf seinen Tisch. Die Kaffeetasse klirrte und schwappte ein wenig über.
Aline zuckte mit den Schultern. »Ich schätze, morgen früh ist es soweit, dass wir den Prozess komplett digitalisiert haben. Sollte es mir anschließend gelingen, den Vorgang fehlerfrei zu simulieren und auch zu wiederholen, werden wir diesen Kristall effektiv nutzen können.«
Gibson atmete langsam aus. »Geben Sie sich Mühe.«

»Natürlich, Sir.« Cromwell nickte und beendete die Verbindung.
Gibson griff zum Kaffee, nahm einen Schluck und sah LeSolda an. »Schicken Sie Janine herein und lassen Sie uns anschließend allein.«

***

In einer kurzen Memo-Nachricht hatte LeSolda sein Zusammentreffen mit Rivulet in der Kantine an Gibson weitergeleitet. Eine Kopie hatte er Trupida geschickt, nur der Vollständigkeit wegen. Er wusste nicht, warum er den Anwalt ständig über alles informierte, obwohl er ihn nie darum gebeten hatte. Vielleicht war es eine gewisse Art der Loyalität, resultierend aus seinem Schuldgefühl. Trupida hatte in ihm den Mann gesehen, der LeSolda seit seiner Kindheit sein wollte.

Beinahe in seinem Sessel lümmelnd gähnte er kräftig und rieb sich die Augen aus. Ein Blick auf die Uhrzeit seines Terminals zeigte ihm, dass es längst nach Feierabend war.

Ob Gibson noch im Büro war? LeSolda setzte eine entsprechende Anfrage und erhielt eine positive Nachricht. Also wieder warten. Warten, dass sein Boss sich dazu entschied, seinerseits seinen Arbeitstag abzuschließen, und nach Hause gefahren werden wollte. Marek löschte die Suche sowie ihr Ergebnis und strich sich erneut über sein Gesicht.

Die verdammten Stoppeln waren wieder zu spüren. Seit er älter geworden war, waren sie so hart und fest wie Baumstämme.

Seine Gedanken hingen an Christian, der dieses Problem noch nicht hatte. Obwohl er schon das 19. Lebensjahr abgeschlossen hatte, war bisher kein einziges Barthaar aufgetaucht. LeSolda stellte sich vor, wie sein Sprössling jetzt in der Shermankuppel seinen ebenso öden Dienst verrichtete und darauf angewiesen war, dass sein alter Herr ihn abholte, um ihn nach Hause zu bringen, nur um dort erneut einen Streit loszutreten. LeSolda seufzte. Noch immer hatte er keine Idee, wie er Melanie die Situation erklären sollte.

Sirrend erklang sein Terminal. ›Melanie LeSolda‹ wurde als Absender ausgegeben. Ruckartig richtete sich Marek auf und nahm das Gespräch an.

Ihr Gesicht war faltenumspielt, ihr silbernes Haar durcheinander. »Was denkst du dir?«, fuhr sie ihn an.

»Mel ...«

»Nein!«, unterbrach sie jeden Versuch einer möglichen versöhnlichen Geste. »Christian ist keine Zwölf mehr. Du wirst sofort dort hinfahren und ihn nach Hause bringen.« Marek schluckte. »Es ist das Beste für ihn.«

»Er hat noch nicht mal Wechselkleidung! Nichts zu essen! Nur ein Diensttelefon und ein Bett!« Sie hob den Finger in den Aufzeichner. »Bereits ein Gefängnis bietet mehr Annehmlichkeiten.«

Marek fuhr sich über das Kinn. »Ich werde mich um alles kümmern. Er soll bekommen, was er möchte … Sieh doch die Chance … Er hat seine eigene Wohnung, seine eigene Verantwortung, … genau das, was er wollte.«
Einen Moment lang hielt Melanie inne. »Hast du ihm das so erklärt?«

LeSolda zuckte mit den Schultern. »Es kann sein, dass ich mich ein wenig anders ausgedrückt habe.«

Sie nickte heftig. »Kläre das … und besorge ihm einen Dienstwagen oder sowas.«

»In Ordnung, ich versuche, was ich kann.«

»Und noch was«, setzte sie an. »Du kennst die Regeln. Keine Leistung ohne Gegenleistung …«

Nicht verstehend zog Marek die Stirn kraus. »Wovon sprichst du?«

»Sein Freund Noah möchte noch einmal den Mars besuchen … Erlaube es und wir werden sehen, wie er seine neue Chance wahrnimmt.«
LeSolda wehrte ab. »Ich mag den Bengel nicht.«

Melanie zuckte mit ihren schmalen Schultern. »Danach fragt auch keiner. Gib ihm etwas, dann gibt auch er etwas.« Ein heller Signalton unterbrach Melanie und legte sich über den Bildschirm. »Einen Moment, da kommt ein Dienstanruf.«

»Erlaube es.«

»Ich denke drüber nach, aber ich muss hier kurz nachsehen.« Er minimierte Melanies Anruf und wählte die neue Nachricht, welche mit hoher Priorität markiert war. Als wenn es auf dem Mars irgendetwas gab, das dies rechtfertigte. LeSolda seufzte und fragte sich, ob Gibson nur wieder einen Kaffee wollte.

Innerlich deeskalierte er sein eben aufgebautes Gemüt und nahm die Nachricht entgegen. Der Absender war jedoch nicht sein Boss.

Wer aber schrieb jetzt um diese Zeit noch Nachrichten? Wenig interessiert und sogar leicht verärgert, dafür Melanie abgewürgt zu haben, öffnete er die Botschaft und war nicht wirklich überrascht, dass sie aus den Forschungslaboren der Shermankuppel stammte. Dort wurde schließlich rund um die Uhr gearbeitet.

Die Zeilen waren kurz, ließen jedoch jeden eben stattgefundenen Gedanken mit sofortiger Wirkung einfrieren. Zudem forderten diese wenigen Worte einen Schub Adrenalin, dass LeSolda sich beinahe übergeben hätte. Vielleicht drei Sekunden waren vergangen, dass er die Botschaft geöffnet hatte, und zum Fenster stürzte, um einen Blick hinauszuwerfen.

Im blassbraunen Sonnenuntergang stand die Hauptstadtkuppel zwanzig Kilometer entfernt auf sandigem Boden. Ein leichter Sturm fegte über die tote Landschaft, was die Sicht mehr trübte als sonst. Leicht schräg hinter der Hauptstadt konnte man bei guter Sicht die dort befindliche Shermankuppel erkennen, wo es laut der kurzen Zeilen auf seinem Schirm gerade eine fatale Explosion gegeben haben sollte.

10

Es war ein unüberschaubares Chaos. Niemand hier war auf Vergleichbares vorbereitet. Flammen und Rauch stoben dichtgesät im Zentrum der Kuppel in alle Richtungen. Das Feuer zehrte von den Sauerstoffreserven, die an anderer Stelle bereits im Rahmen des Notfallprotokolls abgesaugt worden waren. Wie ein schwarzer Nebel setzte sich der Rauch vor den Augen fest, da es für ihn keine Möglichkeit gab abzuziehen.

Eine Handvoll Ersthelfer versuchte sich daran, das Feuer mit Löschschaum zu bekämpfen, andere trugen Verletzte in Sicherheit. Das Elektromobil, das LeSolda und Gibson mit maximaler Geschwindigkeit hierherbrachte, hatte im Tunnel sogar Rettungswagen und Feuerwehr hinter sich gelassen. Gibson schrie LeSolda die ganze Fahrt über an, schneller zu fahren und der Zeit irgendwie entgegenzuwirken. Vollkommen unnötig, sein Untergebener reizte das Fahrzeug bis zu seinen Grenzen.

Im Inneren der verrauchten Kuppel preschte er an Trümmern, Helfern und Verletzten vorbei, bis ein großer Teil eines ehemaligen Gebäudes jeden Weg zum fast restlos zerstörten Pandionlabor versperrte. Inmitten von weiteren Brandherden und weiteren Trümmern brachte LeSolda die Limousine zum Stehen, sprang heraus und setzte ungeachtet der schlechten Sicht, des Rauches und der Hitze seinen Weg zu Fuß fort.

Das Labor, das so oft sein Ziel gewesen war, war zum größten Teil noch intakt. Die Konstrukteure hatten seinerzeit mit dem Schlimmsten rechnen müssen und alle Vorsichtsmaßnahmen eingebracht, die ihnen eingefallen waren.

Unaufhaltsam stürzte LeSolda in das glühend heiße Gebäude, gefolgt von seinem Vorgesetzten, der über das Tempo des alten Mannes nur staunen konnte.

»Christian!«, brüllte LeSolda, als er durch die zerstörte Eingangstür brach.

Der aus verschiedenen Legierungen bestehende Eingang zum Labor war noch fast intakt, wenn man das geborstene Glas, die gerissenen Nähte und die verbogenen Träger einmal ignorierte. Beide Männer stiegen über eine fast vollkommen verkohlte Leiche, die sich wohl mit ihren letzten Atemzügen zu retten versucht hatte, den Flammen aber erlegen war. Es war nicht die einzige Leiche, die sie fanden. LeSolda aber gab nicht auf. Wie auch Gibson wusste er, dass es im Inneren Sicherheitsbereiche gab, in die sich Dutzende hineinquetschen konnten und die von den Flammen vielleicht verschont geblieben sein konnten. Sie zu finden war jedoch weit schwieriger als gedacht. Seltsamerweise brannte es im Inneren des Labors weit weniger als außen. Die Druckwelle der Explosion, die hier ihr Zentrum hatte, musste Feuer, Sauerstoff und Personal in Bruchteilen von Sekunden davongeschoben haben. Von den einst fest installierten Arbeitsflächen war nichts mehr zu sehen außer den Halterungen im Boden. Die Wände, an vielen Stellen aufgebrochen, waren schwarz wie die Nacht, besetzt von Rußpartikeln und Asche. Weiter hinten waren Teile des darüberliegenden Stockwerks eingebrochen. Glas aus ehemaligen Trennwänden war in feinen schwarzen Splittern über den Boden verteilt und an einigen Stellen sogar geschmolzen.

In der sauerstoffarmen Luft hielt sich der beißende Gestank von verbranntem Plastik und Fleisch. Beide Männer husteten mit jedem ihrer Schritte, wie sie sich durch die rußigen Reste des Labors kämpften. Der Rauch fand seinen Weg hinaus durch den eingestürzten Teilbereich, der ein wenig Tageslicht auf die Katastrophe warf und eine der Situation angemessene Sicht erlaubte. Am Boden nahe der Tür lag ein Körper, restlos verbrannt. LeSolda erkannte die geschmolzene Brille neben dem regungslosen Körper. Es konnte Tilio gewesen sein. Direkt

darunter hörte man es wimmern. Der ältere Mann musste sich im letzten Augenblick auf jemanden geworfen haben, ehe die höllengleichen Flammen alles vernichteten.
»Marek!«, rief Gibson, packte den starren Körper Tilios und riss ihn weg. Der jämmerliche Versuch eines Aufschreis erklang, als sich durch die Hitze verschmolzenes Fleisch wieder voneinander trennte. Einer der Assistenten Alines lag da, schwer atmend, vollkommen entstellt. Sein Gesicht war geschmolzen und die Augen ausgebrannt. Er atmete nur durch ein Loch in seiner Kehle. »Wo ist Aline!«, brüllte Gibson den Verletzten an, an dessen verschmortem Kopf weder Ohren noch die dazugehörigen Hörkanäle zu finden waren. Gibson erhielt keine Antwort. Es erklang ein Röcheln, dann starb der Körper. Endlich. LeSolda hatte entsetzt auf die beiden Männer gesehen oder das, was von ihnen noch übrig war. Er betete inständig, Christian möge unversehrt überlebt haben oder wie Tilio binnen Sekunden gestorben sein.

»Wir müssen das Chrys finden.« Gibson hustete und hielt sich seine Krawatte vor die Nase.

LeSolda ignorierte ihn, wandte sich ab und ging tiefer in das von Flammen gespickte Labor. Sein Ziel war der Sicherheitsbereich. Wenn Christian irgendwo überlebt hatte, dann an seinem Arbeitsplatz.

Gibson beachtete LeSolda ebenfalls nicht weiter und stolperte seinerseits in die andere Richtung. An einer zerborstenen Wand, teils zerrissen, teils versengt, sah er etwas Bläuliches glimmen. Wie ein Stern im Schwarz der Nacht lag es nur wenige Meter vor ihm auf einer völlig freien Fläche, die sich kraterförmig in den Boden gedrückt hatte. Auf seinem Weg zu seinem Ziel trat er auf etwas weiches. Es stöhnte. Eher beiläufig sah er nach unten. Die verbrannten Finger eines weiteren Überlebenden griffen nach seinem Bein. » … Probe …«, keuchte die Stimme, die ihm nur zu bekannt war. Ein Gesicht hatte Cromwell nicht mehr, stattdessen sah ihn ein widerlicher Skelettschädel ohne Augen an. Gibson hockte sich zu ihr. »Aline? Können Sie mich hören?«

»…Probe …«, wiederholte sie und holte röchelnd Luft. Man sah es ihr an, wie jeder Atemzug unerträglich schmerzhaft war. Ihr Arm zuckte an den Resten ihres verbrannten Körpers und sie stöhnte dabei auf. Gibson wandte sich angeekelt ab. Mit jeder ihrer Bewegungsversuche brach ein Stück ihres Körpers ab. Wie konnte sie überhaupt noch leben? Erneut wackelte ihr Arm, an dessen Ende ihre schwarzen Finger ein Metallröhrchen umklammerten. »Probe«, keuchte sie erneut. »Nehmen.«

Gibson schluckte, hob den verkohlten Arm an, nahm den ersten ihrer Finger und brach ihn ab. Aline stöhnte auf. Ihren Kiefer konnte sie kaum bewegen, die Lippen waren verschwunden. Blut rann zwischen den Zähnen heraus. Noch einen Finger riss er ihr schmerzvoll von der Hand, bis er das Röhrchen in seinen eigenen hielt. »Was ist das?« Er sah Aline an, das Röcheln hatte aufgehört.

Gibson steckte das Röhrchen ein und ging wieder auf das blaue Leuchten zu. Ein winziger Polyederstein lag dort in diesem mehr als zwei Meter umfassenden schwarzen Krater. Als Gibson den Stein ergreifen wollte, zuckte er aufgrund einer unerwarteten Hitze zurück. »Scheiße!«, brüllte er auf und sah auf seine roten Finger, an dessen Spitzen sich sofort Brandblasen bildeten. Er sah sich um, konnte aber nichts finden, womit man diesem Ding beikommen konnte. Schließlich zog er sein Jackett und seine kugelsichere Weste aus und wickelte den kleinen Stein darin ein. Er hatte, was er wollte, stand auf, stieg über Alines Körper hinweg und ging wieder zum Eingang.

Die meisten Feuer waren hier bereits wieder erloschen und das Labor wurde merklich dunkler. »Marek, es hat keinen Sinn, wir gehen!«, rief er in die Richtung, in der sein Sicherheitschef von der Schwärze verschluckt worden war. Er bekam keine Antwort.

»Marek?« Gibson ging einige Schritte zurück. Er überlegte eine Sekunde lang, ihn einfach zurückzulassen. Marek LeSolda, umgekommen bei dem Versuch, irgendwas und irgendwen zu retten. *Warum nicht?*
Eine leise Stimme drang plötzlich an sein Ohr. *War es ein Gebet?* Gibson folgte dem Wimmern. »Marek?«, fragte er leise. Hinter einer zerborstenen Stahltür befand sich ein kleiner Raum, ebenfalls von Flammen erfasst, aber längst nicht so stark verbrannt. Er war sogar recht gut erhalten. Es handelte sich um einen der Sicherheitsbereiche.

In der Mitte des Raumes hockte LeSolda über einen Körper gebeugt. An der fast noch intakten Uniform des Pandion-Sicherheitsdienstes konnte Gibson erkennen, dass dies einer der Männer war, die LeSolda vor einigen Tagen hierher abkommandiert hatte.

»Marek, kommen Sie ...«

»Sir, er lebt noch.« Mit ruß- und tränenverschmiertem Gesicht sah er zu Gibson auf. »Christian lebt noch.«

Gibson ging um die beiden am Boden Liegenden herum. Der Mann, über dem LeSolda hockte, war noch ein halbes Kind. Als er den Namen an der Uniform las, verstand er: Es war sein Sohn, den er selbst in diese Firma geboxt hatte. Ein Stahlträger lag über dessen Unterleib und Flammen hatten ihn an einigen Stellen angefressen. Dennoch lebte er. Gibson rechnete sich die möglichen Klagen aus, die LeSolda über ihn schütten konnte. Trupida würde in der Mitte sitzen, zwischen LeSolda und der Firma, die ihn bezahlte. Er wog ab und ging zurück zu Tür. »Ich werde Hilfe holen.«

Auf dem Weg durch die schwarzen Trümmer kam ihm erneut der Gedanke, dass er einfach gehen konnte. Er hatte seine Probe und würde leicht ein neues Mädchen für alles finden. Arbeitslose gab es hier auf dem Mars weiß Gott genug. Auf der anderen Seite würde Trupida ihn fragen, was hier geschehen war. Er kam nicht drumrum, etwas

Aufrichtiges zu tun. Gibson verfluchte seine Situation. Was waren das nur für Zeiten, in denen man nicht einmal mehr seinen unliebsam gewordenen Butler loswerden konnte.

Auf dem Weg nach draußen sah er in einen anderen Bereich des Labors, der ebenfalls deutlich weniger Schaden genommen hatte. Kleine Metallröhrchen lagen überall umher. Es waren die gleichen wie jenes, das Aline in ihrer Hand gehalten hatte. Sie lagen dort überall. Gibson trat hinüber, hob eines der Röhrchen auf. Es hatte einen Schraubverschluss, den er an seinem Exemplar wegen des Rußes nicht gesehen hatte. Er nahm es zum Vergleich aus der Hosentasche und hielt sie nebeneinander. Beide hatten in der Mitte einen Schraubverschluss. Mit einer schnellen Bewegung öffnete er das eben gefundene. Im Inneren befand sich eine Spritze, leer, wie für eine Blutentnahme vorbereitet. Nachdem er das von Cromwell überreichte Röhrchen öffnete, war der Unterschied offensichtlich: Alines Spritze war mit einer goldgelben Flüssigkeit befüllt. Er sah hinüber zum blassen Abendlicht, das durch die zerstörte Kuppel brach und auf ihren toten Körper fiel, welcher wie durch ein Wunder noch gelebt hatte. Sie hatte von einer Probe gesprochen … Gibson dachte darüber nach, dass sie womöglich nicht vom Chrys gesprochen haben konnte. Was aber war das in dem Ding? Er sah es sich im Schein einer Flamme an.

Kurzerhand kehrte er zu LeSolda zurück. »Marek, holen Sie die Sanitäter … Wenn ich da rausgehe, werden sie mich mit Fragen löchern und keiner wird mir zuhören.«

LeSolda sah auf, schien die Aussage aufzunehmen und zu verstehen. Es war noch nicht einmal gelogen. Gibson war schließlich der Verantwortliche bei Pandion und diese Labore gehörten direkt zur Firma. Die Retter und Ermittler würden ihn auf jeden Fall in Sicherheit bringen und dann womöglich befragen, was hier geschehen war. Erklären würde Gibson sicher nichts, schließlich war dies hier alles geheim.

Langsam richtete LeSolda sich auf und nickte Gibson zu. »Halten Sie ihn bei Bewusstsein.«
»Natürlich.«

Gibson hockte sich neben Christian und sah in das blasse, von Blut verschmierte Gesicht. Er atmete flach. Als LeSolda endlich gegangen war, zählte Gibson noch einmal bis zehn, dann nahm er die Spritze zur Hand. »Na, dann wollen wir mal.«
Langsam ließ er ein Viertel der goldklaren Flüssigkeit in die Venen des Jungen fließen. Dessen Augen sahen ihn schmerzverzerrt und entsetzt an. Gibson lächelte und tätschelte dessen Wange. »Mach dir nichts draus, du wirst so oder so in den nächsten Stunden sterben … Also sei so gut und stell dich nicht so an.«

Nach einigen Momenten des Wartens fühlte er Christians Puls, die Atmung und Augen.
»Hm«, machte er etwas enttäuscht. Eine Wirkung schien es nicht zu geben. Noch einmal fühlte er den Puls, der jedoch nicht schwächer wurde. »Interessant.«
Er sah ihm wieder in die Augen. »Fühlst du dich besser? Stärker? Anders?«

Aline hatte die Explosion überlebt und ihre letzte Sekunde benutzt, ihm diese Spritze zu geben.
Erst leise, dann deutlich nahm Gibson ein Wispern hinter sich wahr. Er wandte sich um, nur um festzustellen, dass er allein war. Mit einem Schulterzucken nahm er seine Krawatte ab und wickelte sie dem wehrlosen Jungen um den Hals. »Ich werde mich an dich erinnern, Kleiner.«
Langsam drückte er zu. Fester und fester. Christians Atmung blieb stabil. Gibson zog stärker am Stoff, der sich kein Stück bewegte. »Nun mach's uns doch nicht so schwer, du kleiner Bastard«, keuchte er, als er weiter an der Krawatte zog.

Gibson spürte nicht, wie der Boden unter ihm leicht bebte, wie sich der Ruß um ihn herum langsam in die Luft hob und der Stahlträger an Gewicht verlor. Kräftig schlug er nun mit der Faust auf das Gesicht des Jungen ein. Einmal, zweimal, dreimal. »Stirb endlich!«, zischte er. Ein viertes Mal boxte er in das blutende Gesicht. Der Ruß fiel zurück auf den Boden und der Stahlträger senkte sich zurück. Gibson merkte nichts davon. Der Junge am Boden atmete noch immer.

»Dann krepiere doch langsam«, raunte er, richtete sich auf, griff sein Jackett, das er um die Weste gewickelt und zu einem Tragebeutel verdreht hatte.

Auf dem Weg nach draußen ergriff Gibson eine gebogene Metallstange und schlug diese gegen die letzte noch intakte Scheibe. Mit jedem Schritt ließ er alles umstürzen, was noch nicht zusammengebrochen war; verbrannte Regale, zerschmetterte Terminals und lose Arbeitsflächen. Als Letztes verschloss er die zerstörte Tür und verkeilte diese mit der Stange, prüfte noch einmal, ob sie festsaß und die Tür sich nicht von innen öffnen ließ. Anschließend sah er auf den Eingang weiter vorn, nur wenige Meter vor sich.

    Tief atmete er ein, zweimal stoßweise aus. »Na dann mal los«, sagte er zu sich selbst und setzte zum Spurt an. Mit tiefem Atem und schreiend rannte er LeSolda und dem Rettungsteam entgegen. »Raus hier!«, brüllte er, wedelte mit den Händen und rannte an den Rettern vorbei. »Es stürzt ein, es stürzt ein!«

    »Nein!« LeSolda schrie, wollte den Weg nehmen, den Gibson gekommen war, wurde von den Sanitätern aber festgehalten.

    »Es stürzt ein!«, wiederholte Gibson und rannte weiter. Die Männer folgten ihm, ohne Fragen zu stellen.

»Was ist mit Christian?«, schrie LeSolda gequält, als sie draußen zum Stehen gekommen waren. Gibson nahm all sein schauspielerisches Talent, das er im Laufe seiner Karriere angesammelt hatte, und verzog das Gesicht zu einer glaubwürdigen Trauermiene.

»Es tut mir leid, Marek, es tut mir so leid!« Er schüttelte betrübt den Kopf und legte seine Hand auf LeSoldas Schulter, die er fest drückte. »Christians Atmung stellte sich ein … Ich versuchte noch, ihn wiederzubeleben, … aber es hatte keinen Sinn … Die Verletzungen … «
Mit gequälter Miene sah er auf das qualmende Gebäude.
»Dann hörte ich es krachen …« Er schüttelte den Kopf. »Erst war es nur ein Pfeiler, dann ein zweiter … es tut mir so unendlich leid.«
Wehe, du verklagst mich jetzt, Arschloch, dachte er bei sich.
Behutsam nahm er LeSoldas zitternde Hände in die eigenen nicht weniger zitternden. Leichte Blutspuren zogen sich über LeSoldas Haut. Beide Männer falteten ihre Hände zu einem gemeinsamen Gebet und Gibson begann ein Vater Unser zu sprechen.

Hilflos. Machtlos. Sinnlos.
LeSolda hörte ihm nicht zu, sein Verstand war nicht in der Lage, die äußeren Einflüsse oder Gibsons Gebet aufzunehmen.
Melanie!
Die Gedanken in seinem Kopf erreichten seine Frau. Wie würde sie reagieren? Ihr einziges Kind. Sein einziges Kind. Sein Vermächtnis und seine Zukunft, seine einzige gute Tat.
Verschüttet. Genommen.
Marek LeSolda atmete schwer. Stoßweise.
Verstehen? Warum atmete er noch? Warum lebte er noch? Warum war er hier und nicht dort?
Fragen ohne Grund und Fetzen ohne Ursachen. Keinen klaren Gedanken. Bilder rissen vor seinem geistigen Auge, keines davon konnte er fassen oder begreifen.
Ayasha Surona.

Auch sie hatte ihr Kind verloren, wenn auch nur temporär. Dreiundzwanzig Jahre lang war der damals Elfjährige eingefroren gewesen. Im Herzen der Mutter schien er tot. Seine Körpertemperatur wirkte wie auf ihr Herz übergegangen. Sie sprach so gut wie nie mit ihrem damals aufgezwungenen Partner. Dann aber, vor etwa zehn Jahren, hatte sie sich bei ihm gemeldet und erklärt, dass ihr Sohn aus seinem eisigen Gefängnis befreit worden war und nun behandelt werden konnte. Das war aber nicht der Grund, weshalb sie anrief. Sie wollte ihn als Zeugen für Diwari. Der alte Mann war auf der Erde wegen Amtsanmaßung angeklagt worden.
LeSolda verweigerte sich der Aussage. Surona kämpfte noch heute für die Gleichstellung von Moslems, Frauen und Perversen wie Tilio.

Tilio – ebenfalls tot, er hatte Glück gehabt – in einer gewissen ironischen Art und Weise, denn er hatte es geschafft, ohne erwischt zu werden. Nun musste er sich einzig vor dem Herrn und dessen Güte verantworten. Der Herr und seine Gerechtigkeit, die Marek Zintok zu vertreten versuchte. Ayasha würde ihm allein für diesen Gedanken mal wieder die Leviten lesen, wie so oft.

Eine Zeitlang hatte er ihr aussichtsloses Treiben auf der Erde beobachtet, wie sie Aufklärung und Gotteslästerung verbreitete. Wie konnte sie nur den Islam mit dem Christentum vergleichen? Als der Krieg gegen den Islam begonnen hatte, hatte sich niemand mehr darüber gefreut als die Betroffenen selbst. Der Islam hatte jede Provokation, jedes Gefecht und jede Anfeindung stets dankbar und mit offenen Armen entgegengenommen. Endlich durften sie zurückschlagen, endlich hatten sie einen Grund, alles zu zerschlagen, was nicht war wie sie – so sagten es jedenfalls die Lehre seiner Kindheit, das Zeugnis der Vergangenheit und der Eintrag im Geschichtsbuch – geschrieben von den Siegern.

Es verblasste. Hier in *Red City*, der Stadt der Verdammten, verblasste heute mehr als jemals zuvor. Glaube und Ehre, Stolz und Verstand. Alles war stumpf.

Marek LeSolda weinte bitterlich. Einmal mehr wünschte er sich, dass er damals nicht so verdammt engstirnig gewesen wäre und nur einmal mehr gelogen hätte. Die Lösung war immer wieder die Lüge gewesen – der Weg der Kirche.

Er selbst wäre längst auf irgendeinem Schiff, tiefgefroren in Richtung eines unverbrauchten Planeten, zusammen mit seiner Ehefrau, die mit ihm in einem unberührten Land den gemeinsamen Sohn aufzog. An frischer Luft, warmer Sonneneinstrahlung und ohne die Zwänge eines Gottes.

LeSolda wünschte sich so sehr, er könne alles rückgängig machen. Wünschte, sein Leben sei ein Traum und er würde jetzt in einer Kälteschlafkapsel aufwachen und dort im Unbekannten sein. Nur weg von hier. Weg von all diesen unerträglichen kleinlichen Problemen bedeutungsloser Menschen und ihrer handgemachten Sorgen. Seine Familie wäre frei und in Sicherheit.

Was hatte er nur getan?
Wie konnte es dazu kommen?
War er längst gestorben und wusste es nicht? Sah so die Hölle aus?

    So musste es sein.
    Nur so.

11

Devon P. Gibson war auf eigene Faust zurückgefahren. LeSolda war zu nichts zu gebrauchen. Apathisch hatte er dagesessen, weder gesprochen noch auf irgendwas reagiert. Das einzige Anzeichen, dass er am Leben war, waren die Tränen, die aus seinen Augen flossen wie ein Rinnsal.

Gibson verzog den Mund. Man sollte meinen, dass Gläubige den Tot nicht so ernst nahmen, schließlich glaubten sie an die unsterbliche Seele, den Himmel und diesen ganzen Käse für lebensängstliche Kleingeister.

Gibson war da anders, er war Realist. Er wusste, dass seine Zeit in diesem Universum beschränkt war und nie wiederkam. Das Mittel in seiner Tasche aber konnte dem ein Schnippchen schlagen.

Aline hatte die Explosion überstanden ... Der junge LeSolda wollte nicht sterben. *Konnte es so einfach sein?* Zurück in seinem Büro, nachdem er Marek sogar bis zu seinem Haus gebracht hatte, verriegelte er jeden Zugang und aktivierte den Störsender. Man konnte nie wissen, ob jemand mithörte. In seiner Hand der bläuliche Stein, inzwischen soweit abgekühlt, dass er ihn mit blanken Fingern berühren konnte, in der anderen das Metallröhrchen.

Gab es noch mehr? Er musste das Labor sichern. Alles, was es dort noch zu holen gab, musste geborgen werden. Er öffnete seinen Messenger, um LeSolda die entsprechenden Anweisungen zu geben.

Er hielt inne, als ihm einfiel, dass sein Mädchen für alles gerade nicht zu gebrauchen war. Wen konnte er nun auf die Schnelle ins Vertrauen ziehen? Trupida? Wahrscheinlich. Seine Augen ruhten auf seinem Terminal, das ihm anzeigte, dass er sieben ungelesene Nachrichten hatte.

Er wählte den Eingangsordner und hob die Augenbrauen. Eine halbe Stunde vor der Explosion hatte Aline ihm noch eine Botschaft geschickt. Er klickte den Clip an und sah in das Gesicht der älteren Frau. »Mr. Gibson.« Sie nahm die Röhre zur Hand und hielt sie in die Kamera. »Die Versuche, das Lysergchrystaldiethylamid zurück in das Chrys zu fügen, sind restlos gescheitert. Bei meiner Untersuchung des LCDs habe ich allerdings etwas absolut Unerwartetes entdeckt.« Sie zeigte in einer kleineren zusätzlichen Einblendung des Fensters eine chemische Darstellung. »Einer der LCD-Abfälle, den wir einem Kationenstrahl ausgesetzt haben, hat daraufhin eine chemische Reaktion gezeigt. Er hat eine biochemische Ladung in sich, was erklären könnte, warum das Chrys erst nach der Entfernung des Lysergchrystaldiethylamids aufnahmefähig ist. Dieser Stoff … Er ist aufgrund seiner genetischen Struktur der unseren ähnlich!« Sie schluckte und näherte sich der Kamera. »Dieses Zeug ist mit menschlicher DNA kompatibel, was bedeutet, dass es die Zellen einer Lebensform beeinflussen kann.« Sie schüttelte den Kopf. »Ich habe noch keine Vorstellung, inwiefern das aussieht … oder was genau passiert … und ob es überhaupt eine Wirkung hat.« Sie hob das Röhrchen wieder hoch. »Aber diese Probe hier könnte der Schlüssel zum Baustein des Lebens selbst sein. Erlauben Sie mir, weitere Experimente …« Aline wandte sich ab, als eine Stimme aus der Ferne erklang. Sie sah ungläubig in den Schirm. »Sir? Ich verstehe nicht …?« Sie beendete die Verbindung.

Gibson hatte die Augenbrauen gehoben. Er ließ die Nachricht noch einmal abspielen. Dann starrte er auf das kleine Röhrchen in seiner Hand. *Der Schlüssel …?* Er sah wieder auf das Terminal, dann zurück auf das Röhrchen, zuletzt auf den blauen Kristall.

Kann das ein Zufall sein? Die Erde wirkte oft wie konstruiert, wenn man sich einmal allein anschaute, wie Pflanzen sich vermehrten. Sie bildeten köstliche Früchte, deren Kerne vor der Magensäure eines Tieres geschützt waren, obwohl niemals eine Pflanze ein Tier gesehen hatte. Der Kern tug sich weiter und kehrte als Teil der Exkremente des Tieres zurück auf den Boden, wo er zugleich einen Dünger hatte.

Gibson sah auf das Aquarium. All die Konstrukte auf der Erde, die so angepasst waren, so verwoben miteinander. Sein Blick galt wieder dem Röhrchen. Nur eine weitere Masche im Bauplan des Universums? Aber es konnte keinen Gott geben! Wieso sollte ein Gott einem Menschen, wie er einer war, den Baustein zum ewigen Leben in die Hände geben? Gerade ihm?

»Mr. Gibson, Sir.« Janines Stimme hallte aus dem noch offenen Kommunikationsmenü.
»Ja?« Er sah auf das grüne Audiosymbol seines Schirms.
»Mr. Rivulet ist da«, erklärte die gesichtslose Person.
»Und?« Gibson schaltete den Schirm zum Überwachungssensor vor seinem Büro um und sah Rivulet am Empfang bei seiner Sekretärin stehen.
»Er möchte mit Ihnen sprechen, Sir«, sagte sie respektvoll.
Mit einem Knopfdruck an den Schreibtischkontrollen entriegelte Gibson die Tür. »Er darf reinkommen.« Mit einem schnellen Handgriff ließ er die Chrysprobe und das Röhrchen in eine Schublade verschwinden. Kaum war die Tür aufgegangen, stürzte Robert auf den Schreibtisch zu. Beinahe wäre er über die beiden Stufen gestolpert.
»Ist es wahr?!«, rief er.
»Was?« Gibson blieb gelassen.
»Dass all diese Männer umgekommen sind?«
»In der Tat, äußerst bedauerlich.«
»Bedauerlich?!« Der junge Mann fasste sich an den Kopf.

Gibson sah ihn an und faltete die Hände. »Ich werde neue Wissenschaftler kommen lassen.«
»Nein!«, rief Rivulet aus und stand kurz davor, Gibson am Kragen zu packen. »Sie dürfen keine weiteren Leben riskieren … Dieses verdammte außerirdische Zeug ist zu gefährlich, Jack hatte vollkommen recht!«
»Jack? Hat er Sie geschickt?«
Robert schüttelte den Kopf. »Natürlich nicht, er weiß noch nichts von alledem.«

»Unwahrscheinlich.« Devon setzte sich, lehnte sich ein wenig zurück und versuchte herauszufinden, was Rivulets Antrieb war, diesen Aufstand vor ihm abzuziehen.

»Wie auch immer …«, donnerte der Junge. »Beenden Sie das! Jetzt!« Seine Faust fuhr schmetternd auf Gibsons Schreibtisch.

»Und Sie erklären dem geschlossenen Vorstand, dass wir Milliarden in den Sand gesetzt haben? Unseren Marktwert dauerhaft um sechs Prozent minimiert haben, anstatt ihn zu steigern?« Gibson deutete mit dem Finger auf sein Gegenüber. »Ihre Prognosen!«

Rivulet wehrte die Andeutung ab. »Wer konnte ahnen, was Sie uns da ranschaffen.« Er sah Gibson an. »Wie wollen Sie den Tod so vieler Menschen erklären? Die Presse wird die NCP zerfetzen.«

»Die Presse wird nichts davon erfahren.«

»Auch wir haben unsere Grenzen!« Rivulet stützte sich auf. »Lenken Sie ein! Zeigen sie Einsicht! Oder ich werde dafür stimmen, Pandion von der Partei zu lösen.«

»Nur zu! Ohne mein Geld sind Sie alle nichts!« Gibson zuckte mit den Schultern. »Meine Firma ist Ihr einziger Rückhalt und Ihr einziger Garant, ihre wahnwitzigen Ideen durchzuboxen!« Er winkte ab. »Shermans Pleite hat die Demokraten gerade mal eins Komma fünf Punkte gekostet. Die haben genug Firmen in ihrem Netz. Sie aber, Sie haben nur mich.«

Rivulet knurrte ihn förmlich an. »Und? Ein Unternehmen ohne politischen Einfluss? Die Haie der irdischen Wirtschaft werden über Sie herfallen wie Piranhas über einen Kadaver. Die Besteuerung der letzten fünfzig Jahre wird Sie das letzte Hemd kosten!«

»Nein, mein junger Freund.« Gibson sah ihn ernst an. »Ich werde dieses verdammte Zeug zu so viel Geld machen, dass ich meine eigene Partei sein kann.« Er breitete die Arme aus. »Entweder Sie sind dabei oder nicht. Schwanz rein oder raus.« Er grinste. »Wir penetrieren uns nun schon so lange und haben gerade einen kleinen Hänger. Na und?«

»Sie sind ekelhaft!« Rivulet wollte fast schon auf den Tisch spucken.

Gibson beugte sich vor. »Und warum haben Sie dann ein kleines Ständerlein?« Er schlug auf die Tischplatte. »Also, packen wir es an! Da ich heute wohl zusätzlich mein Mädchen, ja, eher meine rechte Hand verloren habe.« Er grinste bei der gedanklichen Fortführung seiner sexuellen Metapher. »Was halten Sie von einem kleinen Nebenjob?« Sein Lächeln wurde zu einem bösartigen Zähnefletschen. Am einfachsten wurde man Probleme los, wenn man sie direkt in der Hand hielt.

»Ihre … Hand?«

Gibson nickte und blickte nur beiläufig auf Rivulets Finger. Er trug einen Verband an der rechten Hand.

»Ein Handjob, ganz genau. So ein junger, aufstrebender Mann wie Sie? Was spricht dagegen?«

Robert Rivulet sah sich einen Moment lang auf die Füße. Gibsons direkte und leicht perverse Art zu sprechen weckte einen anderen Teil in ihm, eine ungeahnte Begierde, die seinem bisherigen Bestreben hilfreich sein konnte. Die rechte Hand des Besitzers Pandions? Eine solche Chance konnte ungeahnte Türen öffnen.

Mit aufrechtem Blick schluckte er seinen Ärger und Ekel runter und versuchte sich an einem Lächeln. »Nun, … ich wüsste nicht, was.«

»Sehr gut. Fangen Sie gleich an. Ich brauch eine neue Handvoll der besten Physiker, Chemiker und Biologen.«

»Biologen, Sir?« Rivulet war sich bis eben sicher gewesen, dass er alle Informationen über die Vorgänge in den Laboren zur Verfügung hatte. Einen Biologen hätte er jedoch nicht erwartet.

»Ja, sicher«, stieß Gibson aus. »Dieser verdammte Pilz ist schließlich organisch, oder?«
Rivulet nickte. »Natürlich, Sir.«
Gibson lachte. »Und Sie müssen mich nicht ›Sir‹ nennen.«
»In Ordnung.«
»Wir treffen uns dann in der Garage.«
»Die Garage?« Abermals stutzte Rivulet, der über LeSolda ebenso alles wusste, aber keine Ahnung von dessen Aufgaben hatte.
Gibson nickte nur heftig und stand auf. »Ohja, Sie müssen mich dringend in die Kranowallee fahren.« Er griff sich in den Schritt und schien etwas zurechtzurücken. »Wirklich dringend.«

12

» … Warum hast du ihn mir genommen?« Marek LeSolda kniete vor dem Kruzifix und sprach mit tränenden Augen an das Kreuz. »Oh Herr, warum nur?« Er wünschte so sehr, er könnte es verstehen, würde die Gewissheit erhalten, dass sein Sohn nun an einem besseren Ort war. All sein Glauben, der ihn auf alles vorbereitet hatte, Niederlagen, Zweifel, Angst … sogar den eigenen Tod deckte er ab. Nicht aber den des eigenen Kindes.

Das Flöten des Terminals aus dem Nebenraum hörte er erst nach einigen Minuten. Sein Blick galt seiner Ehefrau, die neben dem Terminal regungslos auf dem Sofa lag.

Als er die Tür zum gemeinsamen Apartment geöffnet hatte, wollten die Worte nicht über seine Lippen. Melanie hatte anhand des Rußes an seiner Haut und seiner Kleidung erkannt, dass etwas geschehen war. Den Rest erledigte der Gesichtsausdruck ihres Ehemannes, den sie schon oft weinen und zweifeln sehen hatte. Allerdings noch niemals so. Sie schüttelte nur den Kopf und stieß den Namen des gemeinsamen Kindes aus. Die Antwort war ein Nicken und

LeSolda brach erneut in Tränen aus. Ihm fehlte die Kraft zu stehen. Beide gingen sich gegenseitig stützend in die Knie.

Keiner wusste, wie lange sie in der offenen Tür gelegen und geweint hatten. Irgendwann trug er sie behutsam auf das Sofa und wandte sich dem Kruzifix und Altar am Wohnzimmerende zu. Anfangs betete er noch für die Wiederkehr seines Sohnes, dann flehte er um einen Sinn für all das. Zwischendurch verfluchte er den Gott, der dies alles zuließ. Dann zweifelte er – wieder einmal.

Die Frage nach dem Warum blieb trotz allem unbeantwortet, bis das Terminal ihn aus der Trance holte. Schleppend brachte er seinen Körper zur blinkenden Kristallscheibe, die kurz darauf das Gesicht von Robert Rivulet zeigte. »Mr. LeSolda«, begann er. »Ich hörte von Ihrem kürzlichen Verlust.« Der junge Mann senkte den Blick. LeSolda konnte erkennen, dass Rivulet am Steuer von Gibsons Dienstwagens saß. Er kannte sogar die Gegend, in der er auf den Pandionmanager wartete. »Sie haben das Mitgefühl der Firma und sind derzeit beurlaubt – natürlich bezahlt.« Rivulet verzog den Mund. »Und auch mein Mitgefühl haben Sie.« Er befeuchtete sich nervös mit der Zunge die Lippen. »Mr. Gibson hat mich für die nächste Zeit zu Ihrem Stellvertreter ernannt.« Er hob seine Hände und faltete sie wie zu einem Gebet. »Wir werden in der Andacht heute Abend für ihn beten.«
LeSolda nickte stumm. »Danke, Sir.«

»Nein, ich danke Ihnen.«
Rivulet schüttelte noch einmal seine zusammengelegten Hände. »Viel Kraft für Sie.«
Marek sah einen Moment lang auf die verbundenen Finger. Selbst die Handflächen trugen einen Verband. Anschließend verblasste das Bild.

LeSolda schluckte und senkte seinen Kopf.
Dass sich Gibson nicht meldete und wo er gerade war, passte ins Bild. LeSoldas Gehirn aber interessierte sich

plötzlich für ein gänzlich anderes ›Warum‹ als den Tod seines Sohnes oder wie Gibson jetzt dort an diesem Ort sein konnte. LeSolda erinnerte sich an den Ort der Katastrophe, an der sein Boss ihm die Hand gehalten hatte, bis ein Sanitäter beide getrennt hatte. Gibson erhielt zwei Verbände an seinen Fingern. Sie befanden sich an denselben Stellen wie bei Rivulet. In seinem Jackett hatte dieser schreckliche Mensch etwas eingewickelt.

LeSolda wusste, dass er nur wegen der Probe mit ihm in das brennende Labor gestürzt war. Dass er sie gefunden hatte, wusste er ebenso.

Eins und eins.
Aber warum hatte dann Rivulet verbrannte Finger? War er auch dort gewesen? Nur wann? Und warum? Seine Abteilung war Bildung und Kultur. Nicht einmal im Ansatz betraf die Entdeckung des Chrys seinen Arbeits- oder Aufgabenbereich.

Eins plus der Unbekannten mal X.
Rivulet war immer dabei, immer wenn es wichtig wurde.

Zwei.
Mit einer kurzen Handbewegung rief LeSolda alle seine in den letzten Monaten gesammelten Daten auf. Es waren noch immer nicht sehr viele, es war sogar verdammt wenig. LeSolda sah auf die kümmerlichen Ergebnisse seiner Nachforschungen zu diesem Bengel.

Drei.
Nur ein Mensch, der penibel darauf bedacht war, keine Spuren zu hinterlassen, schaffte es, so wenige Resultate zu liefern. Robert Rivulet war mehr als penibel. Wieso war ihm das vorher nicht aufgefallen? Was ist verdächtiger, als nichts zu finden? Wer etwas zu verbergen hatte, der verbarg, das war ein Grundsatz seiner über ein halbes Jahrhundert zurückliegenden Polizeiausbildung.

Marek suchte weiter. Er fand nichts. Robert Rivulet schien kein Leben außerhalb der NCP zu haben. War er so sehr der Partei verpflichtet? Identifizierte er sich so stark damit?

›*Ja, so seid ihr alle*‹, hallte es in seinem Kopf nach. Rivulet hatte ihn beim Spionieren erwischt … Nur warum? Und wie? ›*Ja, so seid ihr alle*‹ ... *ihr alle* ... Nein, das war keine Identifizierung, das war Ausgrenzung!

Nochmals sah er sich die letzten Schritte des jungen Abteilungsleiters durch. Mehrmals war er in der Garage des Unternehmens zu seinem Wagen gegangen. Aber wo fuhr er hin? Er glich alle Ankünfte mit den Abfahrten ab. Ein einziger Eintrag ließ ihn in einer anderen Garage parken: den alten Shermanlaboren, am siebenten August 2119. Dies war der Tag gewesen, an dem das Päckchen mit der Probe kam.

LeSolda klappte leicht den Mund auf. Warum war er dort gewesen?

Wer auch immer dieser Kerl war, er war ein völlig anderer. Hier musste offensichtlich ein anderes Geschütz aufgefahren werden. LeSolda wählte eine neue Verbindung und ließ sich die Polizeicloud anzeigen. Seine alte Dienstnummer war noch immer aktiv. Niemand hatte das System seit damals auf den neusten Stand gebracht. Es verrottete, wie alles andere in der Stadt. Es gab hier nur noch sechs Officer im Dienst, die vor Langeweile starben. Diese Langeweile würde seine Zeit nahezu verdoppeln. Sobald er auf die Cloud Zugriff nahm, wussten die ehemaligen Kollegen Bescheid, dass jemand ins System eingedrungen war und würden ihn innerhalb von zwei Minuten aussperren können.

Mehr als genug Zeit und ehe die Cops hier an seine Leitung klopften, war er längst woanders.

Die Einwahl lief und sofort reagierte der Automatismus des Systems. Das zweite Terminal im Haus sirrte.

Marek sah sich zu der im Nebenraum stehenden Kristallscheibe um. »Verdammt schnell«, brummte er und ignorierte den Anruf, der mit wenigen Worten um Dringlichkeit bat.

Auf seiner eigenen stand in grünen Lettern: ›Zugang gewährt‹. Das Sirren des zweiten Terminals riss nicht ab, aber noch war er drin. Es blieb keine Minute. Schnell gab er Rivulets Namen ein, erhielt die Personalnummer, den genetischen Fingerabdruck und alle gemeldeten Ereignisse zu dieser Person.

Das Sirren des zweiten Terminals wurde unterbrochen, als Melanie das Gespräch annahm.

»Mel, warte!« Sein Ruf kam zu spät, das System würde ihn nun identifizieren und aussperren. Es blieben maximal Sekunden, ehe die Verbindung zusammenbrach.

Noch immer war der Schirm leer. Rivulet schien nicht zu existieren.

Hinter ihm konnte er Melanies Atem hören, wie er heftiger und unregelmäßiger wurde … Sie begann zu schluchzen. LeSolda versuchte seine Frau zu ignorieren, wenigstens für diesen kurzen Augenblick, der ihm noch geblieben war. Die schrille Stimme seiner Frau fuhr ihm allerdings durch Mark und Bein, als sie plötzlich und immer wieder seinen Namen rief …

13

Blau schimmerte der Polyederstein zwischen Daumen und Zeigefinger des Pandionmanagers. »Die Zukunft«, begann er und sah jedem des Vorstandes in die Augen. »Dreimillionen Dollar!« Er hob die Hand noch ein kleines Stück höher und richtete sie dann dem omegaförmigen Tisch entgegen. »Das halte ich hier in meinen Händen.« Er deutet auf das Hologramm hinter sich. Das Lichtspiel zeigte nun eine erweiterte Form eines Kraftwerkes. »Wenn wir unsere Atommeiler umrüsten, können wir die Energie künftig direkt hier einspeisen und in unseren Hosentaschen zur Erde bringen. Allein die dadurch eingesparten Transportkisten erwirtschaften eine Millionensumme. Unsere

Gewinne werden sich verzehnfachen, da es keinen Überschuss mehr gibt.« Er legte den Würfel in die Mitte des Tisches, so dass ihn jeder sehen konnte.

»Je nach benötigter Menge können wir exakt liefern. Dieses Material hält nach bisheriger Analyse jede Energieform fest, … ohne Verlust.«
Er deutete auf das Hologramm, das einige von Rivulets Vorschlägen enthielt. »Überlegen Sie, wie uns die NASA umgerüstete Raumschiffe aus der Hand reißen wird. Diese unzähligen Module da draußen … Wir können sie gewinnbringend verkaufen, anstatt zuzusehen, wie sie verrotten.«

Spacal hob seine Hand. »Aber wie bekommt man die Energie da wieder raus? Eine gängige Batterie sieht anders aus.«

Gibson nickte. »Eine gute Frage.« Er öffnete eine weitere Datei und zeigt wieder auf das in der Luft schwebende Bild. »Das ist ein wenig schwieriger, als sie hineinzubekommen.«
In einer animierten Darstellung wurde ein Chryswürfel in einem Reaktor einem farbigen Strahl ausgesetzt. Daraufhin entlud sich die simulierte Energie binnen Sekunden. »Durch den Beschuss mit einem umgekehrten Impuls entsprechend der Energiemenge im Inneren befreit man die gespeicherte Menge. Innerhalb einer Nanosekunde. Alles wie bei einer Atomspaltung. Das Chrys wird dabei zerstört, die Energie freigesetzt.«

»Hat dies das Labor zerstört?«, fragte Rivulet plötzlich.

»Einer der Tests an diesem Zeug?«
Gibson senkte den Blick und räusperte sich, ohne zu antworten.

»Vier Millionen Dollar Verlust!«, erinnerte ihn Rivulet.

»Zuzüglich der bisher angelaufenen Kosten und menschliches Leben noch nicht mit eingerechnet.«

Ein Räuspern und Murren ging durch die Kehlen der Männer. Erwartungsvolle Blicke richteten sich gegen Gibson.

»In der Tat«, begann dieser, »gehe ich davon aus, dass die Experimente am Chrys dafür verantwortlich sind.«
»Einen Moment«, warf Carter ein. »Sie gehen davon aus?«
Er sah sich im Vorstand um. »Herrgott nochmal. Sie sollten es wissen!«
Spacal schüttelte den Kopf. »Wenn es so instabil ist, wird es niemand kaufen.«
Skepsis breitete sich im Vorstand aus wie ein Lauffeuer. Gibson warf Rivulet einen mörderischen Blick zu.

Sie waren am Vortag noch darin übereingekommen, dieses Thema nicht zur Sprache zu bringen. Wieso fiel er ihm jetzt in den Rücken? LeSolda hätte dergleichen nie getan. Dies war wohl der Grund, weswegen man sich stets einen einfachen Mann an seiner Seite hielt.

Räuspernd hob Gibson seine Hand, um für ein wenig Ruhe einzutreten. »Bitte, meine Herren, wir werden herausfinden, was die Explosion verursacht hat. Vorerst sollten wir uns auf das hier konzentrieren.« Er nahm wieder den Würfel zur Hand. »Allein Spaceport kann mit diesem Ding seine Speicher füllen und fünf Tage im Vollbetrieb operieren, ohne jemals den eigenen Reaktor zu verwenden … oder gar seine Solaranlagen zu gebrauchen!« Er ließ ein neues Bild aufrufen. »Wir müssen nur die entsprechende Reaktionskammer mit verkaufen, von da an ist es ein Kreislauf, alle unsere Kunden sind an Chrys gebunden. Sie benötigen mehr.« Er hob wieder den Würfel. »Und das haben nur …« Gibson begann plötzlich mitten in seiner Rede zu würgen und stolperte rückwärts. Er fühlte sich von einer Sekunde zur nächsten unsagbar schlecht. Keuchend stützte er sich an seinem Schreibtisch ab.

»Devon?« Trupida richtete sich als erster auf. Gibson übergab sich, er würgte einfach alles aus seinem Körper heraus, was nicht haltbar war. Auch in seinem Schritt wurde es verdächtig nass. Magensäure, Blut, Speichel und mehr rannen aus seinen Körperöffnungen. Den Vorstand riss es förmlich aus den Sitzen, als Robert Rivulet sich urplötzlich in die Luft erhob, gegen das Aquarium stieß und dann zehn Meter durch die Luft flog und an der Fensterwand hinter Gibsons Schreibtisch zu liegen kam. Nach Luft ringend und sich an den Ohren packend begann er zu schreien. »Ich! Bin! Ein! Spion!«

Das Gremium regte sich, sah einander fragend an. Was war hier los? Nur Trupida blickte zu Gibson herunter, der in seinen Körperflüssigkeiten lag und um jeden Luftzug rang. Dass Rivulet ein Spion war, lag bereits im Verdacht des Pandionmanagers, er aber hatte diese Idee abgeschmettert. Sein nächster Blick galt dem am Fenster liegenden Rivulet. Auch er japste wie ein Fisch auf dem Trockenen, als er weitere Worte ausspuckte. »Titanmachinery. Republikaner.«

»Was?« Trupida ging um den Tisch herum. Der Konzern, der hier auf dem Mars eingegangen war, schickte jemanden? Die gequälte Stimme in dem jungen Mann formte weitere Worte. »Ich wollte … Chrys stehlen.«

In diesem Augenblick ging die helle Tür im Rücken des Vorstandes auf und ließ jeden der bleichen Männer herumfahren.
Marek LeSolda trat ein. Er stützte seinen Sohn Christian, der auf nur einem Bein stand. Blutgetränkte Verbände waren um seine Arme, seinen Unterleib und den Stumpf unter dem Becken gewickelt.

Trupida hob die Hand vor den Mund. Ein Gemisch aus Empörung und weiterem Entsetzen durchfuhr die Gruppe alter Männer. LeSolda hob langsam seine Hand, Devon P. Gibson erhob sich im selben Augenblick in die Luft und stürzte zu Rivulet gegen das Fenster. Mit einer weiteren

Handbewegung riss er einen der Stühle aus seiner Verankerung und ließ diesen vor sich zum Stehen kommen. Christian ließ sich leicht darauf nieder.

Marek LeSolda ging auf den Vorstand zu. In seiner Hand hielt er eine Spritze mit einer goldklaren Flüssigkeit. »Meine Herren, ich habe mit Gott gesprochen. Schon vor Langem hat er mich mit einer Mission betraut, die ich erst heute verstanden habe. Da ich es nicht allein schaffen konnte, hat er mir ein Geschenk gemacht.«

Die Spritze schwebte über seiner Handfläche und tanzte nach seinem Fingerspiel. »Ein Geschenk des Herrn. Es macht mich ihm ebenbürtig.«
Sein Blick fing jeden einzelnen des Vorstandes ein und jeder hier begriff, dass dieser Mann dort sich in ihre Gedanken bohrte.

»Marek«, versuchte Trupida zu ihm vorzudringen. Seine Erzürnung darüber, dass LeSolda sich anmaßte, gottgleich zu sein, erstickte in der Erkenntnis, dass er es offensichtlich war.

»Mr. Gibson wollte meinen Sohn Christian töten«, sagte er ruhig und ergriff die Spritze aus der Luft. »Er spritzte ihm Lysergchrystaldiethylamid, kurz LCD, ein Stoff, der aus dem Chrys stammt.« Der blaue Würfel erhob sich, schoss durch den Raum und landete in Christians Händen.

»Aber er konnte mich nicht töten«, brachte Christians krächzende Stimme hervor, »denn er machte mich zuvor zu einem Gott.« Der Stuhl, auf dem er saß, begann zu schweben, begleitete seinen Vater, der sich langsam den beiden Stufen zum Schreibtisch näherte wie ein Gleiter.

»Die Explosion war kein Unfall«, setzte LeSolda fort und deutete auf das Fenster. »Mr. Rivulet hat die Probe getauscht. Echtes Chrys gegen eine billige Kopie, … daher das Feuer, daher das Leid.« Er richtete seine Faust Rivulet entgegen, der dies unter schwerer Anstrengung gestand.

»Ja …!«, keuchte er. »Ich war es, … ich war da.«

»Gestehe alles und dir wird vielleicht vergeben«, grollte LeSolda.

»Ich sollte die NCP und Pandion aushorchen … Dann entdeckte ich das Chrys … Meine Prioritäten verschoben sich. Ich sollte unter allen Umständen eine Probe besorgen und die weitere Arbeit hier unterbinden, … egal, was es kostet. Cromwell vertraute mir … Ich wusste nicht, was ich tat.«

LeSolda schnaufte verächtlich.

»Töte ihn«, forderte er seinen Sohn auf.

Christian hob seine Hand und sah in Rivulets angsterfüllte Augen. Seine Bitte um Gnade konnte er nicht mehr aussprechen, als sich sein Kopf mit einem leisen Knacken unnatürlich zur Seite drehte.

LeSolda sah zufrieden in die Runde. »Jeder kann an Gottes Seite stehen.« Er hob wieder die Spritze an. »Es gibt noch jede Menge davon … Die Wirkung hält jedoch nicht sehr lang, aber sie ist erstaunlich.« Er lächelte. »Wie Sie richtig ahnen, kann ich alle Ihre Gedanken sehen.« Er sah auf Gibson, der die ganze Szene mit Schrecken beobachtet hatte. »Schon seit Monaten weiß ich, dass er weder Gott noch die Partei liebt. Er ist ein fürchterlicher Mensch.«

Als nächstes wandte er sich an Trupida, welcher ängstlich zurückwich. Stets hatte dieser geglaubt und das Beste für Gott, Kirche und Partei gewollt. Nun zweifelte er daran, was er tun konnte, wenn jemand mit einer solchen Macht etwas anderes meinte als er selbst.

»Keine Sorge, Sir.« Marek LeSolda schien ergeben den Kopf zu senken. »Ich erkenne die Wahrheit. Ihre Ehrlichkeit.«

In Trupidas Gedanken schlugen die Erinnerungen nieder. Wie in einem Bilderbuch schien LeSolda nachzuschauen und erfuhr, dass es der Anwalt gewesen war, der Rivulet über LeSoldas Auftrag informiert hatte. Direkt daneben erschien auch der Grund für diese Offenlegung: Nachdem

Trupida von LeSolda erfahren hatte, dass Gibson weder ein wahrer Gläubiger noch ein besonders ehrenhafter Mann war, hatte er entschieden, Rivulet darüber in Kenntnis zu setzen, dass Gibson ein feindliches Auge auf ihn geworfen hatte. Er tat es, weil er wirklich daran glaubte, dass untereinander das Vertrauen wichtiger sei als die Rangfolge und er annahm, dass Rivulet einer der ihren war. LeSolda nahm jede Erinnerung, jeden Gedanken, jedes Wissen auf, ebenso die Enttäuschung des Anwalts, der wie alle anderen von Rivulet hintergangen worden war. Ein Hauch von Dankbarkeit machte sich ihn ihm breit, als er anhand LeSoldas Körpersprache erkannte, dass dieser ihm trotz allem wohlgesonnen war. Er war dankbar, dass er sich in ihm nicht getäuscht hatte, dass er ihn nie unterschätzt hatte.

LeSolda ließ von Trupida ab und deutete auf Christian.
»Mein Sohn mag von nun an gezeichnet sein, sein Geist aber ist mächtiger als jemals zuvor.«

Vater und Sohn tauschten stumme Blicke.
　»Nur zu«, erlaubte es LeSolda.
Mit einer leichten Handbewegung seitens Christians gab es ein widerliches Krachen und einen erbärmlichen Schrei.
　Devon P. Gibson schwebte in der Luft, seine Beine direkt neben seinem Kopf. Blut rann aus der zerfetzten Bauchwunde. Nur Sekunden später verstarb der in zwei Teile gerissene Mann.
LeSolda nickte. »Wie ich sehe, ist soeben ein Parteiposten frei geworden.«
　»Wollen Sie uns erpressen?«, fuhr Dorna ihn an.
LeSolda schmunzelte und reichte Trupida die Spritze.
»Aber nein, Sir. Ich möchte uns heilen.«
　Der Anwalt sah ihn verblüfft an, sagte jedoch kein Wort. Langsam nahm er die Spritze entgegen, ehrfürchtig. Als Geschenk Gottes.

LeSolda wandte sich Carter zu, näherte sich einen Schritt und der alte Mann wich ängstlich zurück. »Was glauben Sie, wie die kommenden Wahlen ausgehen werden, wenn wir all die schmutzigen Geheimnisse unserer Gegner kennen und benutzen?« Sein Blick galt Rivulets Körper. »Wir wissen alles, die anderen wissen nichts.«

Die Männer des Gremiums hielten inne, mahlten mit den Zähnen, verknoteten ihre Finger. Verstohlene Blicke richteten sich hinüber auf die beiden Leichen neben Gibsons Schreibtisch. Schließlich räusperte sich William Carter in seiner Funktion als Parteivorsitzender und bot LeSolda den alten Sitz Rivulets an.

Epilog

Kolonie Chrysador – Jahr 3 n. d. L.

»Zwei höher!«, lachte David seinen Vater an. George Murray blinzelte den Dreizehnjährigen an. »Schon wieder?«

»Schon wieder«, wiederholte sein Junge selbstsicher.

»Allerdings«, bestätigte Murrays Ehefrau Marina, die dem zweiten gemeinsamen Kind gerade die Brust gab. Die kleine Chrystal war die achte Geburt auf dieser Welt. Murray seufzte gespielt. »Ihr seid unerbitt- …« Das eindringliche Sirren des Intercoms unterbrach ihn.
Ehe er das Haussystem anwies, den Anruf durchzulassen, sah er seine Frau mit der stummen Frage an, wer ihn jetzt noch anrufen würde. Sie zuckte nur mit den Schultern.

»Annehmen«, sagte er und sah auf die Darstellung eines weiblichen Gesichtes, das sich langsam aufbaute.

»Amy«, sprach er sie an.

»Entschuldige die Störung, George, aber wir empfangen ein Signal von außerhalb. Es ist die Erde.« Stirnrunzelnd erinnerte sich Murray an einige der Nachrichten, welche vor zwei Jahren vom Mars aus getunnelt worden waren. Die Technologie der I'To schenkte der Kolonie den Luxus, gelegentlich mit der Heimat zu sprechen, obwohl derlei nie vorgesehen gewesen war. Die Gespräche drehten sich primär um das hier gewonnene Chrys und Verträge über Technologien. Eine eigene Abteilung war für diese Anfragen eingerichtet worden, wieso also sollte diese Nachricht an ihn gerichtet sein? Seine Verwunderung darüber brachte er Amy schonend bei, denn sie zu verprellen war das Letzte, was er ihr antun wollte.

»Tja, die Botschaft kommt aus dem Orbit und fragt nach dir«, erklärte sie daraufhin.

»Welchem Orbit?«, war Murrays Gegenfrage.

»Unserem. Offensichtlich sind sie mit einem Schiff

hier.« Auf ihr Gesicht legte sich ein leichtes Lächeln.
Murray runzelte die Stirn. »Wie denn bitte das?«
Als Amy nur mit den Schultern zuckte, richtete er sich auf.
»Was auch immer, ich komme.« Er ließ den Schirm deaktivieren und richtete einen schnellen Blick seiner Familie entgegen. »Geht sicher schnell. Es kann nur ein Irrtum sein.«
   »Sie sieht besser aus«, merkte Marina an.
   »Wer?«
   »Amy.« Mit der freien Hand deutete sie zum alten Flachbildschirm, über den ihr Mann gerade mit der jungen Frau gesprochen hatte.
George Murray nickte daraufhin. »Ja, … wir halten sie beschäftigt. Ein Ratschlag von Dr. Romano, um sie von allem abzulenken.«
   »Grüß sie von mir«, bat sie.

***

In der provisorischen Schiffsleitzentrale angekommen sprang Amy West förmlich von ihrem Platz auf. »Es ist wirklich ein Schiff von der Erde!«
   Murray sah auf die im Halbkreis angeordneten Kristalldesks, welche ein unbekanntes Objekt anzeigten, welches direkt auf die Siedlung zuhielt. »Sie kommen runter?«
»Ich habe ihnen die Landekoordinaten gegeben.«
   »Amy! Das könnte sonstwas sein.«
Abwehrend schüttelte sie ihren Kopf. »Es ist eine Modulklasse. Nur die Hauptsektionen und zwei Lagermodule.«
Mit nochmaligem Blick auf den Schirm hob Murray seine Augenbraue. Nachdem er erkannte, dass Amys Analyse korrekt war, entspannte sich seine Haltung. »Hat denn wer etwas Größeres bestellt?« Ein flüchtiges Lachen drang hervor. »Aber im Ernst, … wo kommen die her?«
   »Wie gesagt, angeblich von der Erde«, wiederholte die junge Frau selbstsicher.

»Du weißt ebenso gut wie ich, dass das unmöglich ist.« Das Bild nahm stetig an Schärfe und Details zu, weshalb sie etwas Untypisches offenbarten.

»Sind das neuartige Landestützen?«, fragte er mehr sich selbst als die Frau zu seiner Linken. Beide Lagermodule des Schiffes trugen einen breiten gekrümmten Haken an der Unterseite, welcher mit einem breiten Konstrukt seitlich mit der Antriebssektion verbunden war. Sofort war zu erkennen, dass dieses Ding die modulare Fähigkeit des Schiffes aussetzte. »Keine Ahnung«, meinte Amy. »Womöglich eine Verstärkung für den Gravopulser.«

»Wie auch immer. Gehen wir runter.«

***

Zischend setzte der grobe Koloss auf den betonierten Bodenplatten auf. Die vermeintlich als zusätzliche Landestützen bedachten Vorrichtungen zogen sich ins Innere des Rumpfes zurück und ließen das Schiff regulär auf seinen kleinen Stützen aufsetzen. Während des Landeanfluges war zu erkennen, dass die Unterseite der Lagermodule komplett verändert worden war. Im Original besaß jedes Modul Stabilisierungstriebwerke, welche bei diesem Modell komplett fehlten. Stattdessen schien der gesamte Boden des Moduls ein einziges Schott zu sein.

»Es ist ein gänzlich neues Modul. Wird wohl eine Folgegeneration sein«, mutmaßte Murray mit Blick auf die eigenen Schiffe. Neben zwei kleineren in gekrümmter Jetform gehaltenen Fluggeräten standen die drei ursprünglichen Schiffe, welche die Kolonisten hier vor über drei Jahren hergebracht hatten.

»Also kein Paket?«, fragte Amy.

»Gewiss nicht.«

Donnernd setzte das Schiff auf und fuhr pfeifend die Antriebe herunter. Nur wenige Augenblicke später fuhr auch schon die hintere Heckluke auf. Ein einzelner Mann in einem schwarzen Anzug mit roter Krawatte und mit einem Koffer in der Hand wartete im hinteren Lager, bis er hinaustreten konnte.

Mit einem breiten Lächeln trat er auf die Rampe, eilte hinunter und ging direkt auf Murray zu. »Sie müssen Captain Murray sein.«

»Wir verwenden keine Ränge, aber ich bin der Vorsitzende der Kolonieverwaltung.«

Amy beachtete der Fremde mit keinem Blick. Dem entgegen rissen die Augen der jungen Frau dem Fremden beinahe die Kleidung vom Leib, wie Murray an ihrem offenen Mund zu erkennen verstand.

»Ich bin Elias Harper und freue mich wirklich, diese Welt mit eigenen Augen sehen zu dürfen.« Er rieb seine Hände und sah sich um. »Frisch ist es hier.«

»W-wir haben Herbst«, erklärte Amy ungehört. Noch immer musterte sie ausgiebig den schlanken Körper, das feine Gesicht und die vollen Haare des Neuankömmlings.

»Entschuldigen Sie meine vermutlich dumme Frage.« Harper winkte ab. »Es gibt keine dummen Fragen, Captain.«

Murray versuchte zu lächeln. »Tja, also, wo kommen Sie her?«

»Direkt aus Red City«, erklärte der Fremde und reichte Amy den Koffer, den diese anstandslos entgegennahm.

»Und wie soll das möglich sein?«, forderte Murray nach.

Harper deutete auf sein Schiff. »Erinnern Sie sich an die Vorrichtung, mit der Sie uns einiges von Ihrem Chrys zugeschickt haben?«

»Schon …«

»Nun, das Schiff hinter mir hat einen neuen Prototypen an Bord, … beziehungsweise einen, der ausgeklinkt wird.« Der junge Mann blickte sich zu seinem Schiff um. »Wahrlich ein Wunder. Der Flug hierher wird als finaler Test angesehen.«

»Ein Test?«

»Eine Belastungsprobe für Mensch und Maschine«, erklärte Harper. »Ich bin nach irdischem Standard am dritten November 2221 losgeflogen.« Mit Blick auf sein PCP fletschte er vor Grinsen beinahe die Zähne. »Und dort ist jetzt der 14. August 2222.«

Murray klappte den Mund auf. Beinahe fünfzig Jahre waren seine Schiffe mit fünftausend tiefgefrorenen Kolonisten durchs All gestürzt, ehe er das Abbremsmanöver hatte einleiten lassen. Nun aber erzählte dieser Mann, dass er in nur neun Monaten dieselbe Strecke genommen haben wollte? In einem Schiff, das um ein Tausendfaches größer war als die bisherige Rohrpost? »Und wenn etwas schief gegangen wäre?«
Harper winkte ab. »Ich hatte den großartigsten Beschützer, den es gibt.«
Murray hob die Augenbrauen, während Amy direkt nach dem Piloten oder dem Captain des Schiffes fragte. Mit einem Seitenblick lachte Harper sie aus. »Gott natürlich!«

»Ahaha!«, stieg sie mit ein. »Natürlich. Wer sonst!«

»Ganz genau.« Damit wandte er sich wieder an Murray.

»Und wie konnten Sie so schnell hier sein?«, nutzte Amy den kurzen Moment, bemerkt worden zu sein. »Unser Postsystem benötigt Monate, ein winziges Kästchen zur Erde zu werfen«, fügte sie nach.
Murray sah Amy bestätigend an und nickte. »Das würde mich auch interessieren.«
Der junge Mann hob unwissend die Hände. »Nun, unsere besten Forscher entwickelten in den vergangenen Jahren diesen Prototypen, der etwa zehn Petameter zurücklegen kann.«

»Das entspricht etwas mehr als einem irdischen Lichtjahr«, konnte Murray mit Gewissheit sagen.

»Sehr richtig.«

»Aber wir befinden uns deutlich weiter entfernt«, erinnert er.

»29,644 Lichtjahre oder genauer 293,7 Petameter ... «
Nur zu gern erklärte Harper, wie man in jedem der beiden
Lagermodule fünfzehn mit Chrys geladene Sprungsysteme
lagerte, welche bereits in *Red City* vorbereitet wurden. Da
ein jedes Lagermodul einen eigenen Atomreaktor besaß,
war es möglich, die Systeme zur Raumkrümmung unterwegs zu laden und alle neun Tage einen Sprung von einem
ganzen Lichtjahr durchführen.

»Und wie kommen Sie wieder zurück?«, fragte Amy.

»Gar nicht. Das System war exakt ausgelegt, diesen
Planeten zu erreichen.« Harper sah sie milde lächelnd an.

»Ich bin quasi Ihr erster Einwanderer und neuer
Verbindungsmann mit Red City. Eine Art Botschafter, wenn
Sie so wollen.«

»Nun, dann heiße ich Sie herzlich willkommen.«

»Das möchte ich wohl meinen«, entgegnete Harper
spitz und blickte über die Häuser, die sich hinter dem
kleinen Landeplatz erhoben. »Und wo Sie nun so schön
mein Schiff bestaunt haben, muss ich Ihnen meine Glückwünsche zu Ihrer kleinen Stadt aussprechen. Imponierend,
was in den letzten Jahren hier geschaffen wurde.
Murray folgte seinem Blick auf vier mehrstöckige Häuser
zwischen vielen kleinen Bauten. »Tja, die I'To helfen uns
beim Aufbau und wir ihnen beim Abbau von Chrys.«

»Und wo befinden sich die Anlagen hier?«

»Auf diesem Planeten nicht ...«, setzte Murray an.

»Nicht?«, stieß Harper sichtlich überrascht aus.

»Sir, darf ich?«, warf sich Amy dazwischen.
Harper sah sie verunsichert an. »Dürfen was?«
Murray verstand jedoch und gönnte der zierlichen Frau
diese willkommene Abwechslung. »Selbstverständlich.« Er
deutete für Harper auf die junge Frau. »Amy wird sich Ihrer
annehmen, alles zeigen, alle Fragen beantworten und natürlich dafür sorgen, dass es Ihnen an nichts fehlen wird.«
Harper musterte die zierliche Frau, nickte anschließend und

ging voraus.

***

Die ersten Schritte führte Amy den Neuankömmling durch die ursprüngliche Bungalowsiedlung, in der sie Harper als Übergang eine der Unterkünfte überlassen und dort auch den Koffer abgestellt hatte. Der gemeinsame Weg brachte beide schließlich in den zentralen Stadtteil, der beinahe einer Filmkulisse glich. »Willkommen in Ivory!«

»So nennen Sie ihre Stadt?«

Amy lächelte. »Nach einem Ort in einem alten Märchenbuch.« Sie deutete auf die ganz in Weiß und Hellblau gehaltenen Gebäude. »Das Material, das wir verwenden, überlassen uns die I'To, daher die Bezeichnung nach dem Elfenbeinturm.«

Harper sah über die modern entworfenen Gebäude. »In der Tat ein schöner Ort.«

»Es ist noch schöner, einmal ein neues Gesicht hier zu sehen«, versuchte Amy einen etwas persönlicheren Anfang.

»Ach?«

»Auch wenn fünftausend Menschen hier leben, irgendwie kennt man sie ja und sieht jeden Tag dieselben.«

»Ich vermisse hier eine Kirche«, meinte Harper und wandte sich zu allen Seiten um.

»Geheiratet wird im Rathaus.« Mit einem schiefen Grinsen deutete sie die Straße hinunter auf ein ebenso helles Gebäude, das sich mit Säulen, Treppen und ausgewuchteten Fenstern spitz nach oben erstreckte.

»Und ebenso geschieden.«

»Sie sind geschieden?«

Amy mied seinen Blick. »Zweimal.«

Harper runzelte die Stirn. »Miss?«

Sie verschob ihren Mund. »Erst mein Ehemann, dann meine Stelle, dort im Rathaus.«

Abermals sah Harper sie nur fragend an, was Amy auflachen ließ. »Ich war Teil der Regierung, bis man mich suspendiert hat, weil ich der Scheidung wegen angeblich

labil geworden sei, ... aber ich arbeite bereits an meinem Comeback. Mir fehlt nur noch ein Thema.«
Nun schien der junge Mann neben ihr zu verstehen. »Sie waren Offizier auf den Kolonieschiffen?«

»Allerdings.« Sie führte ihn in einen kleinen Park hinter dem Rathaus. »Erster Offizier der Dolphin. Michael war der damalige Captain ... Kaum aber waren wir hier, spaltete sich das Band zwischen uns, bis er plötzlich die Scheidung einreichte.«
Harper schüttelte den Kopf. »So etwas würde es in meiner Familie nicht geben.«

»Ja, ich war völlig überfordert. Es geschah von heut auf morgen, gegen meinen Willen. Schlussstrich und fertig, ohne Grund und ohne was zu erklären. Aus und vorbei!« Amy lachte verbittert in die Sonne. »Und egal, wie sehr ich mich bemühte und wie nahe ich ihm versuchte, wieder zu kommen, er behielt seine schwachsinnige Entscheidung bei, sogar gegen seine Gefühle, als ob ihn jemand gezwungen oder überredet hätte.« Sie sah auf ein Beet mit irdischen Tulpen, die den locker befestigten Weg säumten.

»Womöglich war es an dem?«

»Hm?«

»Unsere Wege, die wir gehen, sind nicht immer sofort zu verstehen, führen dennoch an ein Ziel.« Harper deutete den geschlängelten Weg hinauf. »Manchmal machen Wege eine Biegung und wir sehen erst dann, was als nächstes kommt, wenn wir die Biegung genommen haben.«
Amy sah vom Weg auf Harper und wieder auf den Weg.

»Glauben Sie wirklich?«

»Ich weiß es«, behauptete der junge Mann selbstsicher.

»Ich spielte schon mit dem Gedanken, nach Bellerophon zu ziehen. Also eine ganz neue Biegung.«

»Ist das eine andere Siedlung?«
Amy schüttelte den Kopf. »Ein anderer Planet. Der vierte Planet im Sonnensystem ist ebenfalls erdähnlich.« Sie blickte in den Himmel. »Shermans Detektionen hatten das

damals nicht erkannt, aber Chrysador und Bellerophon sind von der Masse etwa gleichgroß und teilen sich eine Bahn. An manchen Tagen kann man den Planeten wie einen zweiten winzigen Mond sehen.« Sie zuckte mit den Schultern. »Heute jedoch nicht. Aber nachts, ein gigantischer Stern an unserem Himmel.«

»Ist Bellerophon der Planet, auf dem das Chrys abgebaut wird?«
Abermals schüttelte Amy den Kopf. »Nein, das Chrys gibt es nur auf Sisyphos, dem zweiten Planeten im System.«
»Verstehe.«
»Wir sind uns jedoch nicht sicher, ob der Planet selbst der Pilz ist oder ob der Pilz den Planeten durchsetzt hat.«
»Interessant, derlei ist sicher einmalig.«
»Ohja!«, bestätigte sie. »Angeblich wächst er sogar.«
»Und wie groß ist dieser Planet?«
Amy schien nachzudenken. »Etwa drei Viertel wie die Erde.«
»Und übersät mit Chrys?«
Sie bejahte und führte ihre Begleitung aus dem Park an der Schule vorbei, die ebenfalls fertig gestellt worden war und eines Tages Hunderte an Kindern bilden sollte. Harper war jedoch deutlich mehr an Informationen zum Chrys interessiert, was Amy ein wenig in ihrem Wissen wühlen ließ.
»Die Bergarbeiten und Bohrungen auf Sisyphos dürfen grob 180 Meter nicht überschreiten, zum Schutz der Pflanze oder als was man diese Lebensform klassifizieren kann.«
»Und weshalb finden Bohrungen statt?«
»Es gibt die Kristalle nicht nur an der Oberfläche, sondern auch uralte im Inneren, deutlich massereicher und somit effektiver.«
Harper nickte und nahm Amys Arm in seinen. »Und waren Sie schon einmal dort?«
Sie lachte. »Aber nein. Nur ein paar der ausgebildeten Techniker und Wartungsingenieure betreuen dort die Maschinen. Sie halten sich meist auf der I'To Basis auf, da

der Planet keine für uns atembare Atmosphäre besitzt.«

»Und wie kann ich dort hingelangen?«

»Nach Sisyphos?«, fragte Amy noch einmal nach.

»Ja.«

»Das wird Wochen dauern, selbst mit einem der Waremgleiter.«

»Einem was?«

»Die Warem, eigentlich in etwa ›WrΔReÆm‹ ausgesprochen. Sie betreiben zusammen mit den I'To und uns die Station um Sisy. An der befindet sich auch das Katapultsystem, das das abgebaute Chrys in deren Heimatsysteme und hierher befördert«, erklärte sie.

»Und diese Warem sind andere Außerirdische als diese I'To?«, hakte er nach.

»Völlig anders als alles, was wir kennen. Diese Wesen leben größtenteils in Süßwasser. Ihr sehr viel massereicherer Planet soll Unmengen davon haben. Selbst ihre Technik ist so völlig anders zur unseren, insbesondere die auf Gel basierte Datenspeicherung und Übertragung.«

»Sie scheinen sich für derlei zu begeistern?« Harper runzelte die Stirn.

»Selbstverständlich! Das ist der Grund, hier zu sein.«

»Soweit ich weiß, schätzte man auch noch im Jahre 2070 die Wahrscheinlichkeit für fremdes Leben als äußerst gering ein.«

Amy lächelte. »Ich war immer ein Optimist, … daher ließ ich mir sogar Bilder zeigen. Auf ihrer Heimatwelt leben diese Wesen in gigantischen Unterwasserstädten, die so groß sind, dass sie über die Oberfläche ihrer Ozeane hinausgelangen.«

»Sind es also Unterwasserwesen?«

Amy schüttelte den Kopf. »Teilweise. Sie atmen Sauerstoff wie wir. Nur ihre ersten Gebäude waren unter Wasser und ganz aus Stein. Chemische Manipulation durch Hitze haben sie vor etwa einem Jahrtausend an unterirdischen Heizquellen erforscht. Selbst Metallverarbeitung wurde lange

Zeit unter Wasser bewerkstelligt.«

»Interessant«, kommentierte Harper. »Diese Wesen behaupten also, den Menschen voraus gewesen zu sein?« Amy lachte nur und war in ihrer Erzählung kaum zu bremsen. »Irgendwann spalteten sich die Warem. Einige lebten an den wenigen Oberflächen, wo die Evolution zwar nachgereicht hat, aber noch immer sind diese Wesen auf sehr viel Wasser angewiesen.«

»Evolution?« hakte Harper mit deutlich mehr Skepsis nach. »An so etwas wird hier auch geglaubt?«

»Die Warem haben keinen Glauben, aber jede Menge Aufzeichnungen ihrer Entwicklungen. Jedenfalls erlaubte das Leben an Land neue Konstruktionen und Erkenntnisse, welche sie anschließend ins All lockten.«

»Eine sehr farbenfrohe Ausführung, Miss …« Harper sah sie an und lächelte, beinahe mitleidig.

»Für Sie Amy.«

»Sehr gern, Amy«, antwortete er.

»Hätten Sie Interesse, zum Essen zu kommen?«

»Essen? Nun …«

Amy nickte heftig. »Bitte sagen Sie ›Ja‹. Seit Michael weg ist, habe ich nicht mehr gekocht …« Sie kicherte. »Und ich vermisse das ein wenig.«

»Nun, da kann ich dann wohl schlecht nein sagen, wenn jemand einen solchen Wunsch verspürt.«

***

Chrysadors Sonneneinfall glich dem der Erde. Während Farbe und Intensität an die Heimat denken ließen, brachten die Geräusche der Natur dieser Welt jeden sofort zurück in die Realität. Ein Rattern, ein Pfeifen, ein schrilles Jaulen. Die Tierwelt dieses Planeten machte Tag und Nacht lautstark auf sich aufmerksam. Zu allem Übel wuchsen in den spitzen Kronen baumähnlicher Halmpflanzen kleine Blüten, die den Wind auffingen und hell summend am anderen

Ende wieder austreten ließen.

Die meisten Kolonisten genossen die außerirdische Extravaganz ihrer Umgebung.

Amy West gehörte nicht mehr dazu. ›Sattgehört‹ nannte sie das Abschotten ihrer kleinen Bleibe. Anstelle der Planetenkulisse hallte daher ein simpler Anrufton durch ihren Bungalow. »Annehmen«, befahl sie dem System und ein Bildschirm gegenüber ihrem Bett aktivierte sich.

»George«, erkannte sie den ehemaligen Captain Murray. »Guten Morgen.«

»Guten Morgen, Amy. Dieser Harper hat mich vorhin darum gebeten, Sisyphos zu sehen.«

»Ja, mich hatte er auch schon gefragt.«

»Er übertrug uns ein interessantes Angebot: Als Verbindungsmann Red Citys möchte er eine aktive Handelsroute mit uns etablieren. Die Erde ist uns beinahe fünfzig Jahre voraus, das ist sicher kein schlechter Deal.«

Amy hob die Augenbrauen. »Und da bittest du mich?« Murray lächelte. »Aber natürlich. Du bist eine kompetente Frau und mir sind deine Blicke am gestrigen Tag nicht entgangen. Wenn du möchtest, würde ich dir gern wieder ein wenig mehr Verantwortung übertragen.«

Amy schlug die Hände zusammen und fuhr mit den Fingerspitzen an ihren Mund. Mit strahlenden Augen nickte sie. »Das wäre fantastisch.«

Murray nickte zufrieden. »Auch wenn ich Harper nichts versprechen konnte, schlage ich vor, dass du ihm Hoihazo K'hjdjb vorstellst. Womöglich erreichst du so etwas.«

***

Elias Harper betrat nach Amy eine der beiden Hallen auf dem Landefeld. Entgegen ihrem Rat, einen praktischen und isolierten Jumpsuit zu tragen, bestand er auf seinem irdischen Kleidungsstil in Form eines dunklen Jacketts und

Krawatte.

»Das Wort Hoihazo ist eine Art Titel oder Rang. Ein Warem, der diesen trägt, verwaltet die Aufgaben eines Bohans, was wiederum einem Kommandanten entspricht.«

»Sie haben also militärische Strukturen?«

Sofort verneinte Amy. »Es scheint keine klaren Grenzen zu geben zwischen der Verwaltung eines Schiffes, der Basis oder den am Boden Arbeitenden.«

»Und dieser Kitschi ...«

»K'hjdjb«, wiederholte sie. »Sie sagen erst Key, lassen ein D folgen und fügen ein Schep an.«

Eine Biegung um eine Rangiermaschine später öffnete Amy eine einfache Holztür in ein Zimmer, das verdächtig einem Büro glich. Zentral stand ein kreisrunder und nach oben gewölbter Tisch mit mehreren integrierten Bildschirmen und Indikatoren. Inmitten dieser flachen Anrichte hockte dieses ›Ding‹, - Harper konnte es nicht anders bezeichnen - in seiner Form an einen Tintenfisch erinnernd. Vier breite und weit voneinander abstehende Tentakel bildeten den Hauptteil dieser Kreatur.

Mit dem Eintreten der beiden erhob sich das Ding mit einem leicht schmatzenden Geräusch auf beinahe einen Meter Höhe. Ein glatter, farbenfroher Anzug, ähnlich einem Rock, legte sich an den außerirdischen Körper und passte sich an jede seiner Bewegungen an.

»Amy West«, grüßte eine elektronische Stimme aus einem Gerät, das Teil des Anzuges war. Am oberen Ende streckte sich das Alien unbekleidet in die Höhe. Umgeben von vier dünnen Ärmchen, mit knochenlosen Fingern und ebenso vielen kleinen Fäden ausgestattet, stach etwas nach oben, das Harper auf unanständige Art und Weise nur in eine Richtung interpretieren konnte. Naserümpfend sah er Amy an. »Was sehe ich da?«

»Das ist K'hjdjb.« Sie deutete auf den Warem und lächelte dabei.

»In der Mitte von dem ... «

»Es handelt sich dabei um eine Art sensorisches Multiorgan; Augen, Nasen, Ohren und Mund zugleich.«

»Widerlich. Es gleicht einer Nacktschnecke mit Füßen!«, stieß er aus.

Amy weitete erschrocken ihre Augen. »Mr. Harper!«, rief sie empört aus.

»Was?«, fragte er offen und ohne Reue. »Ich kann mich noch nicht einmal entscheiden, was ekliger ist: der Gestank, das Aussehen oder diese lächerliche Kleidung!«

»Entschuldige, K'hjdjb«, versuchte Amy an die Kreatur gewandt.

Harper begriff ihr Verhalten nicht. *Kein Asiat würde mit seinem Sushi reden.*

»Schon gut. Ich kann das nachvollziehen«, drang es aus dem kleinen Gerät, »denn genauso ging es mir, als ich das erste Mal einen Menschen gesehen habe.«

Harper schnappte nach Atem, trat zurück und verzog sein Gesicht. »Wie kannst du Kreatur es wagen, so mit mir zu reden?! Ich bin ...«

»Ein Flegel!«, donnerte es hinter ihm auf.

»Das Abbild Gottes! Und ich erwar ...«, setzte Harper nach, während er sich zu demjenigen umwandte, der ihn eben zu unterbrechen gewagt hatte, wurde jedoch durch das Erscheinen der riesigen Gestalt einer weiteren Kreatur unterbrochen. Ihm klappte der Mund auf. Ein am ehesten mit einem Elefanten vergleichbares Etwas stand vor dem Büro. Er hatte Bilder der I'To gesehen, jedoch nicht die Dimension dieser Wesen erfasst. Eingeschüchtert wich er vor den vier schnorchelähnlichen Gebilden zurück, die sich ihm förmlich entgegenstreckten. Mehr Pflanze als Tier schien dieses Wesen mit seiner Vielzahl an Armen ohne erkennbare Knochen zu sein. Selbst die Finger an den Händen erinnerten an Wurzeln.

Aus einer kreisförmigen Öffnung unter dem ›Rüssel‹, die im Inneren mit Dutzenden Haken besetzt war, drangen nur allzu menschliche Laute. »Guten Morgen, Amy West.«

»Gute Morgen, Fouhz'Se«, grüßte Amy mit einem Zögern und stellte jeden einander vor. »Dies hier ist Elias Harper. Er kam erst gestern von der Erde zu uns.«

»Ist das als Rechtfertigung oder als Erklärung gedacht?«, war die Gegenfrage des I'To.

»Weder noch. Ich kann mich nur entschuldigen.« Harper verschränkte die Arme und sah von einer Kreatur auf die nächste. »Sowas Gottloses.«

»Bitte, Mr. Harper, wir sind hier auf einer anderen Welt … Die Natur des Planeten selbst ist noch sonderbarer.«

»Aber es soll doch eine Menschenkolonie werden«, widersprach er.

»Das ändert aber nichts an der hier herrschenden Natur.«
Mit Widerwillen und zugekniffenem Mund nickte er Amy zu. »Ich muss das erst einmal verdauen. Menschen sollten herrschen, nicht die Natur.« Damit machte Harper auf seinem Absatz kehrt und verließ Büro und Halle.

»Ein ungewöhnlicher Mensch«, merkte Fouhz'Se an, nachdem Harper seiner Meinung nach außer Hörweite war.

»Er braucht Zeit«, meinte Amy.

»Warum brachtest du ihn her, Amy West?«, drang die elektronische Stimme aus dem Übersetzer des Warem. Sie sah hinunter zu K'hjdjb. »George meinte, ich könnte dich um einen Sonderflug nach Kiewod bitten.« Gegenüber der Warem oder I'To nutzten die meisten Kolonisten den ursprünglichen Namen des Planeten Sisyphos. Der Warem zog sich ein wenig zurück und sein Multisensorenorgan folgte der Richtung, in die Harper verschwunden war.

»Für ihn?«
Amy seufzte. »Ja. Ich hätte ihn wohl einfach ein wenig mehr vorbereiten sollen.« Mit einem kleinen Vorwurf in ihrer Stimme stemmte sie die Arme in die Hüften. »Dabei habe ich ihm echt viel von euch erzählt.«

»Unsere Erscheinung hast du wohl ausgelassen.«
Amy verzog den Mund. »Glaub schon.«

»Wie sollte so jemand eine Reise nach Kiewod ertragen?« Mit der verneinenden Geste eines Warem lehnte K'hjdjb einen Transport ab und weckte in Amy noch nicht einmal Unverständnis.

Hinter beiden schnurrte der I'To auf und weckte die Aufmerksamkeit beider.

»Die Crew des neuen Schiffes schickte mich«, erklärte Fouhz'Se ein wenig zögerlich. »Ich hatte Gelegenheit, mir das Sprungsystem anzusehen. Eine wirkliche interessante Neuerung zu allem in diese Richtungen. Wenn ich Zugriff auf das System hätte und es analysiere, könnte es das Ende unseres bisherigen Systems sein.«

»Inwieweit?«, fragte K'hjdjb.

»Mit dieser Modifikation sind Zwischenhalte möglich. Punktgenaues Anvisieren der Zielkoordinate und mehr Flexibilität bei geringerer Energieaufwendung.«

»Aber?«, fragte Amy.

Nun gluckste Fouhz'Se. »Der Kommandant des Schiffes erklärte mir, dass dein Begleiter der Eigentümer ist.

»Du meinst, dass er nie mit dir reden würde?«
Fouhz'Se bestätigte.

»Sei dir da nicht sicher. Elias will auf jeden Fall nach Sisyphos und hat sich das doch gerade verspielt.«

»In der Tat, Amy West«, merkte K'hjdjb an.

»Wenn du ihm nun aber einen Flug anbieten könntest.« Sie zwinkerte und fragte mit einer stummen Geste, ob K'hjdjb damit einverstanden wäre.

»Ein Handel«, erkannte der I'To.

»Exakt.«

***

Sirrend erklang das Intercom. George Murray hob seinen Kopf und berührte sein Kristalldesk. Das Bild der Sensoren vor seinem Büro zeigte Elias Harper. Murray stand auf, zog

die Ärmel seines Jumpsuits gerade und wählte den Türöffner. »Guten Tag.«
Mit großen Schritten trat Harper in das kleine Büro, sah sich nur flüchtig um. »Klein für jemanden mit so großer Verantwortung.«
»Ich bin in erster Linie Diener, kein König.«
»Sie haben noch viel zu lernen, Captain.« Harper setzte sich unaufgefordert auf einen kleinen Stuhl, den er mit seiner Miene kritisch bewertete. »Sie wollten mich sprechen?«

Murray hob seinen Finger, ließ ihn wieder sinken und setzte sich ebenfalls. »Ehrlich gesagt, nicht ich bin hier derjenige, der noch zu lernen hat, Mr. Harper.«
 »Inwiefern?«
 »Miss West hat sich bei K'hjdjb für Sie stark gemacht. Vor ihrem peinlichen Auftritt und vor allem danach. Auch bei mir.«
Harper klappte den Mund auf, Murray aber hob sofort die Hand. »Nein!«, unterband er sofort jedes Widerwort.
 »Die Warem sind dennoch nicht bereit, Sie zu trans…«
 »Das will …«
 »Halten Sie die Klappe, verdammt nochmal! Kann ich auch mal einen Satz aussprechen, ohne dass Sie mir ins Wort fallen?«, fuhr Murray auf und beugte sich vor. Harpers Gesicht verkrampfte zu Ärger und Wut.
 »Also nochmal.« Sichtlich ruhiger lehnte sich Murray wieder zurück. »Amy konnte Ihnen einen Flug organisieren, mit den I'To, allerdings gegen eine kleine Gefälligkeit.«
Harper hob die Augenbrauen, was Murray als Gegenfrage interpretierte.
 »Lassen Sie die I'To einige Blicke in Ihr Schiff werfen – ohne Einschränkung.«
Harper lachte. »Einverstanden, … solange ich nicht dabei sein muss.«
Murray seufzte und verschränkte seine Hände. »Das wäre

der nächste Punkt. Im Sinne der Handelsbeziehungen mit Red City appelliere ich an Ihre Vernunft, sich auf dieser Welt anzupassen. Hier leben nicht nur Menschen, kommen Sie damit klar.«

»Wissen Sie, was dieses Ding vorhin zu mir gesagt hat?«

»Ich bin darüber informiert, auch was Sie gesagt haben und Ursache der Problematik ist, die ich nun zu lösen gedenke.« Murray hatte unbedacht auf Harper gedeutet, der dies mit Argwohn aufnahm. »Ich werde daher ein klärendes Gespräch mit K'hjdjb führen und für Sie belasse ich es dabei. Wenn sich solche Vorfälle jedoch mehren, fordere ich einen anderen Unterhändler an. Dieser kann bereits nächstes Jahr hier sein.«

»Ich bin der am besten qualifizierte. Ich kenne mich mit den Details bei Pandion ebenso gut aus wie mit dem Chrys und den Anwendungsgebieten.«

»Dann sollten Sie selbst ebenfalls großes Interesse haben, dass es hier ein friedliches Miteinander gibt, denn Menschen wie Aliens sind gleichwertig.«

Harper schüttelte den Kopf. »Das kann doch nicht Ihr Ernst sein.«

Murray verengte den Blick. »Ist es. Wir leben mit ihnen in einer guten Gemeinschaft und wenn es Ihnen nicht passt, dann steht es Ihnen frei, zu gehen. Wir brauchen Red City nicht so dringend wie Sie uns.«

»Es geht doch nicht darum, was mir passt!«, stieß Harper aus. »Es geht um den Willen Gottes und seine Ebenbilder. Nichts anderes als den Menschen darf man ehren wie einen Menschen!«

»Es gibt hier keine Götter, gewöhnen Sie sich daran.« Murray lehnte sich zurück und verschränkte die Arme. Harper hingegen sprang förmlich auf. »Sie wagen zu leugnen?«

»Ich muss nichts verleugnen. Passen Sie sich an oder gehen Sie.« Seine Hand deutete zur Tür.

Harper rang nach Worten, sah von links nach rechts, hob anschließend sein Kinn und richtete seine Krawatte. Ohne jedes weitere Wort verließ er das winzige Büro.

***

Amy West sah in Harpers himmelblaue Augen, die in ihrer Farbe so intensiv wie selten waren. Eigentlich wollte sie ihm böse sein, ihm eine Lektion erteilen oder gar abweisend reagieren. Stattdessen öffnete sie die Tür zu ihrem Bungalow und bat ihn, einzutreten.

»Wo sind Sie gewesen?«

»Ich habe mich mit ihrer Bibliothek vertraut gemacht.« Sie hob eine Augenbraue.

»Ich musste mir Ihre Informationen zu den Außerirdischen ansehen, nachdem ich erfahren habe, dass Sie mir einen Flug besorgt haben.«

»Einfach war es nicht«, seufzte Amy und sah Harper an. Dieser schien trotz allem zufrieden und tippte auf ein altes Datenpad. »Sie haben mir sehr geholfen, obwohl ich unmöglich gewesen bin.«

»Ist das nun also so etwas wie ein Dankeschön?« Harper lächelte schief. »Ich hätte Rosen mitgebracht, wenn es hier welche geben würde.«

»Eine Flasche Wein würde es auch tun.« Sie lächelte und rieb dabei ihre Hände, die aus ihr unerfindlichen Gründen seit einer Weile schmerzten.

»Ich werde es im Hinterkopf behalten, ebenso, wie talentiert sie sind, anderer Leute Kohlen aus dem Feuer zu holen. Ich hätte Captain Murray sicher nicht dazu gebracht, mir noch einen Flug zu besorgen.«

Amy zuckte mit den Schultern. »Nur ein wenig Überredungskunst. Ich kenne ihn seit Jahren.«

Harper griff nach Amys Hand, nahm beinahe zärtlich ihre Finger, so dass es ihr heiß und kalt den Rücken herunterlief. Am liebsten hätte sie ihn geküsst. Stattdessen lächelte sie nur.

»Und das haben Sie großartig gemacht«, flüsterte er.

»Er war recht wütend«, merkte sie an, »da er die Sache mit den I'To und Warem sehr ernst nimmt.«

Harper nickte. »Natürlich. Er pflegt seine Allianzen. Das würde jeder Herrscher tun.«

»Er hat mir Sachen über Red City erzählt«, gab sie zu.

»Sachen?«, hakte Harper nach. Amy winkte nur ab.

»Ihre Partei, Ihr Glaube, Pandion und was weiß ich.«

Mit erhobenen Händen lehnte sich Harper zurück.

»Red City ist dort, ich bin hier. Alles andere …« Ein Dringlichkeitssignal erklang durch den Bungalow und das an der Wand befestigte Terminal flammte sofort auf.

»Amy?«

»Was ist passiert?« Harper außer Acht lassend trat sie an den Monitor.

»Komm zum Rathaus, George ist tot.«

***

Dutzende von Männern und Frauen im fast gleichen Alter versammelten sich vor den weiten Stufen des Rathauses. Zwei Frauen standen an den Stufen und sprachen zu der Menge.
Amy, etwas kleiner in ihrer Statur als alle anderen, trat seitlich heran, um beide besser sehen zu können.

»Wer sind die?«, fragte Harper dicht hinter ihr.

»Die ehemaligen Captains der Escortschiffe.«

Laut und für alle verständlich rief eine der beiden über die Menge, dass man vor etwa einer Stunde den Leichnam von George Murray in seinem Büro gefunden hatte.

»Aber weshalb wir Sie alle hergebeten haben, hat den Grund, dass es zu unser aller Bedauern kein natürlicher Tod war. George wurde stranguliert.«
Unruhe und laute Stimmen dominierten augenblicklich die

Gruppe von beinahe zwanzig Personen. Unglaube, Fassungslosigkeit und Trauer erfassten einzelne.

»Wie wurde er getötet?«, rief Harper kräftig dazwischen und schob sich an Amy vorbei.

Einige blickten um sich, die beiden Frauen auf den Stufen sahen ihn skeptisch an. »Und Sie sind?«

»Elias Harper, ich bin der irdische Botschafter aus Red City.«

Wissend nickte eine der beiden Frauen. »Ich habe davon gehört.«

Die andere trat hervor und sprach wieder zu allen. »Erste Ergebnisse schließen darauf, dass ein Tentakel benutzt wurde.« Sie senkte ihren Blick. »Was im ersten Augenblick lächerlich klingt, könnte am Ende den Schuldigen als einen Warem überführen.«

»Das ist absurd«, erklang es aus der Masse.

»Warem haben Dutzende Methoden … Warum so?«, rief jemand anderes.

»Weil sie Aliens sind?«, brachte Harper nicht weniger laut vor als zuvor. »Wieso sollten sie denken oder handeln wie ein Mensch? Sie sind primitiv, mehr Tier als Mensch, vermutlich sich des Sachverhalts der Tötung gar nicht bewusst.«

Verstörte Blicke sahen den Mann im Anzug an.

Amy packte ihn am Arm. »Was tun Sie da?«

»Ganz schön viel Meinung für so wenig Ahnung«, erklang es aus der Mitte der Gruppe. Andere schüttelten nur den Kopf, die Frauen auf den Stufen ignorierten ihn. »Wir werden weitere Untersuchungen durchführen.«

Abermals drang Harper dazwischen. »Ich habe Captain Murray heute Vormittag noch gesehen … Nach mir sollte dieser ›Kidsch‹ mit ihm sprechen.«

»Meinen Sie etwa K'hjdjb?«, fragte Amy mit deutlicher Verwunderung.

»Ja, mit diesem Monster wollte Murray heute noch

sprechen.«

»Es reicht.« Grimmig stemmte eine der beiden Frauen auf den Stufen die Arme in die Hüfte. »Ich habe hier zur Versammlung der Regierungsvertreter gerufen, nicht zur Versammlung der Rassisten, Herr ›Botschafter‹.«

»Ich will nur helfen«, bot Harper mit einer angedeuteten Verbeugung an.

»Helfen Sie, indem Sie die Klappe halten und uns unsere Arbeit machen lassen.« Wieder an die Versammelten gewandt sah die junge Frau kurz auf ihre Hände. »Bitte achtet alle auf Ungewöhnliches.« Ein Seitenblick galt Amy.

»Und veränderte Umstände.«

»Teilt diese Information mit euren Abteilungen, aber macht es schonend«, schloss die zweite Frau. »Wenn wir mehr wissen, werden wir uns bei euch melden.«

***

»Mir ist aufgefallen, dass es nirgendwo in der Stadt Kameras oder Sensoren gibt«, stellte Harper auf dem Weg zurück fest.

»Wozu auch? Es gab bisher nicht einmal Diebstahl oder Sachbeschädigungen … und jetzt …«
Harper nickte. »Und jetzt Mord.« Er berührte sie am Arm. »Irgendwann passiert so etwas immer. Vor 35 Jahren erwischte es Red City zum ersten Mal, … heute diese Kolonie.«

»Was wollen Sie damit sagen?«
Harper trat vor sie und griff fest ihre beiden Arme. »Dass Sie sich vorbereiten müssen. Hier laufen Aliens rum. Wir wissen nicht einmal, ob sie Moral kennen!« Sein Blick galt einer Gruppe Warem, die sich nahe eines Bungalows aufhielten.

»Es sind keine Monster, nur weil sie anders aussehen.« Sie mied seinen Blick, Harper aber schüttelte nur seinen Kopf. »Ja, ich habe überreagiert, zugegeben, und es tut mir leid. Aber nun das, Würgemale eines Tentakels?« Er drückte ein wenig zu.

»Aus den Daten, die ich Ihnen besorgt habe, müsste doch hervorgehen, dass die Warem …« Amys PCP sirrte und Harper ließ sie augenblicklich los. Sie entnahm es ihrem Gürtelclip, klappte es auf und sah auf den Absender. »Es ist das Rathaus.« Sie scrollte sich durch den Bericht und blickte anschließend mit erleichterter Miene ihr Gegenüber an. »Ein Warem konnte als Täter ausgeschlossen werden.«

»Was? Wieso das?«, beinahe war Harper erschrocken. Amy zuckte mit den Schultern. »Ihre Tentakel ziehen sich bei Kraftanstrengung zusammen … Das Tötungswerkzeug hingegen war leblos.«

»Leblos?«

Sie nickte. »Ja, offensichtlich hat Murray sich selbst mit einem künstlichen waremähnlichen Tentakel erwürgt.« Harper schüttelte den Kopf. »So ein Unfug … Wer behauptet denn sowas?«
Amy runzelte die Stirn. »Es wurde bewiesen, nicht behauptet. Fouhz'Se hat uns sein gesamtes Datenmaterial zur Verfügung gestellt, um die Spuren zu vergleichen.«
»Ja, siehst du das denn nicht?«
»Was? Was sehe ich nicht?«, fragte sie.
»Wir können uns nicht auf die Aussagen von Außerirdischen verlassen … Sie halten natürlich zusammen.«
»Wie meinst du das?«
»Wir sind ihnen überlegen … sollten ihnen überlegen sein. Daher müssen wir Stärke zeigen, alle Menschen vereint gegen die gottlosen Scheusale des Universums.«

Amy standen die Tränen in den Augen. »Das kannst du nicht wirklich so meinen … Du kannst nicht wirklich so oberflächlich sein.«
Harper griff ihre Hand. »Nein, das bin ich nicht. Aber ich

komme aus einer anderen Zeit ... Wir schreiben das Jahr 2122, Amy, nicht mehr 2070.«
Sie schluckte nur. »Ist denn schon wieder Krieg?«
»Ja, nein ... Wir haben gewonnen, aber die Welt ist eine andere ... Es gibt überall Radikale, Gottlose, Verrückte. Warum wohl ist meine Partei so stark geworden in den letzten Jahren?«
Die Antwort war ein Schulterzucken.
»Weil wir gebraucht werden. Ja, unsere Ansichten sind gewaltig. Aber am Ende nützt es jedem.«
»Wie meinst du das?«
»Wir beobachten die Menschen. versuchen zu verstehen, warum sie denken oder handeln, wie sie handeln und beenden dann die Fehlerquellen.«
Amys Gesichtsausdruck wurde mit jedem Wort verwirrter.
»Wenn wir schon im Vorfeld wissen, wer gegen wen etwas zu tun gedenkt, können wir einschreiten und Schlimmeres verhindern.«
»Wie kann das helfen, Georges Mörder zu finden?«

Harper schien betroffen. »Vermutlich gar nicht. Aber wir können in Zukunft solche Dinge unterbinden.« Er lächelte.
»Du wolltest ein Comeback? Lass mich dir helfen. Meine Partei möchte das Beste für alle, für alle Menschen, die ebenso das Beste für ihresgleichen wollen.«
»Und wer entscheidet, was das Beste ist?«
Harper lächelte. »Niemand von uns ...«
»Wer dann?«
Harpers Augen blickten nach oben. »Gott ist da, wo wir sind.«

***

Abermals nutzte Amy West alle Freunde, die sie in ihren Ideen unterstützt hatten, schon als ihr Ex-Mann sie verlassen hatte. Beinahe jeder war von ihrem mutigen Schritt angetan, ihren Weg zurück in die Öffentlichkeit zu nehmen. Einige erhoben Vorbehalte an ihren Ideen für mehr präventive Sicherheit, wie sie schon einhundert Jahre zuvor auf der Erde angewandt worden waren, allerdings konnte niemand etwas Negatives daraus ableiten. Angesichts der Tragödie um den Kolonialeiter Murray fand sie ebenso viele Befürworter.

Zusammen mit ihrem neuen Begleiter, dem Botschafter *Red Citys*, versprach sie, die Sicherheit für Menschen wie Aliens gleichermaßen zu gewährleisten, jedoch den Wert auf menschliches Miteinander zum Besten aller vorrangig zu behandeln. Nur wenig Zustimmung konnte sie an diesem Tag für sich verbuchen, genug jedoch, um bemerkt zu werden.

Nicht bemerkt wurde das Absetzen einer verschlüsselten Botschaft nach *Red City*: »*Benötige mehr LCD, da Eintritt in die Politik der Kolonie erfolgreich verlaufen ist. An meiner Seite befindet sich eine nützliche und zu liquidierende Person, sobald sich meine Position gefestigt hat. Die Quelle des Chrys liegt zum Greifen nahe. 12.*«

Das
ENDE
vom Anfang

Für die Zukunft
- 2138 -

»›Privatsphäre‹ ist kriminell, ›Nichts zu verbergen‹ die Losung!
Ein Mensch, der auf Freiheit besteht, hat etwas zu verbergen! Ein Mensch, der Freiheiten erhalten möchte und dafür zu kämpfen bereit ist, gleicht einem Terroristen, denn er steht gegen unsere offenen Werte.«

2127
Marvin Kilan
Abteilung Propaganda NCP

Logo der NCP
seit 2124

Erde, Deutschland – 2138 n. Chr.

Thomas Krapp öffnete nur widerwillig seine Augen. Mit einem stechenden Schmerz schlug das grelle Licht auf seine Netzhaut. Nur zu gern hätte er es wieder gelöscht, sich umgedreht und einfach weitergeschlafen. Ein Ding der Unmöglichkeit, schon allein wegen des permanenten und nahezu unerträglich schrillen Piepens seines Weckers, welches mit dem Einschalten des beißenden Lichts begonnen hatte.
Sein Schlafzyklus war beendet, daran ließ sich nichts ändern und innerlich wollte er auch nichts daran ändern. Sogar der allmorgendliche Gedanke, den Wohnungscomputer einfach herunterzufahren, fehlte heute auf seinen trocknen Lippen. Denn an diesem heutigen Morgen begann ›sein‹ Tag! Wochen, ja, Monate hatte er darum gebetet und mit ein wenig Nachhilfe hatte Gott ihn endlich erhört und sich erbarmt.

Mit einem Ruck richtete Krapp sich auf, blickte starr geradeaus und zwang seinen Körper, zu erwachen. Seine verschlafenen Augen blinzelten durch das schmucklose Fenster - für Vorhänge hatte er einfach nichts übrig, genauso wenig wie für Zimmerpflanzen. Draußen war es noch stockdunkel, einzig die gigantischen hell erleuchteten Hochhäuser stachen in das Schwarz des Himmels.

Ein leises Stöhnen entglitt seiner Kehle, als er seine Beine aus dem Bett schob. Wie lange hatte er geschlafen? Fünf Stunden?

Selbst schuld, er hätte eher ins Bett gehen können, anstatt wie ein Teenager vor dem Fernseher zu sitzen, bis die Müdigkeit ihn erschlug. Schließlich war er schon vierunddreißig Jahre alt, das perfekte Alter. Zudem war er Single und ein produktives Mitglied dieser Gesellschaft - sogar ein sehr produktives, was ihm in seinem bisherigen Leben gewisse Privilegien einräumte.

Als Drittklassengeborener hatte er sich schon vor über sechs Jahren in die zweite Klasse hochgearbeitet. Dass er Single blieb, gehört als bedeutender Teil seines Plans dazu. Der Staat wollte wissen, dass alle im Zölibat lebten und ihre ganze Kraft und Aufmerksamkeit dem System widmeten, um das notwendige Wachstum zu erreichen. Krapp stand dem gemeinschaftlichen Ziel nicht im Weg. Als Teenager hatte er Ziel und Stärke in der Partei gefunden. Als Erwachsener wollte er davon profitieren.

***

Das Objekt war aufgestanden, pünktlich auf die Minute. Zeit für die erste Injektion. Noah Russle nahm die Schutzvorrichtung von der Nadel und legte sie sich an den Hals. Zischend schoss das leicht trübe, gelbe, aus Rohchrystalin gewonnene Lysergchrystaldiethylamid in seine Venen. Es war immer kalt im Blut und ließ ihn einen Moment lang schwindelig werden. Noah sah starr geradeaus und atmete langsam tief ein. Es würde noch eine Weile brauchen, ehe es seine Wirkung entfaltete, aber schon jetzt fühlte er diese entspannende Macht in seinem Kopf rumoren. Bereits Sekunden nach der Injektion empfing man die ersten Gefühle anderer, die später zu den eigenen wurden. Nach etwa acht Minuten konnte man erste Gedankenfetzen erahnen und kurz darauf ganze Gedankenstrukturen.

Russle war süchtig nach den Gefühlen der anderen. Er blickte auf die vor ihm flimmernden Bilder. Die Frontscheibe des Fahrzeugs war in vier Bereiche geteilt. Drei zeigten Krapp aus jeweils einer anderen Perspektive, der vierte eine leere Tabelle. ›Tag 1‹ war in der ersten Spalte eingetragen.

Dieser Mann sollte das Potenzial für einen möglichen Agenten haben. Das herauszufinden oder auch zu erkennen, ob er möglicherweise auch gefährlich sein konnte, war der heutige Auftrag. In wenigen Stunden würde dieser Mann

Zugriff auf sensible Daten im Intranet haben, weshalb Russles Vorgesetzter Krapp eine ›tickende Zeitbombe‹ nannte.

Diese Bombe saß derzeit jedoch still auf ihrer Bettkante und regte sich nicht. Russle nahm sich diesen Moment und lauschte in den Wohnblock. Er hoffte, dass gerade irgendwo um ihn herum jemand Sex hatte.

***

Krapp rieb sich über das trübe Gesicht und ertappte sich kurz bei dem sündigen Gedanken, sich noch einmal kurz hinzulegen. Seine kratzige Stimme forderte stattdessen den Computer auf, endlich den nervtötenden Wecker zum Schweigen zu bringen. Kaum war Ruhe eingekehrt, umhüllte ihn das Blubbern der Kaffeemaschine aus seiner Küchennische. Erst jetzt nahm er den damit verbundenen verführerischen Duft wahr. Die aufsteigende Vorfreude auf einen guten Kaffee ließ ihn endlich richtig wach werden. Mit einem weiteren verbalen Befehl rief er dem Computer zu, seine Wohnung auf die von ihm voreingestellte Temperatur zu erwärmen. Binnen Minuten war seine Wohnung nahezu so warm wie zuvor sein Bett - deutlich besser.

Der große Kristallschirm vor seinem Bett hatte sich ebenfalls eingeschaltet und strahlte einen fröhlich aufdringlichen Werbespot in seinen kleinen Wohnraum. Gedankenlos, den Werbespot sträflich vernachlässigend, dazu noch laut gähnend, trottete Thomas in die Badnische direkt neben der Küche, die nur wenige Zentimeter größer war als die Nasszelle dieser alten Standardwohnung aus den Zeiten der akuten Wohnungsnot und Mietexplosionen. Vor mehr als fünfzig Jahren hatten die damaligen Regierungen beschlossen, dass Wohnungen einen gewissen Mietbetrag nicht übersteigen durften, weshalb gewiefte Bauunternehmen Wohnungen schufen, die kaum zwanzig Quadratmeter Nutzfläche hatten. Heute wurden diese von den

Menschen der dritten Klasse genutzt und es wurde die Regel erlassen, dass diesen keine größeren Wohnungen zustanden. Menschen aus der zweiten Klasse hingegen durften Räumlichkeiten bis vierzig Quadratmeter bewohnen.

Krapp wusste noch nicht, ob er irgendwann einmal umziehen würde. Dies würde sich wohl erst in den kommenden Jahren entscheiden. Die Miete für seine ›eigenen‹ vier Wände hier oben war zwar recht hoch (es gab Zweitklassenwohnungen für weniger), aber er gönnte sich dieses Zimmer im Zentrum. Das war er sich schon immer schuldig gewesen, seit heute mehr denn je.

Im Bad nahm er einen Schluck des antibakteriellen Mundwassers, das *(angeblich)* den ganzen Tag die Zähne schützte, während er sich auf der Toilette niederließ. Danach trug er sorgfältig das wachstumshemmende Rasierwasser auf, blickte die fast leere Flasche an und prüfte auf dem im Spiegel integrierten Display, ob der Wohnungscomputer bereits eine Notiz erstellt hatte, dass bald neues benötigt wurde. Der Eintrag war vorhanden und Thomas wandte sich zufrieden seiner Duschkabine zu. Mit einem Zischen öffnete sich das hinter einer Milchglastür verborgene Kabuff von fünfzig mal fünfzig Zentimetern. Ungelenk entledigte er sich seines Schlafanzugs und freute sich auf eine herrlich heiße Dusche, eine der wenigen Freuden an seinen sieben Arbeitstagen in der Woche, natürlich bis auf die eine Woche im Monat, in der er einen freien Tag hatte. Die Tür schloss sich, und das Wasser mit dem dazugehörigen Dampf hüllte seinen schlanken Körper ein, doch nach nur wenigen entspannenden Minuten war der Spaß auch schon wieder zu Ende; die tägliche Waschwasserration war aufgebraucht. Aber bald hatte dies ein lang ersehntes Ende. Seine mit dem Aufstieg verbundene Gehaltsklasse von fast fünf Euro die Stunde brachte ihm nicht nur mehr Luxus, nein, auch eine größere Wasserration stand auf seinem Anschaffungsplan. Mit warmer Luft ließ er sich Körper und Haare trocknen und verließ danach seinen ausgesprochenen Lieblingsort. Aus dem Badezimmerschrank gegenüber der Dusche nahm er sich frische am Tag zuvor sorgfältig ausgewählte Kleidung. Thomas zog sich vorbildlich an. Selbst die Unterhose war in den Firmenfarben der Netz-Agentur gehalten.

Äußerlich wie innerlich war er nun bereit für seinen ersten Tag als Abteilungsleiter.
Schnell noch stattete er seiner kleinen Küche einen Besuch ab, um seinen inzwischen trinkfertigen und endlos köstlichen Kaffee zu genießen. »Kanal zwei«, wies er das Multimediasystem an, das daraufhin den staatlichen Nachrichtenkanal aktivierte. Wohlig seufzend nahm er jeden Schluck und langte herzhaft nach seinem am Abend zuvor programmierten Frühstück, das der Computer bereits zubereitet hatte. Die Zeit wurde knapp und so dankte er Gott während des Essens für die Speise. Die Regeln der Kirche waren schon immer schwammig gewesen. Er vergaß sogar das Amen, als seine Aufmerksamkeit von dem Fernsehgerät vollends eingenommen wurde.

***

Russle hatte kein Glück bei seiner Suche. Er gähnte und versuchte seine Gedanken in eine andere Richtung zu drängen.

Das LCD hatte sich vollends ausgebreitet und war nun auf sein eigentliches Opfer ausgerichtet. Die Gedanken Krapps waren sauber, langweilig, anständig. Er hatte nicht mal eine Morgenlatte gehabt. Russle hatte sich den nackten Mann in der Dusche sehr genau angesehen und entschied sich, dass es sich nicht lohnte, ein weiteres Mal hinzuschauen, zumal er Männer schon seit Jahren abstoßend fand. Aber seine unterdrückte Neugierde kam ansatzweise immer wieder mal auf.

Gerade fummelte Krapp an seinem Frühstück. Er hatte einen Krümel auf seinem Brot gefunden, den er bedächtig zur Seite legte. Die Tabelle war noch immer leer. Russle hatte schon Objekte observiert, wo er mit dem Schreiben kaum nachkam, aber der hier? Der glaubte sogar mit voller Überzeugung an Gott und das System! Mögliche Agenten sollten jedoch nicht an das System glauben, sie sollten es erhalten. Warum um alles in der Welt sollte dieser Mann gefährlich sein? Nur weil er einmal ein Drittklässler gewesen war, der sich hochgearbeitet hatte? Vor etwas mehr als fünfzehn Jahren hatte es noch gar keine Klassen gegeben. Da hätte sich niemand um einen Mann wie Thomas Krapp gesorgt, nur weil er zu perfekt war.

Russle notierte sich in einer regelkonformen Unbedenklichkeitsnotiz, dass das Objekt als das wohl harmloseste deklariert war, was diese Welt zu bieten hatte. Auf den Displays neben der Tabelle starrte Thomas Krapp auf seinen Plasmaschirm. Anständig verfolgte er die von der Partei gesteuerten Nachrichten.

***

Die anklagenden Worte des Moderators erklangen über die optimierte Surroundanlage der Wohnung. Scharf verurteilte der perfekt gestylte Mann mit verachtender Stimme die Zerstörung eines Kölner Sicherheitscenters der neuen Volkswachteinheiten. Lügenbürger sollten es gewesen sein. Das waren jene Unbelehrbaren, die sich ständig gegen Staat und Kirche erhoben und die abscheulichsten Dinge behaupteten. Mit theatralisch untermalter Musik und einem eingespielten Video wurde den Untersuchungsbeamten des Staatsschutzes viel Glück bei der Fahndung nach diesen Verbrechern gewünscht und ihnen verbal Gott an die Seite gestellt. Krapp schüttelte angesichts dieser Nachricht den Kopf. Er verstand nicht, dass es noch immer Menschen gab, die dieses fast schon perfekt funktionierende System zerstören wollten. Sahen sie denn nicht die Möglichkeiten? Ohne diese Wahnsinnigen gäbe es sicher schon Frieden auf der ganzen Welt.

Mit fliegenden Bildern und einem effektvollen Kameraschwenk wurde auf die Auslandsberichterstattung hingewiesen. Kurz riss man den voranschreitenden Zerfall der neuen Sowjetunion zusammen, die aufgrund der wirtschaftlichen Ausgrenzung durch US-gehörige Staaten und der amerikanischen Präsenz in Eurasien beinahe auf sich allein gestellt war. Es war die tägliche Einleitung, um einen neuen Siegeszug der einzig wahren Weltmacht anzukündigen. Mit strahlendem Gesicht erklärte ein junger Moderator, dass vor wenigen Stunden bekanntgegeben worden war, dass die Amerikaner die Besatzung Indiens endgültig beendet hatten. Man war sich in Delhi einig; ab sofort stand dieses Land unter amerikanischer Kontrolle, die Demokratie hatte erneut gesiegt. Auf dem Schirm zeigte man Tausende von tobenden und eingekesselten Menschen, die wie wild Schilder und Transparente umherschwangen. Dann wurde der Moderator wieder eingeblendet, der von Freiheit und Erlösung durch Gott sprach. Krapp blieb keine Zeit mehr, den fortführenden Lobesworten zu lauschen. Mit dem letzten Schluck Kaffee im Mund ging er zurück in seinen Wohnraum, nahm seinen Mantel vom Haken neben der Tür, zog sich seine gepflegten schwarzen Schuhe an, die er sorgfältig unter dem Mantel bereitgestellt hatte. Mit einem letzten Blick in den Spiegel prüfte er nochmals sein Äußeres. Fast schon gedankenlos legte der frisch gebackene Abteilungsleiter Krapp seinen Daumenabdruck auf den Scanner und blies in das Alkoholtestgerät, um das Türschloss zu entriegeln.

»Herr Krapp, es ist 7 Uhr und 34 Minuten. Sie verlassen nun Ihre Wohnung. Ich wünsche Ihnen einen schönen Tag«, ertönte die sanft hallende Frauenstimme des Wohnungscomputers und registrierte nun den Beginn seines Weges zur Arbeit.

Der Wohnungscomputer löschte selbstständig das Licht, die Heizung und deaktivierte alle laufenden Geräte in der Wohnung.

***

Die Displays wechselten über zu den Standardkameras des Wohnblocks. Noah Russle strecke sich und strich sich über seine auf wenige Millimeter geschorenen Haare. Früher hatte er es halblang getragen. Es hatte Christian gefallen, damals, vor rund zwanzig Jahren. Noch heute erinnerte er sich, wie sie einander kennengelernt hatten. Ursprünglich hatte Russle einfach nur über Christians Nachnamen gelacht. LeSolda. Wer hieß denn so? Sicher niemand auf dem Planeten Erde, hatte er aus Spaß gesagt. Christian bestätigte daraufhin, dass er auf dem Mars geboren war und die Erde noch nie betreten hatte. Aus diesen ersten Worten wurde schnell ein fesselnder Dialog. Das damalige Internet hatte es einfach erlaubt.

Seitdem hatte sich jedoch sehr viel geändert. Heute wurden soziale Netzwerke geprüft, alle Mails gegengelesen und der lebenslange Verlauf in die Bürgerakte eingetragen. Die Dinge, die beide als Teenager einander gesagt hatten, wären heute für eine langjährige Gefängnisstrafe ausreichend. Inzwischen kontrollierte die Partei neben der Wirtschaft einfach alles: Meinungen, Gedanken, Medien und sogar die Bildung, allen voran natürlich die Informationsnetzwerke in den öffentlichen Medienagenturen.

Diese waren zwar seit jeher ein wenig verschoben, nun aber ein einziges Propagandainstrument, das mehr log und Unwahrheiten verbreitete, als tatsächlich zu informieren.

Die Basisaussagen der heutigen Meldung, die derzeit über Krapps Schirm flimmerte, entsprach im Groben jedoch den Tatsachen: Es hatte tatsächlich einen Anschlag gegen die Kölner Volkswachtzentrale gegeben.

Es war einer von insgesamt sieben; lokal unterbunden, um den Anschein zu erwecken, der völkische Widerstand gegen die Position der NCP würde endlich zurückgehen. In Wahrheit aber war Europa ein Pulverfass. Dummerweise konnte man dieses Problem hier nicht so einfach lösen wie in Indien, wo man im letzten Monat mehr als dreißigtausend Menschen schlichtweg hingerichtet hatte. Erfahren hatten die Menschen in Deutschland davon jedoch erst heute, als die Sendeanstalten das bearbeitete Material auf Befehl ausstrahlten. Wahrscheinlich glühten bereits die Datenkanäle des Darknetzes, um diese Meldung zu prüfen. Auch Krapp hätte die Echtheit der Nachrichten mit Leichtigkeit prüfen können. Stattdessen nahm er sie einfach hin und in ein paar Stunden würde er sogar dafür sorgen, dass jeder eine Anklage erhielt, der der Wahrheit zu nahe kam.

Russle dachte darüber nach, einen weiteren Hinweis für Krapps Unbedenklichkeit einzutragen. Aber vermutlich würde man ihn dann für befangen erklären. Es wäre nicht das erste Mal.

Thomas Krapps Ansichten und Meinungen waren ganz genau so, wie die Partei es wünschte. Er glaubte an die Demokratie, obwohl diese vor über hundert Jahren abgeschafft worden war. Er glaubte sogar an die Friedensmissionen der Amerikaner und nahm jedes Wort der Medien für bare Münze.

Ein Trottel durch und durch. Russle verzichtete darauf, seine eigenen Meinungen weiter auszuformen. Es konnte gut sein, dass er diesen völlig ungefährlichen Mann nur deshalb beschatten sollte, weil in Wahrheit ein anderer Agent ihn beschattete. Jeder gegen jeden, am Ende siegte das System. Bist du treu, bist du frei. Noah Russle gehörte zu denen, die sich nichts mehr wünschten, als frei zu sein, etwas, was so gut wie jedem anderen Menschen auf Erden versagt blieb – und es war Aufgabe der Planetensicherung, dafür zu sorgen, dass es niemand bemerkte. Er gehörte zur Planetensicherung, es war sein Job.

Im Grunde hasste er ihn, war jedoch höchstpersönlich vom ersten aller Agenten ausgewählt worden, was ihm bis heute einen gewissen Status gewährte. Seufzend rieb Russle sich die Augen und prüfte mit dem Wink seiner Gedanken, inwieweit er die Gedanken des Objekts noch lesen konnte. Er hasste es, Menschen als Objekte zu bezeichnen, aber das gehörte dazu.

***

Tief atmete Thomas die frische, kühle Luft ein und blickte in den sich langsam aufklärenden Himmel. Es war still um diese Zeit. Die Ausgangssperre war erst seit ein paar Minuten beendet worden. Es war ein gutes Gefühl, irgendwie der Erste zu sein.

Langsam ging er über die leere Straße hinüber zum U-Bahnschacht. Der gigantische über dem Eingang hängende Monitor weckte wie jeden Morgen seine Aufmerksamkeit. Auf dem Holoschirm flimmerten aktuelle Börsenergebnisse, politische Umfragewerte und am unteren Rand eine Tickernachricht über einen erfolgreichen Vormarsch in Berlin, wo seit zwei Jahren der Bürgerkrieg die Region in Atem hielt.

Warum können die nicht aufhören? Kopfschüttelnd sinnierte er wieder einmal über den Zweck des selbsternannten Widerstandes und folgte den Stufen in den Untergrund, wo er die automatische Sicherheitsschleuse passieren musste, um den Bahnsteig betreten zu dürfen. Routiniert legte er seine Tasche auf das Fahrband, schritt durch den Scanner und durfte sofort weitergehen. Jeden Tag kontrollierte er auf den Bildern der Kontrollmonitore diesen kleinen roten Punkt in seinem Nacken und fühlte sich dadurch gleich sehr viel sicherer: Der RFID-XT-Chip maß nicht nur seine Lebensfunktionen und speicherte die wichtigsten Informationen, er gab auch stetig seine Position an, sobald Thomas eine der unsichtbaren oder sichtbaren Sicherheitsschranken überall in der Stadt durchschritt. Sollte ihm jemals etwas zustoßen, so würden Ärzte und Sicherheitskräfte sofort wissen, wo er sich befand und was ihm zugestoßen war. Auf diese Art konnte man gezielt und effizient schnellste Hilfe leisten. Die metallene Tür seiner Schleuse öffnete sich, übergab seine Tasche und entließ ihn auf den Bahnsteig. Die Bahnfahrtkosten wurden soeben von seinem Konto abgebucht.

Er betrat die um diese Uhrzeit noch recht leere U-Bahnstation, wo sein Blick sofort die Nachrichtenmonitore suchte. Es wurde nun von einem großangelegten Bombenanschlag gegen das *»Teublesch-Museum für Sicherheitstechnik«* berichtet, welches bis gestern Angelpunkt der Berichterstattung aus dem Krisengebiet an die restliche Nation war. Seit 2136, dem offiziellen Beginn des Bürgerkrieges, war das Museum unter anderem als Nachrichtenbüro der örtlichen Regierung in Benutzung und hatte seitdem mehrere versuchte Anschläge seitens der Lügenbürger zu verkraften gehabt. Auf dem Schirm folgt ein Abriss über den zwei Jahre zurückliegenden Mordanschlag an dem damaligen amtierenden Minister für innere Verteidigung, dem zu Ehren das Museum schließlich seinen Namen erhalten hatte. Dies war der Tag der Stunde Null. So nannten ihn jedenfalls die Chaoten dort. Die Täter, eine Gruppe Studenten, waren innerhalb von nur zwei Stunden gefasst worden und nach nur drei Tagen war erstmals seit über einem Jahrhundert in Deutschland wieder jemand zum Tode verurteilt worden.

***

»Niemals aufhören«, lächelte Russle müde, als er das Fahrzeug sirrend aktivierte. Er kannte den wahren Tathergang. Er war schließlich dabeigewesen, als man die Jugendlichen schon Tage vor der eigentlichen Tat identifiziert hatte. Man hatte sie einfach machen lassen. Besser konnte es gar nicht laufen. Die amerikanische Führung hatte dazu geraten. Seit mehr als zweihundert Jahren fuhren sie mit dieser Taktik ihr politisches Schiff über den Fluss ihrer Wünsche. Allerdings hatten die Befehlshaber nicht damit gerechnet, dass die Hinrichtung der Jungen die größte Demonstration Deutschlands auslösen würde, die jemals verzeichnet wurde. Dann hoffte man, dass sie sich verlaufen würde, so wie es jeder anderen Demonstration in diesem Land nach ein paar Wochen erging.

Stattdessen blieb sie solide, verwandelte sich nach zwei Jahren zu anhaltenden Krawallen. Auch als die Medien die Proteste in ihren Meldungen auszublenden versuchten, riss der Strom der sich Anschließenden nicht ab. Schlimmer noch, in anderen Ländern gab es ähnliche Szenen. Frankreich, Spanien, Italien, Britannien sogar Polen und Dänemark, plötzlich formierten sich überall Gegner der Partei, worauf es nur eine Lösung geben konnte. Die Demonstranten wurden zu staatsfeindlichen, unmoralischen, antichristlichen, homosexuellen und kriminellen Lügenbürgern erklärt. Es wurden in den Medienanstalten Umfragen gefälscht, entsprechende Sendungen produziert, Gesetze angepasst, Hass gesät, wo immer er fruchtbaren Boden fand. Irgendwann reagierte die subtil angesprochene Gegenseite; erst still, dann lauter und mit tatkräftiger Unterstützung medialer Gewalt.

Schon damals, siebzig Jahre zuvor, hatten die USA den christlichen Geist auf diese Art herausgefordert und mit ihm den Krieg gegen den Islam geführt – und somit die Geburt der Partei erst ermöglicht. Seit der Islam weltweit unter Kontrolle stand, breitete sich das Christentum wieder in den Menschen aus. Was anfangs nur als solidarischer Protest galt, wurde ein Lauffeuer, wie die Bestimmung nach dem Alten Testament.

Zugegeben, nach 2120 hatte die Partei tatkräftig mitgeholfen, diese Richtung einzuschlagen.

Russle kannte nahezu alle parteiinternen Details, obwohl sie streng geheim waren. Aber er war nun schon lang genug dabei, vermutlich ein weiterer Grund, warum er heute ein Agent und nicht tot war. Ob nun mit oder ohne das Wirken der NCP, unzählige Stimmen auf der Seite des Christentums mobilisierten sich für stärkere Kontrollen gegen diesen protestierenden Abschaum der Menschheit. Als Reaktion wurde in Frankreich nicht nur das Gleichstellungsrecht für Homosexuelle abgeschafft, sondern Homosexualität wurde *endlich* wieder verboten – ein Vorbild, dass bei vielen Menschen großen Anklang fand und sich schnell durch ganz Europa zog.

Heutzutage hassten die angepassten Menschen einfach alles, was man ihnen zum Hassen vorwarf – und diese beriefen sich mit voller Überzeugung und reiner Seele darauf, nur Gott zu gefallen.

Den Anstoß, die Praxis, die zur Parteigründung führte, zu wiederholen, stammte sogar von Christian selbst, der sich selbst nur noch als ›Die Nummer Eins‹ bezeichnete.

»Die Eins!« Russle lachte ein wenig, erstickte dies aber an der Bitterkeit dieses Umstandes. Er war der heimliche Partner Christians. Jedenfalls wollte er es damals sein. Bevor es zwischen beiden jedoch zu einem weiteren persönlichen Treffen gekommen war, war dieser schreckliche Unfall in den alten Shermananlagen Red Citys auf dem Mars geschehen. Christian verlor mehr als die Hälfte seines Unterleibs. Fast alles wurde kybernetisch wiederhergestellt, nicht aber seine primären Geschlechtsorgane. Noah hatte ihn immer nur besuchen dürfen, wenn sein Vater nicht dabei war.

Als es Christian wieder deutlich besser ging, hatte er ihn gefragt, warum er das Verlorene durch Klontechnik nicht auch wiederherstellen ließ. Es wäre ein Einfaches gewesen.

Christian aber erklärte den Verlust als Geschenk Gottes. Da ihm nun die Hormone fehlten, Sexualität zu begehren, verließ er zeitgleich den sündig abweichenden Weg in die Perversion der Homosexualität.

Sie trennten sich, ehe sie zusammengekommen waren. Russle hatte nie geschafft, diesen Tag zu vergessen. Fast zwei Jahre verblieb er wie gelähmt in Schmerz und Trauer. Heute empfand er es seltsam, dass er überhaupt so reagiert hatte. Christian kam dann etwa acht Jahren später auf ihn zu und bot seinem ehemaligen Freund zwei Alternativen: eine Hormontherapie oder das permanente Schlucken des Medikaments AC-K5 – eine scheußliche Erfindung der Kolonie Antenor, die hier auf der Erden schon vielen Homosexuellen geholfen hatte, zu überleben. Eine letzte Alternative wäre lebenslang das Gefängnis gewesen.

Russle entschied sich für Ersteres. Seitdem mochte er Frauen – so wie von Gott gewollt. Christian führte ihn nach dem Beenden der Therapie zur Agentenausbildung. Seitdem hatten sich beide Männer nicht wiedergesehen.

Russle kratzte sich bedächtig am Ohr und fragte sich einmal mehr, warum es ihm nicht egal war.

Nicht zum ersten Mal zweifelte er an der Richtigkeit seiner Entscheidung von damals und wünschte, er hätte das AC-K5 genommen. Es war sehr viel weniger gefährlich, als es damals den Anschein gehabt hatte. In Amerika war das Präparat gegen die Testosteronproduktion und Androgene seit 2135 für jeden Jungen unter zweiundzwanzig Jahren Pflicht - unabhängig von der Klasse und es gab keine ernsten Nebenwirkungen. Für Mädchen gab es andere Präparate. Seit dieses Verfahren etabliert worden war, waren die sexuellen Straftaten weltweit auf nahezu null gesunken. Auch die auf der Kolonie Antenor entwickelte Fruchtakademie wurde in Amerika ohne große Gegenwehr

in der Bevölkerung etabliert. Hier in Europa sah dies ein wenig komplizierter aus, als die erste Einrichtung dieser Art eröffnete.
Die wenigsten Eltern ergaben sich dem Gesetz, das AC-K5 ihren Kindern zu geben und riskierten lieber hohe Strafen. Da das Medikament auch Beruhigungsmittel enthielt, hatte man gehofft, dadurch die anhaltenden Proteste zu unterbinden, stattdessen aber explodierten diese förmlich, als sich jede Volksschicht, jedes Alter und jeder Bildungsstand unter die Demonstranten mischte. Die Gegenbewegung der Konservativen war nicht weniger fanatisch.

    Es war ein Blutbad.
Erst durch den geregelten Einsatz aller Anti-Terror-Gesetze, die im letzten Jahrhundert entwickelt worden waren, wurden die Demonstrationen in einem einzigen Schlag beendet. Es gab europaweit mehr als zwölftausend Tote und die inzwischen als illegal geltenden Proteste waren beendet. Jedoch nur auf den Straßen. Ein Ende war nämlich nicht abzusehen, es war nur ein neuer Anfang. So gesehen ein neuer Krieg; das System gegen das Volk. Auf Verhaftungen folgten Anschläge, auf Todesstrafen folgten Attentate. Allein die getöteten Politiker von SCUPD, der Sozialchristlichen Unionspartei Deutschlands, die sich als erste der NCP zur Seite stellte, nahmen eine eigene Statistik ein. Wie vieles war auch diese Richtung so nie beabsichtigt gewesen, zumal es auf beiden Seiten ein stetiges Wettrüsten gab. Man konnte sich weder auf Polizisten, Richter oder Soldaten verlassen. An einem Tag hatte sich sogar eine geschlossene Panzerdivision einer anderen entgegengestellt.

    Dieser Krieg war so viel anders als der letzte und konnte unter Umständen den Untergang der Menschheit herbeirufen, da die Machthaber erstmals echte Ängste durchlebten, tatsächlich ihre Macht zu verlieren. Wenn da nicht die NCP gewesen wäre …

Russle schob den Gedanken zur Seite, aktivierte den Autopiloten des Fahrzeugs und beobachtete sein Objekt. Er hatte schließlich einen Job zu machen. Auf der rechten Hälfte der Frontscheibe beobachtete er Krapp, wie dieser brav und regungslos auf dem Bahnsteig stand. Seine Augen waren auf den Plasmaschirm gerichtet, der die Menschen nach dem Bild des Systems formte. Russle fragte sich einen Moment, was wäre, wenn die ständige Gehirnwäsche durch die parteilichen Medien keinen Bestand hätte und die Wahrheit über das LCD, die NCP und das, was damals in *Red City* tatsächlich geschehen war, die Menschen erreichte.

***

Als die U-Bahn einfuhr, verfolgte Thomas die Berichterstattung auf den kleineren Monitoren im Inneren der Waggons weiter. Ein Parteisprecher der NCP erschien nun auf dem Monitor, in seinem Rücken lagen die Reste Berlins. Der Krieg hatte dort seine stärkste Kraft entfaltet, dennoch war die NCP nicht bereit, diese Stadt aufzugeben. Der Mann erklärte, dass es sich bei dem Übergriff auf die Volkswachtzentrale um eine Vergeltungsmaßnahme gegen den erfolgreichen Einsatz tapferer Soldaten im Inneren gehandelt habe. Er versprach sofortige Gegenmaßnahmen gegen die Attentäter. Thomas nickte zustimmend, als der Mann »Für die Partei« ausrief.

***

Russle aktivierte die eigens für ihn vorprogrammierte optronische Wacheinheit, kurz OWE. Um Krapp auf Schritt und Tritt zu verfolgen, war diese Drohne unerlässlich. Das runde schwebende Ding war ein Nachfolgemodell der damals genutzten Propellerdrohnen. Heute waren sie effektiver, leiser, kleiner und die Standardbegleitung einer jeden Volkswachteinheit. Viele arbeiteten bereits autonom auf der ganzen Welt, um Gefahrenquellen ausfindig zu machen, ehe sie akut wurden.

∗∗∗

Die Fahrt dauerte fünfzehn Minuten. Krapp schlurfte über den Hauptbahnhof Frankfurts, der seiner Meinung nach schönsten und größten Stadt Deutschlands. Der frische Duft von Brötchen, Kaffee und anderen süßlichen Gerüchen ließ ihn einen ungeplanten Abstecher in den kleinen Bahnhofsladen hinter der Schleuse machen, wo er sich eilig einen kleinen Snack und einige Donuts nahm. Die Zeitung „*Deutsches Spiegel-Bild*" lag gerollt neben der Kasse. Andere Blätter gab es nicht mehr, seit Nachrichten kostenfrei (wenn man die Nachrichtensteuer einmal nicht beachtete) und auf jedem Informationsmonitor überall in der Stadt zu sehen waren, waren Zeitungen sehr unpopulär geworden.

Da das „*Spiegel-Bild*" aber die stetige Stimme der Regierung an das Volk war, blieb dieses Blatt für einen symbolischen Preis bestehen. Daher nahm er sich ebenfalls ein Exemplar mit. Schließlich sah es auf Arbeit immer gut aus, ein solches bei sich zu haben, jetzt mehr denn je, rief er sich wieder ins Gedächtnis und strich dabei unbedacht über das gestickte Kruzifix an seinem Anzug. Das routinierte Zahlen mit seinem Daumenabdruck nahm er kaum noch wahr. Wie oft hatte er schon etwas bezahlt, ohne sich dessen bewusst zu sein? Den Gedanken wieder verwerfend und mit einem guten Gefühl im Sinn verließ er den Kiosk und den Bahnsteig.

Nur flüchtig entrollte er das Blatt, warf einen kurzen Blick auf die Titelseite, die ein Interview mit einem erst einundzwanzigjährigen zum Tode verurteilten Straftäter versprach. Mit sinnlich umformulierten Kraftausdrücken, die den amtlichen Regelungen nicht zuwiderhandelten, beleidigte das Blatt den Verbrecher, in Krapps Augen nur ein Terrorist, aufs Schärfste. Am Ende des Deckblatts standen neueste Berichte der Regierung und Ergebnisse wichtiger Umfragen. Sorgfältig faltete Thomas das Blatt zurecht und steckte es in seine Manteltasche. Als er wieder aufblickte, erkannte er eine Volkswachteskorte auf sich zukommen und blickte sich erschrocken um. Ihre blau-silbernen Metallhelme, die Maschinengewehre und Schulterpanzerungen glänzten im Licht der aufgehenden Sonne, die sich mit anscheinender Leichtigkeit auf den Weg in den Himmel machte.

***

Russle ließ mit einem verbalen Befehl das Fahrzeug anhalten, rief auf dem Schirm die OWE-Kontrollen auf und ließ die Drohne fünfzig Meter höher steigen, ehe er sie in den Passivmodus stellte. Das die Volkswacht begleitende Gegenstück würde seine OWE registrieren, sobald sie einander näher als zweihundert Meter kämen. Die Volkswacht-OWE würde Krapp daher sofort als ›verdächtig‹ einstufen, da er bereits unter ›Beobachtet‹ stand, was seine gesamte Mission negativ beeinflussen konnte. Russle war dummerweise auch zu weit weg, als dass er die Gedanken der Volkswächter lesen oder manipulieren konnte.

    Vorsichtig dirigierte er seine OWE in eine sichere Position, landete sie auf einem Dach und fuhr sie schließlich herunter. Der Schirm erlosch. Krapp war nun ganz auf sich gestellt. Wenn er nichts Dummes tat, würde ihm nichts passieren. Was allerdings dumm war, lag im Ermessen der Laune der Wächter.

    Russle beschloss, zehn Minuten zu warten, ehe er das OWE-System wieder reaktivierte. In dieser Zeit würde er in seinen Bericht die Gründe für das Deaktivieren der OWE schreiben.

***

Thomas Krapp betete innerlich, dass die Patrouille ihn nicht weiter beachten würde. Er war jetzt doch Teil des Systems. Im Gleichschritt marschierten sie an ihm vorbei, würdigten ihn keines Blickes, als er eilig mit angehaltenem Atem Platz machte. Thomas fühlte sich wie nach einem unerwarteten Gewinn. Es gab keinen Tritt, keinen Schlag, kein Anpöbeln, ja nicht einmal eine Reaktion der Hunde. Kaum waren die Beamten einen Schritt hinter ihm, stand ein Lächeln in seinem Gesicht. Ja, er war ab heute dabei, es musste sein Glückstag sein. Erleichtert setzte er seinen Weg fort. Plötzlich aber ertönte das Bellen der Hunde und in seinen Adern gefror das Blut.

»Hey!«, brüllte einer der Beamten und hatte sich bereits zu ihm umgedreht. Vorsichtig blickte Thomas sich zu der Stimme um, noch immer an der Hoffnung klammernd, dass er nicht gemeint war. »Keine Bewegung!«, forderten die Beamten ihn auf und zogen ihre Schlagstöcke aus den Halterungen. Angsterfüllt blickte Thomas die Beamten an. Plötzlicher Schmerz! Einer der Schlagstöcke entriss ihm die Tüte mit den Donuts. Eine behandschuhte Faust presste ihn mit dem Gesicht gegen eine Wand und drehte seinen Arm schmerzhaft auf den Rücken. Thomas schrie auf.

»Schnauze!«, brüllte der Volkswächter, der ihn gegen die Wand wuchtete und drückte noch stärker zu. Schlagstöcke klopften schnell und mit Kraft seine Beine ab. »Wo ist es?«, wollte einer der Wächter mit schriller, aggressiver Stimme wissen und wuchtete ihn nochmals mit dem Gesicht gegen die Wand. Vorübergehende Passanten senkten den Blick und gingen eilig weiter. Jeder war froh, dass es nicht ihn getroffen hatte. Thomas wimmerte nur: »Ich habe nichts.«

»Haben Sie was weggeworfen?«, brüllte der andere in Thomas' Ohr. Die Hunde bellten weiter und zerrten an ihren Leinen. Ein kräftiger Schlag ließ Thomas unerwartet zu

Boden fallen, dann riss sich einer der Hunde los. Freudig stürzte er auf die Tüte mit den Donuts und riss sie auf. Der andere versuchte ebenfalls die Backwaren zu erreichen, doch der Griff des Mannes, der den Hund zu bändigen versuchte, war zu stark. Die Volkswächter lachten auf, als sie die Situation endlich erkannten. Mit einem Tritt in die Seite wurde Thomas aufgefordert zu verschwinden, wenn er nicht ins Gefängnis wolle, was ihm in seiner Akte ganz bestimmt gut zu stehen käme. Er rappelte sich unbeholfen auf, nicht ohne sich zu bedanken, und entfernte sich einige Schritte von den Hunden. Die Uniformierten hatten weder nach seiner ID gefragt noch den Chip in seinem Nacken gescannt. Warum nicht? Sie hätten doch sofort erfahren, dass er einer von ihnen war und ihn schlicht ziehen lassen. Er nahm sich vor, das nächste Mal die Patrouille darauf aufmerksam zu machen. Er entschuldigte sich dennoch für die Unannehmlichkeiten, bedankte sich noch einmal, dass er keine Strafe erhalten hatte und rannte schließlich weg. Er befürchtete, würde er im Nachhinein noch auf seine Identität bestehen, sich damit doch noch irgendeines Vergehens schuldig zu machen.

Grinsend zückte einer der Staatsangestellten seinen Scanner und rief die Informationen zu Thomas ab, die dessen RFID-XT-Chip während des Vorfalls geliefert hatte. »Der wird sich umgucken ...« Er zählte seine Kollegen durch. »Einsatz von vier ...«, er blickte auf die beiden Hunde und das über ihnen schwebende ORW, » ... von sieben Sicherheitskräften. Dazu noch Belästigung der Staatssicherheit, das wird ein teurer Spaß.«
Wieder lachte die Truppe.

***

Die Zeit war um.
Russle sendete den Reaktivierungsbefehl und beobachtete das sich aufbauende Steuermenü. Sekunden später sah er,

was die Drohne aufzeichnete. Krapp war längst weitergegangen, die Volkswachteinheiten standen noch immer an der Stelle, lachten und imitierten irgendetwas. Russle verlinkte sein Fahrzeugsystem mit der OWE der Sicherheitskräfte und lud die letzten elf Minuten herunter. Weniger weil er interessiert war, was er verpasst hatte, sondern weil sein Auftrag hieß, Krapp lückenlos unter Beobachtung zu halten. Im dreifachen Zeitraffer sah er sich die soeben stattgefundenen Szenen an. Die gestellten Anzeigen und die Rechnung wurden auf einen Teilbereich des Displays gelegt. Russle hatte den Atem angehalten. Natürlich wusste er, dass das dort der gängige Alltag war. Die Volkswacht sollte schließlich eine dauerhafte Drohkulisse schaffen. Die geltende Maxime war ›*Gesetzestreue durch Angst*‹.

Er selbst hatte das bereits zu seiner Zeit gelernt und sich geschworen, einer der guten Polizisten zu werden, … damals, als es noch Polizisten gegeben hatte. So hatte er Christian überhaupt erst kennengelernt; dessen Vater war ebenfalls Polizist gewesen und hatte sich immer geschworen, das Richtige zu machen. Die Geschichten, die Christian über dieses Thema zu erzählen wusste, waren jedoch alles andere als richtig.

Beide Jungen schworen sich damals, gute Cops zu werden. Welch Ironie, wenn er daran dachte, was er heute war: ein *Trakker*, wie sich die gedankenlesenden LCD-Agenten nannten. Leute wie er waren weit schlimmer als die Volkswacht, denn die hatte irgendwo noch die Gesetze im Rücken, welche zwar unglaublich viele Freiheiten gaben, aber dennoch auch sie beschränkten.

Noah Russle stand über dem Gesetz, er hatte die Lizenz für alles. Kein Gericht würde ihn jemals für irgendetwas belangen können. Seltener als *Trakker* waren die sich selbst als *Mastermind* bezeichnenden Agenten, die dank LCD mit ihrem Willen sogar Dinge bewegen konnten. In den Genen dieser Menschen lag die mächtigste Waffe der

Welt, die niemand stoppen konnte. Seit fast zwanzig Jahren suchte man LCD-kompatible Menschen. Da dieses Gift sich auf jeden anders auswirkte, gab es heutzutage gerade mal fünfzehntausend *Trakker* und siebentausend *Masterminds* - weltweit.
Sie wurden aufgenommen, trainiert, unermesslich gut bezahlt und dazu gedrillt, den Feind auch in ihrer Mitte zu fürchten. Russle war so ein Feind, da er immer wieder versuchte, ein guter Mensch zu sein, trotz der Macht in seinem Blut.

***

Nach nur wenigen Minuten und völlig atemlos stieg Thomas Krapp die mehrstufige Treppe zum Bürogebäude seines Arbeitgebers hinauf. Nur noch ein winziger Schritt und er war in Sicherheit. Mit seinem Daumenabdruck gab er sich am Sicherheitssystem zu erkennen, um Einlass zu erhalten, die Tür blieb ihm jedoch verschlossen.
»Verdammtes Teil«, fluchte er leise und hielt augenblicklich inne. Er warf einen Blick nach oben und entschuldigte sich bei Gott für seinen Fluch. Danach sah er sich um, ob ihn auch niemand gehört hatte. Das Mikrofon neben der Kamera an der Tür beachtete er nicht einmal. Es gab so viele Kameras auf dem Weg hierher, kaum einer machte sich heutzutage noch die Mühe, sich die Aufnahmen auch tatsächlich anzusehen. Ein elektronisches System wertete die Aufnahmen aus, mehr schlecht als recht, aber das war internes geheimes Wissen – ein Wort davon zur Bevölkerung und er würde den Rest seines Lebens wahrscheinlich im Gefängnis oder schlimmer verbringen. Thomas drückte nochmals den Daumen auf den Scanner und ruckelte an der Tür, doch anstatt dass sie sich öffnete, ging der Alarm los. Das Wachpersonal stürzte aus einer Seitentür heraus und mit Elektroschockern wurde Thomas zu Boden geworfen. Eine kräftige Frau drückte ihn auf den Boden, drehte ihn

auf den Bauch und hielt ihren Scanner an seinen Nacken, der kurz darauf die Ergebnisse laut ausspuckte.

»Thomas Krapp, wohnhaft im Mühlheimweg 35a, Frankfurt. Sozialnummer 2000100453. Familienstand ledig. Er arbeitet hier, Abteilungsleiter P bis S …«, las sie ihrem Kollegen ruhig vor, der den Schockstab noch immer in Bereitschaft hielt und eigentlich gerade die Anzeige wegen Einbruchs und Verdacht auf Terrorismus ausfüllte. Erschrocken zuckte dieser nun zurück. Die kräftige Frau ließ Thomas los und half ihm sogar beim Aufstehen. »Verzeihung, Herr Krapp.«

»Schon gut …«, seufzte er und klopfte sich den Schmutz vom Mantel. »Nächstes Mal Hände vorher waschen«, riet ihm der Wachmann. Gründlich wischte sich Thomas seinen Daumen an einem Taschentuch ab, gab sich erfolgreich für das System zu erkennen und betrat die große Halle der Frankfurter Netzkontrolle. Er wandte sich noch einmal um. »Gott sei mit Ihnen.« Das Wachpersonal nickte und sah ihm nach. Zischend schloss sich die Tür zwischen ihnen. In zwölf Stunden war es Krapp wieder erlaubt, zu gehen.

***

Die OWE landete auf dem Dach gegenüber und deaktivierte sich mit einem pfeifenden Signalton. Russle ließ das Fahrzeug auf den Firmenparkplatz der Netzagentur einfahren, deaktivierte das Steuersystem und verdunkelte mit einem Tastendruck die Scheiben. Die Frontscheiben blieben Displays und das Fahrzeug sein Arbeitsplatz. Mit der anderen Hand injizierte er sich eine weitere Dosis LCD. Es gab Momente, da liebte er es, diese Kraft in den Adern zu fühlen. Zwischenzeitlich probierte er immer wieder mal, ob er auch Dinge bewegen konnte. Bisher war es ihm nicht gelungen, auch mit einer dreifachen Dosis nicht. Mehr wagte er sich nicht zu geben. Es gab Gerüchte, dass zu viel

LCD den Verstand angriff und man sich mit jedem Schuss gleich mehrere Jahre seines Lebens auslöschte. Dank moderner Medizin war das menschliche Leben heutzutage sehr viel länger, daher machte er sich nicht besonders viel Sorgen, ob er nun mit einhundert Jahren oder hundertdreißig dem Schöpfer entgegentreten würde, zumal sein Leben mehr als unangenehm war. Schnell fühlte man sich wie ein König, gemessen an den Menschen der dritten Klasse. Selbst denen in der zweiten ging es nur bedingt besser. Diese einfachen Systemarbeiter waren einfach nichts wert, aber ein notwendiges Rädchen im System. Animiert, ihren Stand zu halten, wurden sie mit Zuckerbrot und Peitsche. Mehrere kleine, durchaus nette Belohnungen seitens des Systems hielten einen egoistischen Menschen schnell davon ab, wieder zurückrutschen zu wollen. Russle verfolgte Krapps Verhalten im Fahrstuhl und fragte sich, ob dieser Mann nicht da am besten aufgehoben war, wo er jetzt stand, wobei er sich dabei nicht auf den Fahrstuhl selbst bezog.

Russle konnte kein Potenzial erkennen, er sah nur, dass dies ein armer Tölpel war, der noch nicht einmal die angenehmen Dinge der zweiten Klasse in sein Leben gelassen hat. Als Agent würde er sogar in die erste kommen, was unbegrenzten Wohnraum, die volle Bildung, ein stattliches Gehalt und sogar die Immunität gegenüber einiger Gesetze beinhaltete. Thomas Krapp war aber kein Privilegierter. Er mochte sich hochgearbeitet haben, aber er stand definitiv an seiner persönlichen Spitze. Sein neuer Arbeitsplatz gewährte ihm ab heute Zugang zu Informationen, die nicht jeder Mensch hatte. Es würde sich daher wohl in den nächsten Stunden entscheiden, ob er blieb, wo er war, oder für immer verschwand. Weiterkommen würde er auf keinen Fall.

***

Seine ehemaligen Kollegen, seit heute Untergebene, sahen ihm mal mitleidig, mal schmunzelnd nach, die meisten aber mieden den Blick, als er mit schmutzigem Hemd, zerzauster Frisur und fleckigem Mantel an ihnen vorbeirauschte. Nicht einer der Mitarbeiter grüßte ihn. Er war nicht der erste und sicher nicht der letzte, der einen ungewollten Zusammenstoß mit den Sicherheitskräften hatte, doch das war heute nicht der Grund.

Der Grund war die Art, wie er ihr Vorgesetzter geworden war. Über Monate hatte er seinen Vorgänger ausspioniert, beschattet, Fallen gestellt, Beschwerden geschrieben (auch anonym) und letztendlich eine Frau bezahlt, die den Mann schwer belastete. Sehr schwer! Unehelicher, vielleicht auch erzwungener Sex war und blieb eine der schlimmsten Sünden und konnte nur selten nachgewiesen werden.

Thomas lächelte innerlich bei dem Gedanken seines Weges. Der Ablass für diesen höchstgenialen Schachzug war zwar verdammt hoch, aber letztendlich hatte der hauseigene Priester diesen gewährt und das war alles, was zählte. Ein besonders abfällig dreinblickendes Gesicht streifte ihn im Vorbeigehen. Diese sich windenden Würmer, die einst seine Kollegen gewesen waren, würden schon sehen, was sie davon hatten, ihm nicht den nötigen Respekt entgegenzubringen.

Russle erkannte das erste Mal Potenzial. War es das, wovon sein Vorgesetzter gesprochen hatte? Offensichtlich steckte in Krapp doch mehr, als man auf den ersten Blick erkennen konnte.

Zielstrebig ging Krapp direkt in sein neues Büro, schloss die Tür und warf seine Tasche auf seinen neuen eigenen Schreibtisch. Verärgert zog er den Mantel aus und wusch sich flüchtig an dem kleinen Becken an der Seite des Büros die Hände und das Gesicht. Als nächstes öffnete er die

Jalousien, um etwas Licht in das kleine, recht spärlich eingerichtete Zimmer einzulassen. Der Computer erkannte ihn bereits beim Hereinkommen und hatte alle vier Kristallmonitore aktiviert. Je nach Zuordnung listete er die eingehenden Nachrichten und Aufträge auf, sortierte Akten nach Prioritäten vor und wünschte ihm sogar verbal einen guten Morgen. Thomas strich mit seinen Fingern über einen der Monitore, die in einen schwarzen Stahlrahmen gefasst waren. Auf der Rückseite sah man spiegelverkehrt, was auf der Vorderseite angezeigt wurde. Dies war wichtig, denn so konnte das hauseigene Sicherheitssystem jederzeit erkennen, dass jeder Mitarbeiter auch tatsächlich seiner Arbeit nachging. Praktisch war auch der kleine Knopf, der die Ansicht austauschte und somit einem gegenüber befindlichen Kollegen schnell einen Blick auf die eigene Arbeit zukommen lassen konnte. Doch ab heute hatte er keinen Kollegen mehr. Er war Thomas Krapp, stellvertretender Abteilungsleiter für die Kontaktabteilung.

Er und seine Kollegen, nein, seine Untergebenen, rief er sich in Erinnerung, prüften täglich Tausende von E-Mails. Das System durchsuchte das elektronisch Geschriebene nach Schlagwörtern der schwarzen Liste und speicherte diese über Nacht in der Rechenzentrale, bevor sie den Empfänger erreichten. Die schwarze Liste wurde dabei täglich länger und sein Arbeitsaufwand stetig höher. Thomas hasste E-Mails. Wieso schrieben die Menschen sie? Allerdings beneidete er die Kollegen aus der Telekommunikationsabteilung auch nicht gerade, die Stunden und Stunden damit verbrachten, Aufzeichnungen aufgrund verdächtiger Äußerungen zu prüfen, und in besonders schweren Fällen sogar live mithören mussten. Die Netzabteilung hatte täglich zu tun, privat eingestellte Webseiten wieder aus dem Netz zu entfernen und eine entsprechende Strafanzeige gegen die Vertreiber zu erlassen. Seit die Regierung das Netz übernommen hatte, war es privaten

Personen verboten, Information jeglicher Art einzufügen. Da E-Mails aber noch immer erlaubt waren, gab es leider auch noch die Möglichkeit, Inhalte irgendwie einzuschleusen. Daher mussten täglich alle Server nach unautorisierten und neuen Datenpaketen geprüft werden – eine schier endlose Aufgabe und nie ganz zu bewältigen. Thomas hingegen prüfte nur die E-Mails aus ganz Deutschland, die von Personen verfasst wurden, deren Nachnamen mit den Buchstaben P, Q, R und S begannen, seine Untergebenen im Großraumbüro vor seiner Glaswand die restlichen Buchstaben des Alphabets. Gelangweilt scrollte er durch die Zeilen der Mails, als er plötzlich durch einen Eintrag auf etwas hingewiesen wurde, das wirklich ungewöhnlich war: Von ein und derselben IP-Adresse gingen mehr als die zwei pro Tag erlaubten Mails aus. Eine kurze Prüfung der Absenderadressen ergab nicht nur unterschiedliche Mailadressen, sondern auch zwei verschiedene Hausadressen und Namen, jedoch ein und derselbe Anschluss. Er meldete den Vorfall sofort per Klick an die Staatsschutzbehörde und hoffte innerlich, dass sie dieses Schwein erwischen würden, das seine Arbeit nur erschwerte und zu allem Übel auch notwendig machte. Eine Strafanzeige wegen Missachtung der Nachrichtenregelung war sicher. Weiteres würde der Staatsanwalt ins Auge fassen.

Thomas machte eine kleine Pause, nachdem er das erste Paket abgearbeitet hatte. 1000 E-Mails, davon musste er zweiunddreißig gründlicher prüfen, nur fünf löschen und zwei weitere Benutzer erhielten sogar eine Strafanzeige wegen Verbreitung illegaler Äußerungen. Den Rest gab er frei und die Nachrichten wurden ihren Empfängern zugestellt.

***

Russle schüttelte leicht den Kopf. Einmal abgesehen davon, dass Krapp den Zugang zum Internet nicht nutzte, was nur wieder seine Systemtreue bewies, so glaubte er wirklich an das, was er da tat. Kein Agent glaubte an das, was er tat, er tat es und erhielt seine Privilegien. Krapp aber meinte tatsächlich, die Kontrolle des Volkes helfe den Frieden zu erhalten. Was für ein Idiot. In seinem Bericht schrieb Russle es natürlich sehr viel freundlicher. Er ließ auch den Gedanken aus, dass nun seit über einhundert Jahren die Telekommunikation überwacht und gespeichert wurde und bisher kein einziges Mal ein wirklicher Sinn dabei herausgekommen war. Einzig Macht wurde gewonnen, Macht des Einzelnen, der etwas über den anderen wusste, wenn dieser etwas verbarg. Auch die Partei hatte bei der Ausweitung dieser Maßnahmen nur dieses eine Ziel im Sinn. Russle dachte darüber nach, ein wenig zu schlafen und dem Computer alles zu überlassen. Es würde heute noch ein langer Tag werden.

***

Krapp schaute auf die Zeitanzeige seines Terminplaners. Gegen neun Uhr hatten sich einige Bewerber für seine Abteilung angemeldet. Die Termine hatte noch sein Vorgänger gemacht, doch nun nahm er sie entgegen. Die erste wirklich wichtige Aufgabe des heutigen Tages. Er blickte kurz über den Schreibtisch durch die Glasscheibe und konnte bereits vier von den angekündigten sieben Bewerbern ausmachen. Er nahm das *Spiegel-Bild* aus seiner Tasche und legte es gut sichtbar zwischen den vier Monitoren zurecht. Um dem Schauspiel die Krone aufzusetzen, öffnete er seinen Aktenkoffer, entnahm einen Bilderrahmen, in den eine junge Frau gefasst war, die er selbst aus einer alten Illustrierten ausgeschnitten hatte. Den Rahmen positionierte er neben den beiden rechten Bildschirmen.

Einen Augenblick verharrte er auf dem Bild der schönen Unbekannten und wünschte sich innerlich nichts mehr als eine echte Frau an seiner Seite. Aber er hatte sich für die Karriere entschieden. Seufzend legte er einen schwarzen Kugelschreiber mit goldener Aufschrift einer Fremdfirma direkt daneben. Wenn schon, denn schon.

Ein Klick auf den grünen Indikator auf seinem Schirm erlaubte es, den ersten jungen Mann eintreten zu lassen. In einem steingrauen Anzug und mit unaufdringlicher, ja geradezu klassischer Frisur, die locker vor seinen Augen hing und ihm ein überdurchschnittlich junges Äußeres gab, ging dieser zielstrebig die wenigen Schritte an den Schreibtisch und reichte Thomas auffordernd die Hand, die dieser jedoch getrost ignorierte, indem er auf den bequemen Stuhl vor seinem Schreibtisch deutete. »Setzen Sie sich.«

Jetzt war er am Drücker. Endlich! Mit einem geduldigen Klicken auf die Bewerbungsunterlagen erschienen auf seinen Kristallmonitoren alle Informationen. »Jonas Kunert, einundzwanzig Jahre … «, begann er zu lesen. Seine Augen wanderten kurz auf die digitale im Tisch integrierte Tastatur unter seinen Händen, dann auf das Spiegel-Bild. Der gestern Verurteilte hatte dasselbe Alter. Erschreckend, wie jung Terroristen heutzutage schon waren.

Der junge Mann ihm gegenüber konnte seine eigenen Unterlagen spiegelverkehrt sehen, wusste genau, welche Passagen der Bewerbung gerade von dem sehr viel älter wirkenden Mann ihm gegenüber in Augenschein genommen wurden. »Sie haben studiert«, bemerkte dieser gerade und richtete seine Augen nun auf ihn.

»Ja, ich habe Literaturwissenschaften und Soziologie studiert«, antwortete er prompt.

»Hier steht, in der Schule waren Sie an wissenschaftlichen Gebieten interessiert. Ein geheimer Club im Keller des Schulgebäudes. Wie erklären Sie mir nun den Wandel zur Soziologie?«

Der junge Mann räusperte sich verlegen. »Meine Lehrer legten uns damals nahe, dass es sich nicht gut macht, wenn man sich zu sehr den Wissenschaften wie Biologie und Chemie widmet.«

Krapp lächelte. In den Unterlagen hatte es keinen Hinweis gegeben, welche Bereiche den damals jungen Jonas interessiert hatten. Nun war er um eine Information reicher – die Akte ebenfalls. »Nun, da hatten ihre Lehrer wohl recht«, setzte er an und blickte beiläufig auf die Unterlagen, »denn ich suche sicher keinen Besserwisser, der meint, Dinge zu verstehen, die ein Normalbürger nicht wissen darf. Einen Guten Tag, Herr Kunert. Gott sei mit Ihnen.«
Der junge Mann sah verblüfft auf, hielt sich zurück, nicht aus seinem Stuhl zu springen. »Das war in der fünften Klasse … Ich habe nur …«
Thomas lachte. »In der Fünften, ja? Wie alt waren Sie? Zwölf? Da sollten Sie bereits gelernt haben, wovon man besser die Finger lässt!«

***

Russle schrieb in seinen Notizen das Wort »Idiot«. Etwas anderes fiel ihm nicht ein. Dann überlegte er kurz, löschte das Wort und schrieb etwas ausführlicher, in welcher Form Krapp ein Idiot war. »Ein systemtreuer Mann an sicherer Position. Ohne Potenzial.« Russle dachte darüber nach, einen Antrag auf Aufhebung des Auftrages zu stellen. Auf den Displays nickte Jonas Kunert dem unter Beobachtung Stehenden zu und stand auf. Russle drang kurz in seinen Kopf ein, mehr aus Interesse. Jonas war irgendwie interessanter als sein Auftrag. Dieser blickte gerade auf die spiegelverkehrten Informationen auf der Rückseite der Monitore, die er dieser Firma freiwillig überlassen hatte und wünschte, er könnte den Inhalt seiner Bewerbungen beeinflussen. Krapp speicherte sie gerade zu allem Übel zum

Weiterverwerten ab. »Sie dürfen nun gehen. Schicken Sie doch bitte den nächsten rein!«

Russle seufzte, »Ist ›Arschloch sein‹ am Ende Teil des Potenzials?«

Der verprellte Bewerber verließ das kleine Büro und gab den Weg für den nächsten frei. Dieser war weder so gut gekleidet wie sein Vorgänger noch ging er sonderlich selbstsicher auf den Schreibtisch zu. Auch seine leicht rundliche Körperform ließ zu wünschen übrig.

Thomas bot ihm ebenfalls einen Platz an und verfolgte den Datenlauf, den der Computer auf den Monitor projizierte.

»Marco Frick, vierundzwanzig Jahre.«
Der Mann nickte zustimmend.

»Sie haben einmal bei der Telekommunikation gearbeitet, sehr schön«, erkannte Thomas.

»Ja, ich war allerdings nur zwei Jahre in der Technik; Leitungen zuschalten, abschalten, freigeben, den ganzen Spaß halt.«
Thomas nickte wissend.

»Grundschulbildung bis zur achten Klasse und eine Ausbildung zum Telefontechniker, sehr schön, wirklich schön.« Er hatte seinen Kandidaten gefunden.

»Haben Sie einen Internetanschluss in ihrer Wohnung?«
Marco lachte verächtlich auf. »Sicher nicht. Zu denen gehöre ich nicht. Meiner Meinung nach alles Lügenbürger und Verbrecher.«

»Ja, deswegen sind wir auch heute hier«, seufzte Thomas und scrollte durch die privaten Informationen, die der Staat bisher über ›seinen‹ Marco gesammelt hatte. Ein kleiner Eintrag aber brachte das positive Bild plötzlich ins Wanken. »Sie nehmen noch …« Thomas räusperte sich, blickte auf die Kamera in der Ecke seines Büros und

begann den Satz anders. »Ich sehe, Sie haben gestern Ihre Rechnung für die Vitalschutzmedikamente eingelöst.«
Marco lächelte leicht. »Ja, der Hausarzt meiner Eltern verschrieb es mir vor etwa sieben Jahren. Ich bekam mein AC-K immer umsonst. Aber seit es nun jeder bekommt, muss ich die Hälfte zuzahlen.«
»Ja, das kenn ich. Nun, es tut mir leid, aber die Stelle ist leider schon vergeben.«
Marco stutzte. »Sie ... sie ist vergeben?«
Thomas zögerte leicht. »Ja, wissen Sie, der junge Mann eben ...«
Marco blickte sich zur Tür um. »Der sah aber nicht zufrieden aus.«
»Er hatte es eilig ... Ein dringender Anruf.«
»Aber wieso bin ich dann ... ?«, wollte er wissen und deutete auf die unmittelbare Umgebung.
»Ihre Unterlagen sind wirklich hervorragend, ich wollte einen so idealen Mann kennenlernen und ich rate Ihnen, bewerben Sie sich in anderen Abteilungen. Sie sind für eine Stelle in dieser Firma geradezu vorgesehen, nur leider nicht mehr hier.«
Marco schien zufrieden. »In Ordnung, ich danke Ihnen.«
Thomas blinzelte ihn an. »Ich speichere Ihre Daten für die anderen Abteilungen, lassen Sie sich unten in der Lobby gleich für alle offenen Stellen im Haus einschreiben.«
»Das mache ich, danke. Gott sei mit Ihnen.«
Marco stand auf, reichte seine Hand über den Tisch, um sich zu verabschieden. Nur zögerlich nahm Thomas sie entgegen, brabbelte die Erwiderungsfloskel zum Abschied und löste sich eilig von Marcos herzhaftem Griff. Kaum dass dieser den Raum verlassen hatte, stand Thomas eilig auf und wusch sich gründlich die Hände. »Das hätte mir noch gefehlt, ein Perverser in meiner Abteilung«, murmelte er säuerlich und hielt seine Hände unter den Trockner.

***

Russle wollte schon wieder nur »Idiot« schreiben. Am liebsten eine ganze Spalte, voll mit diesem einen Wort. Bereits heute Morgen mochte er die Vorstellung nicht, Krapp als möglichen Partner zugeteilt zu bekommen. Inzwischen aber wollte er nur noch diesen Auftrag hier hinschmeißen. Verdammt, dieser Mann war ein sagenhaft dummer Mensch. Da draußen gab es weit gerissenere Kerle, die es besser machten und auch besser verdienten. Wie zum Beispiel dieser Marco ›nochwas‹. Russle machte sich eine Notiz, diesen Mann im Auge zu behalten. Er würde vermutlich vorschlagen, ihn umerziehen zu lassen, damit es ihm künftig besser ergehe. Jedenfalls für einen in der dritten Klasse. Russle selbst würde noch immer lieber das AC-K5 nehmen, auch wenn es ihn ein Stück weit kaputt machte. Er verfluchte den Tag, an dem Christian ihn vor die Wahl gestellt und sogar ein wenig zur Therapie gedrängt hatte. Er hätte dieses Gift wählen sollen, schon allein deshalb, weil er es heimlich hätte absetzen können, und wenn nur für eine Woche. Dann hätte er wenigstens ein paar Mal seinen inneren Drang befriedigen können, aber so, wie es jetzt war? Männer regten ihn heute nicht mehr an. Mehr noch, er fühlte sich förmlich abgestoßen. Frauen hingegen befriedigten ihn nicht mehr als seine rechte Hand, manchmal sogar schlechter. Auch die Liebe hatte er bis heute nicht wiedergefunden ... Russle schluckte und prüfte mit seinen Gedanken die Umgebung. Wenn er wirklich beschattet wurde, dann war das jetzt sein sofortiges Ende. Er wartete. Zwei Minuten, zehn Minuten. Nichts geschah und er entspannte sich wieder.

Sexualität war verboten, daran musste man sich erst einmal gewöhnen – jedenfalls bis man zweiundzwanzig war und zur Fruchtakademie zugelassen wurde, wo die Propaganda entstand, dass AC-K5 zum Schutz aller war und niemand benachteiligt wurde, denn schließlich wurden die Menschen in den kirchlich geführten Akademien sorgfältig aufgeklärt und vorsichtig an das Thema Sexualität herangeführt.

Im Vorfeld wurden alle registrierten Bürger genetisch untersucht und einzig allein normal heterosexuelle Menschen erhielten dann die Genehmigung, die Akademie zu besuchen – ja, gar erst von ihrer zusätzlichen Funktion zu erfahren. Menschen wie Marco mussten bis zu ihrem Lebensende das AC-K5 nehmen, aber auch einige Freiwillige zogen die Einnahme der Schutzmedikamente vor, anstatt sich am Sex zu vergehen.

Teil der Propaganda war es auch, zu erklären, dass nicht jeder ausgewählt wurde und diese Entscheidung Gott getroffen hatte. Dass Sexualität einst vielseitig gewesen war, wurde dabei unterschlagen. Es gab nur einen Grund für den Akt der Fortpflanzung und nur diesen durfte es geben. Die Fruchtakademie war ein Pulverfass, das wusste jeder, der wie Russle die Wahrheit kannte. Um dem ein wenig entgegenzuwirken, stand es für jeden unter Strafe, öffentlich über die volle biologische Funktion der Geschlechtsorgane zu sprechen und gegenüber Menschen, die nicht zugelassen waren, Details der Fruchtakademie zu erwähnen. Ebenso war es verboten, das Medikament abzusetzen oder sich einem sexuellen Akt hinzugeben, der nicht der Fortpflanzung diente. Die Idee dazu kam direkt aus dem Vatikan, der mitunter der NCP auftrug, entsprechende Gesetze zu erlassen. Die Herrschenden dieser Partei und ihre damaligen Koalitionspartner folgten diesem Wunsch nur zu gern. Über ein Jahrhundert lang hatten die Politiker dieser Welt mit energischem Pochen auf christliche Werte versucht, Zucht, Ordnung und Moral wieder standhaft in die Gesellschaft einzugliedern und letztendlich schaffte sie es vollkommen allein. Es war ähnlich wie mit der stark reduzierten Bildung am Volk vor mehr als vierzig Jahren. Inzwischen war das meiste Wissen verboten, was die Denkweisen der Menschen grundlegend änderte. Als Ergebnis gab es einen noch stärkeren Zulauf in die Religion. Was für ein System!

***

Krapp setzte sich wieder an den Schreibtisch und blickte auf die Überweisung an den staatlichen Pharmakonzern. Widerlich, dachte er bei sich und war Gott dankbar, dass es dieses Medikament gab. Oder aber Gott sei dankbar!

Er klickte wieder auf den grünen Button an seinem Monitor und der dritte Bewerber wurde vorgelassen. Auch dieser Kandidat schien nicht wirklich geeignet. Zwar hatte er weder studiert noch wurde ihm die Fruchtakademie verweigert, er war sogar systemtechnisch stark interessiert und dieses Interesse hatte Thomas stutzig gemacht, denn der Bewerber hatte mehrmals auf das *Spiegel-Bild* geblickt. Wie es schien, war sein Systeminteresse nicht ganz so ehrlich wie angegeben, denn sonst hätte er bereits gewusst, was im Blatt stand. Er wies den Mann ab und meldete seinen Verdacht der Sicherheitsabteilung.

Thomas gab auf, nachdem er alle Bewerber abgewiesen, zu Mittag gegessen und mit einem Kollegen über Marco Frick gesprochen hatte. Er bereute nun seine Entscheidung, diesen Kandidaten ziehen gelassen zu haben. Selbst wenn er ein potenzieller Sexualstraftäter oder gar ein Homosexueller war - solange er die Medikamente nahm, war er ein wertvolles Mitglied der Gesellschaft. Thomas würde ihn wohl anschreiben und erneut einladen.

Es folgten am Nachmittag weitere Mailkontrollen, die auch hier wieder zum größten Teil zugelassen wurden. Kein Bürger wagte es heutzutage noch, straftätlich auszulegenden Aktivitäten nachzugehen. Andere hingegen legten es geradezu darauf an, aber diese schrieben in der Regel keine E-Mails. Sie unterhielten sich in abgeschirmten Chaträumen. Natürlich waren Chaträume illegal, egal ob abgeschirmt oder nicht. Im Regelfall wurden offene Chaträume nur beobachtet, nie geschlossen, denn die Informationen, die man dort sammelte, waren unbezahlbar. Jede Firma leckte sich die Finger danach und da jedes große Unternehmen ein Mitglied der Regierung stellte und dieses Mitglied direkt bezahlte, war es für die ›Wahl‹ äußerst wichtig, alles zu wissen. Gerade, wenn es darum ging, den eigenen Kandidaten zum Bundeskanzler zu machen, der dann wiederum Gesetze formen konnte, die der eigenen Firma zu Gute kamen oder gar Firmen wie die Netzwache erst erschufen. Bisher galt die goldene Regel, umso reicher ein Unternehmen, umso stärker der Kandidat.

***

Russle gähnte.
Er lass die Gedanken Krapps und seufzte. Sicher, jede Firma stellte ihren Kandidaten, so war es seit fast einhundert Jahren, aber die NCP war die einzige, die ›*Trakker*‹ hatte und so in die Köpfe der Menschen schauen konnte. Um ihre politische Macht zu erhalten, nutzte sie die, die sie ein Gottesgeschenk nannte. Russle wusste es natürlich besser; es waren verdammte Außerirdische, die dieses elende Zeug den Menschen brachten. Als damals bekannt geworden war, dass es Außerirdische gab, war ein halbes Chaos ausgebrochen, wider Erwarten jedoch ein positives. Jeder wollte wissen, wie diese Außerirdischen so waren. Obwohl die Lehren Gottes immer sagten, dass der Herr die Erde eigens für seine einmaligen Kreaturen geschaffen hatte und jeder Einzelne auf der Erde jemand ›Besseres‹ war, akzeptierten die meisten, dass es Außerirdische gab. Kaum einer begriff, dass die pure Existenz einer weiteren Zivilisation jedem Menschen seinen Status nahm, das höchste Wesen direkt nach Gott selbst zu sein. Vielleicht schuldete dies der Tatsache, dass noch niemand diesen Aliens live gegenübergestanden hatte; die Entfernungen im All waren einfach zu groß. Aber es gab eine Art Postver-

sand … Dieser wurde noch im Jahr des ersten Kontakts
etabliert – es war dasselbe Jahr, in welchem Christian
seinen Unfall hatte.

Er deutete einmal an, dass alles im Zusammenhang
stand. Russle hatte nachgefragt, aber keine Antwort
erhalten. Er wusste nur so viel, dass auch Christians Vater
damit zu tun hatte, von Anfang an, und dass dieser eine
Mann die Geschichte der Menschheit gewandelt hatte.
Russle glaubte das nicht so ganz. Wie konnte ein einzelner
Mann schon so etwas Gewaltiges auslösen?

***

Nachdem Thomas' Arbeitszeit abgelaufen war, durfte er das
Gebäude wieder verlassen. Er verabschiedete sich beim
Wachpersonal, ging über die inzwischen wieder menschen-
leeren Straßen hinüber in den Supermarkt vor dem Eingang
zur U-Bahn. Als er durch die Regale streifte, nahm er sein
›Mobile-CP-T7‹ aus der Tasche und verband sich mit
seinem Wohnungscomputer. Das System erkannte, wo er
war und gab ohne Aufforderung die Einkaufsliste frei. Auf
der Liste stand nicht viel; Rasierwasser, Zahnseide, (das
Mundwasser war ihm einfach nicht geheuer) und neue
Kugelschreiberminen für die Arbeit, ein Toilettenerfrischer
und Spülmittel. Auch Brot, Obst und Wurst standen auf der
Liste, doch darauf hatte er gerade keinen Appetit.
Stattdessen nahm er sich eine große Pizza und für den
Abend etwas Cola und eine Tüte Chips. Er würde sich
heute Abend aus der Filmbibliothek einen schönen Film
aussuchen. Mit Vorfreude auf Pizza, einen Film und einen
entspannenden Abend machte er sich auf den Weg zur
Kasse, wo er mit Daumenabdruck bezahlte. Rein technisch
konnte man auch durch den RFID-XT-Chip bezahlen, aber
den Menschen war es lieber, an den Kassen etwas zu tun.
Bargeld war schon lange verboten – fast jedenfalls. Für
Bürger der zweiten Klasse war es erlaubt, für maximal vier

Wochen einhundert Euro Barvermögen im eigenen Besitz zu haben. Dieses Geld durfte bei der Bank beantragt werden und wurde gegen eine Gebühr und eine schriftlichen Erklärung, wozu das Bargeld gedacht sei, herausgegeben. Nach vier Wochen musste man den Restbetrag gegen eine weitere Gebühr zurückgeben und nachweisen, wo das ausgegebene Geld geblieben war. Nur so konnte man den illegalen Kauf von Waffen, Drogen oder gar Kondomen verhindern. Krapp wusste, dass der Geldtausch lange vor seiner Zeit eine Art Bestätigung, ein Einverständnis für den Handel gewesen war.

Um dies beizubehalten, erfand man nachträglich das Bezahlsystem mit dem Daumen, auch wenn man dies inzwischen schon fast nebensächlich vollzog.
Als Thomas gerade das Geschäft verlassen wollte, hielten ihn zwei Beamte der Volkswacht an der Tür auf und eskortierten ihn ohne irgendeine Erklärungen ins ansässige Büro direkt neben dem Supermarkt, wo sie schweigend seine Sachen durchsuchten und letztendlich einfach fragten, was er mit den Kugelschreiberminen vorhabe.

Ungläubig und die Situation irgendwie von außerhalb betrachtend erklärte Thomas den beiden Wächtern folgsam, dass er die Minen für die Arbeit brauche. Der größere der beiden schlug Thomas ins Gesicht, brüllte ihn an, ihn nicht zu verarschen, während der zweite ruppig den Chip in Thomas Nacken prüfte und auf das Display des kleinen schwarzen Gerätes schaute. »Thomas Krapp, Sie sind heute bereits zweimal auffällig geworden. Treiben Sie es nicht zu weit, also: Wofür brauchen Sie diese Minen?«

Zögerlich und leicht zitternd erkläre er nun, dass er sie benutze, um sich unterwegs Notizen zu machen und mit rot vor Scham werdendem Gesicht gestand er, dass er Kreuzworträtsel auf der Toilette zu lösen versuchte.

***

Russle sah sich das Treiben eine Weile an. In seinem Kopf bezeichnete er die Beamten als Arschlöscher und hoffte irgendwie, dass sie es gehört hatten. Auch wenn Krapp ein Idiot war, alles sollte er nun auch nicht mitmachen müssen. Er rieb sich die Augen und schüttelte den Kopf. Über sein Tastenfeld rief er die Zentrale an. In kurzen Worten sendete er ein ›Epsilon3‹. Es gab unzählige interne Codes mit einem Buchstaben, der den Betreff darstellte und einer Zahl als direkte Handlung mit dem ersten Code. ›Epsilon‹ stand in dem Fall für ›*observiertes Objekt*‹ und die Drei sagte nicht mehr als ›*freilassen*‹. Aufgrund des Systems in der Zentrale wusste man sofort, wer das Objekt war, wer der Agent war und konnte innerhalb von Sekunden handeln.

***

Noch ein Schlag! Krapps Nase blutete, dabei spürte er den Schmerz kaum. Das Schleudern seines Kopfes war viel kraftvoller. Die Beamten lachten und erklärten in Kleinkindersprache, dass für Notizen PCPs zuständig seien. Krapp konnte sich bisher kein PCP leisten, zumal man sich mit einem solchen Gerät grundsätzlich verdächtig macht.

»Und in deinem Job sollst du arbeiten und nicht scheißen!«, brüllte der Größere, als der zweite gerade den ›Epsilon3‹ aus der Zentrale über sein eigenes PCP erhielt. Sein Blick und seine Hand hielten seinen Kollegen davon ab, Krapp ein weiteres Mal zu schlagen. Mit dem Kopf winkte er ihn zu sich. In der Ecke des Büros flüsterten sie, Krapp konnte nichts verstehen, wollte auch nichts verstehen. Der größere der beiden Uniformierten räusperte sich. »Na schön.«

Er sah kurz seinen Kollegen an, dann wieder Krapp. »Eines noch …« Sie forderten Krapp auf, sich auszuziehen, um bei ihm eine schnelle und intime Leibesvisitation durchzuführen. Danach ließen sie ihr Opfer gehen. Die Minen wurden allerdings beschlagnahmt und eine Nachricht an die Netzagentur vorbereitet.

Krapp wusste, dass ihm eine Strafanzeige sicher war. Es war die vierte in diesem Monat, aber er war nun Teil des Systems, was sollte also passieren? Er betete innerlich zu Gott, er möge ihn schützen, war er doch eines seiner ergebensten Schäfchen. Ein kleiner Funke in seinem Kopf ließ ihn zweifeln, als er Revue passieren ließ, was heute alles geschehen war. Er war ein Drittklassengeborener und hatte sich mit viel Fleiß und viel Herzeleid in die zweite Klasse hochgearbeitet. Aber das System behandelte ihn nach wie vor wie einen Verdächtigen. Auf der anderen Seite, das *Spiegel-Bild* hatte es immer wieder betont, wusste jeder, dass die Sicherheitsvorkehrungen in derartigen Ausmaßen erhalten werden mussten, solange es böse Menschen, Terroristen und Lügenbürger auf der Erde gab. Die U-Bahn fuhr ein und er ließ sich auf einen der Sitze sinken. Er seufzte und überlegte, wie man diese bösen Menschen loswerden konnte, ohne selbst böse zu werden. Er wünschte, es gäbe eine Lösung.

***

Russle befand sich bereits auf dem Weg zu Krapps Wohnung. Er konnte seine Gedanken nicht lesen, nicht nur weil er zu weit weg war, sondern weil das LCD kaum noch wirkte. Er würde sich heute keine weitere Dosis gönnen. Er wollte nur noch sicherstellen, dass Krapp in seiner Wohnung ankam und er den Auftrag beenden konnte. Auf dem Display sah er Krapp in der U-Bahn sitzen. Seine blutende Nase, sein verschmutzter Mantel, sein gebrochener Stolz, nichts schien ihn zu kümmern. Wie ein Zombie starrte er auf den Schirm der U-Bahn.

Der U-Bahn-Infoschirm zeigte gerade die neusten Schlagzeilen aus aller Welt. Thomas Krapp konnte nicht glauben, was er da sah. Als hätte Gott persönlich seinen Wunsch gehört, ging dieser soeben in Erfüllung. In einem kurzen Artikel beschrieb der Infoschirm, wie die amerikanischen Freiheitskrieger im gerade befreiten Indien alle Hindu in Hunderte von alten Transportraumschiffen drängten, welche seit Jahrzehnten ohne eine Verwendung auf dem Mars herumstanden. Andere Bilder zeigten ähnliche Szenen in weiteren Ländern. Buddhisten, Muslime, Juden, Indianer – jeder, der einem falschen Gott folgte, wurde ab dem heutigen Tag deportiert. In den Medien hieß es unter dem Getöse von Fanfaren, dass damit der längste Krieg der Menschheitsgeschichte beendet wurde.

    Krapp wusste nicht genau, was dies bedeutete, aber er hoffte, dass nun, wo die falschen Religiösen verschwanden, die Zeiten besser wurden, auch für ihn.
Als er an der Tür zu seinem Wohnblock ankam, war die Ausgangssperre bereits aktiv und ließ sich nicht ohne Weiteres mehr öffnen. Mit dem Auflegen seines Daumenabdrucks wurde direkt und vollkommen automatisch die Volkswacht alarmiert, die nur wenige Minuten später auch eintraf. *Bald wird dies ein Ende haben*, rief er sich in den Kopf. Beinahe der Verzweiflung nah erklärte Thomas Krapp den Beamten die Sachlage und die Wächter waren sogar ungewöhnlich milde, da sie anhand ihrer Computer erkannten, dass er die Wahrheit sagte. Vermutlich hatten sie auch gerade die Nachrichten gehört. Jeder Systemanhänger musste gute Laune haben! Weder gab es Schläge noch einen Besuch auf dem Revier. Der Verstoß gegen das Ausgehverbot wurde aufgenommen und unter Beobachtung der Volkswacht konnte er seine kleine Wohnung schließlich betreten, die ihn freundlich mit dem Satz »Herr Krapp, es ist 22:58. Sie sind nun zu Hause. Morgen ab 7:30 wird es Ihnen wieder gestattet sein, Ihre Wohnung zu verlassen«, begrüßte.

Die Beamten ließen es sich nicht nehmen, einmal in das Zimmer zu blicken. Flüchtig begutachteten sie das in der Mitte des Raumes befindliche Bett, den an der Wand hängenden Fernseher und die jeweils links und rechts davon befindlichen Türen zum Bad und zur Küche. Neben der Haustür stand ein Kleiderschrank, den sie nicht einmal öffneten. Einer der beiden Männer fand es zwar merkwürdig, dass es keine Vorhänge gab, aber dann verabschiedete er sich und ließ Thomas endlich allein.

Gott hatte ihn erhört, wieder einmal.

Und nochmal ein ›*Epsilon3*‹. Russle hatte die Nachricht diesmal sofort abgeschickt, ehe die Volkswacht bei Krapp angekommen war. Er empfand irgendwie Mitleid, dabei war er sich verdammt sicher, dass Krapp niemals so empfinden würde. Dazu war er einfach zu dumm. Auf den Schirmen beobachtete er ihn noch eine Weile. In seinen Händen hielt er die vierte LCD-Injektion. Sollte er sie doch benutzen? Nicht wegen Krapp, er hatte genug gesehen. Möglicherweise hatte ja jemand in diesem Block Sex, das wäre schon schön, echte Befriedigung zu erfahren.

Erschöpft saß Krapp auf seinem Bett und blickte zum Fernseher, aktivierte das Gerät und wählte sich aus den Sonderangeboten den von einer ›Top-Jury‹ empfohlenen Film, den er kurzerhand für einen Zuschauer bestellte und sofort sehen konnte. Im Vorfeld jedoch wurde noch einmal darauf hingewiesen, dass es strengstens untersagt war, diesen Film zusammen mit einer Person zu schauen, die ihn nicht bezahlt hatte. Hinzu erklärte er sich mit dem Kauf der einmaligen Genehmigung damit einverstanden, dass er die folgenden Inhalte nicht abfilmen, abfotografieren, Zitate daraus verwenden oder gar jemandem davon erzählen durfte, außer im Rahmen werbemäßiger Kaufanregungen. Im Anschluss prüfte der Scanner des TV-Gerätes noch, ob sich vielleicht doch eine zweite Person im Zimmer aufhielt.

Die Werbung begann nun zu spielen, bewarb neuste Produkte, das Programm der NCP und betonte nochmals, dass das National Christliche Parteiprogramm jedem rechtschaffenen und gläubigen Bürger letztendlich zu Gute kam. Thomas nutzte die Gelegenheit, die Pizza in seiner Nanowelle warm zu machen und sich ein Glas zu holen. Das Bild im TV stoppte, als er den Wohnraum verließ. Thomas war beeindruckt. Der Film griff auf die Bewegungssensoren in seinem Wohnraum zu, so konnte er also jederzeit aufstehen und verpasste wirklich nichts. Nachdem er sich wieder gesetzt hatte, seine Pizza herunterschlang, ging die Werbung weiter. Noch während der Hauptfilm über den Plasmaschirm flimmerte, schlief Thomas ein und träumte von morgen.

Russle deaktivierte die Schirme. Sein Auftrag war beendet. Krapp war ein Idiot. Ein perfekter Bürger aber ganz sicher kein Agent. Er legte die LCD-Spritze an seinen Hals und injizierte sich die Droge. Kaum dass er die erste Wirkung spürte, errichtete er um sich eine mentale Mauer, danach streckte er seine Gedanken über die Umgebung aus …

Ende

Glossar
(Auszug)

'38 Beschluss':
   2038 beschließen alle verbliebenen »Atom-Nationen«, binnen der kommenden vierzig Jahre die letzten Atommeiler abzuschalten.
   2078 fährt Indien den letzten noch laufenden Reaktor herunter.

AAXO:
   2028 treffen sich die führenden Köpfe der Weltraumbehörden CNSA, JAXA und ISRO um den Finanzhaushalt zu diskutieren. Nach wie vor verweigert die USA China die direkte Mitwirkung a den ESA/NASA-projekten. Aufgrund dieser beschließen China, Japan und Indien ein gemeinsam finanziertes Projekt: Die *Asian Aerospace Exploration Organisation*.

AC-K5:
   Androcur 5000 mit dem Progesteron-Derivat Cyproteron.
   Entwickelt im Jahre 2125 auf Antenor im Zusammenhang mit der Fruchtbarkeitsakademie zur christlich kontrollierten „Sauberkeit des Geistes". Anti-Hormonelles „Schutzmedikament" für Jungen und Männer zwischen dem siebenten und zweiundzwanzigsten Lebens Jahr zur Unterdrückung der Sexualität.
   Mädchen und Frauen erhalten AC-K5/F, das weitestgehend die Beschneidung von jungen Mädchen abgelöst hat

Camon, Kyan: (2013 - xxx)
   Erfinder des Sprungsystems sowie moderner Sublichtantriebe. Erdenbürger, arbeitete beim Kolonialprojekt von 2050 mit.

Chadov, Kostya: (1994 - xxx)
   Erfinder des Kälteschlafsystems und Mitbegründer der Sherman-Stiftung, welche er 2081 als alleinige Inhaber übernimmt. Nach dem Unfall der zweiten Kolonialflotte 2085 hält er das Unternehmen durch einen Handel mit dem Energiekonzern Pandion [...] in Betrieb.

Chase, Martin Professor, Doktor: (2018 -2085)
   Hat direkte Beteiligung an der Entwicklung des Kälteschlafsystem im Jahre 2046. Seit 2058 Mitarbeiter der Sherman-stiftung. Seine Söhne wurden von ihrer Geburt an auf das Kolonialprojekt vorbereitet. Seine Ehefrau starb sieben Jahre nach dem Start bei dem Versuch, das Kälteschlafsystem weiter zu optimieren.
   Chase wurde am Neunzehnten Juli 2085 in Red City ermordet.

Chrysador:
   Die erste Kolonie der Erde und dritter Planet des gleichnamigen Systems. Hier wurde das Chrys entdeckt und bis heute abgebaut. Das System steht unter 100% Kontrolle der Erdregierung.

Chrys:
Ein, von einem auf Kohlenstoff basierender Pilz produzierter Kristall, zum Schutz vor Hitze und Licht. Der Kristall nimmt enorme Mengen an Energie auf, welche sich entladen, wenn der Kristall (durch einen Kationenbeschuss) zerstört wird. Der Pilz vereinte sich mit dem zweiten Planeten des Chrysador-Systems.

ErASA:
2034 schließen sich ESA und Roskosmos zu einem gemeinsamen Programm zusammen. (Auslöser war die Gründung der AAXO) In Kooperation mit der NASA wird »Zero City« geplant und umgesetzt, an der wenig später auf Druck der ErASA auch die AAXO beteiligt ist.

Galileische Monde - Io, Europa, Ganymed und Kallisto.
Nach der Kolonisierung des Mars teilten sich die Weltraumbehörden AAXO, NASA und ErASA die galileischen Monde auf. Für AAXO war Kallisto vorgesehen. ErASA steuerte Europa an und die NASA den Mond Ganymed. Die unerwartet hohen Kosten ließen bereits 2072 AAXO *(noch vor der Landung)* das Projekt verlassen. Die NASA verwarf die Titanmission, übernahm Kallisto bis 2101 und verkaufte 2114 die Kolonie an die AAXO, welche in einem zweiten Anlauf 2112 Titan kolonisierte. Ein Unfall zerstört 2116 die Kolonie und ruinierte AAXO. Ganymed, Europa und Kallisto sind bis heute belebt.

Gravopulser:
Ein im Jahre 2044 von M. Sherman entwickelter Generator, der ein starkes Gravitationsfeld erzeugt und Schiffe primär vor Kleinstteilchen und Strahlung schützt. Eine größere Version dieser Anlage befindet sich in der Marskolonie auf jeder der zehn Kuppeln.

Hypercom:
Überlichtfunksignale, entwickelt von den I'To. Hochenergetisch geladene Gravitonsignale werden über Satelliten und Funknetzwerk durch einen für die Botschaft geschaffenen „Tunnel" geschossen.

Implantat:
Elektronische Verbesserungen, die einige Menschen aufgrund ihrer Genetik benutzen können um leistungsfähiger zu werden.

Irakistan:
Muslimisch/demokratischer Staat auf der Erde von 2040 bis 2140. Nach den Kriegen der USA anfangs des 21sten Jahrhunderts gegen die Islamische Welt wurden der Irak und Afghanistan annektiert. 2038 greift die USA über diese beiden Stellungen den Iran an und vernichtet diesen restlos. Aus den Ländern Syrien, Irak, (ehemals) Iran und Afghanistan wird der »geduldete« Islamische Staat Irakistan etabliert. 2064 wird nach einem mehrere Jahre an dauernder Krieg Saudi-Arabien an Irakistan angeschlossen. [...]

I'To:
> Eine Außerirdische Rasse, die den Menschen verschiedene Funktionsweise des „Chrys" zeigte und der Menschheit 2120 beweist, dass sie nicht allein im Universum ist.

Abbildung eines I'To

Kälteschlaf:
> Durch langjährige genetische Manipulation ist es möglich, Menschen unter dem 30sten Lebensjahr einzufrieren. Der Kälteschlaf kann theoretisch unendlich andauern. Nach dem Auftauen ist ein erneutes Einfrieren erst wieder möglich, wenn sieben Jahre nach dem Erwachen eine neue genetische Veränderung angewendet wurde.

Klassensystem:
> Das irdische System funktioniert seit dem Jahr 2132 in Klassen. Wobei die Erste die Regierung, Wirtschaftseliten und Befehlshaber der Systemsicherheit stellen *(etwa 5% der Bevölkerung)*.
> Die zweite Klasse besteht aus der Volkswacht, Lehrern, Systemhelfern, sowie wohlhabenden Unternehmen und Medienunternehmen zur Unterhaltung der dritten Klasse.
> *(etwa 15% der Bevölkerung)*.
> Die dritte Klasse ist das Volk. Dieses hat Steuern zu zahlen, zu konsumieren *(wählen)* und zu arbeiten. Bildung ist ihnen vorenthalten, ebenso auch politische Aktivitäten wie Parteimitgliedschaft. *(etwa 80% der Bevölkerung)*. Es ist jedem möglich, einmal im Leben um eine Klassenstufe angehoben zu werden, niemals ein zweites Mal. Der einfachste Weg ist der Dienst beim Militär, der den Sprung in die zweite Klasse garantiert.

Kolonialprojekt:
Fünf Kälteschlaff-Kolonieschiffe wurden 2070 in die Richtung fünf
bereits fernkartografierte Sonnensystemen geschickt. [...]
Der zweite Start im Jahre 2085 endete in einen Unfall, so dass es
zum dritten geplanten Start im Jahre 2100 nie gekommen war.
Da es keine verifizierten Aufzeichnungen gibt, wird viele Jahre später
von vielen angenommen, dass dieses Projekt niemals existierte.
Kolonial II-Katastrophe:
Der zweite Start im Jahre 2085 endete in einen Unfall im Jupiter.
Alle versuche, es geheim zu halten scheiterten.
LCD - Lysergchrystaldiethylamid.
Aus den Abfallstoffen des Chrys-Reinigungsverfahrens gewonnene
Droge. Durch Ionenimpulse wird der LCD-Stoff aus dem Kristall
entfernt. Im reinem Chrys bleiben negativ geladene Anionen zurück.
Die Verbindung des LCD's mit Kationen sorgt für eine Chemische
Reaktion, die einen Menschen PSI-Fähigkeiten hervrrufen kann.
LeSolda, Christian (2099 - xxx):
Erster LCD-Agent der NCP.
Durch eine Sabotage in den Pandion Forschungslaboren im Jahre
2119 erlitt C. LeSolda eine Querschnittslähmung. Er Verlor dabei
sein linkes Bein und die primären Fortpflanzungsorgane.
Er überlebte aufgrund einer Überdosis LCD. Der christlich erzogene
Mann betrachtete seinen Unfall als Weisung Gottes und stellte sich
als erster LCD-Agent im Dienst der NCP. 2121 lässt er seinen
ehemaligen Freund Noah Russle zu Heterosexualität umziehen.
2132 startet auf sein Geheiß das Bildungsverbot Stufe I.
2136 beginnt er neue Agenten zu rekrutieren – unter anderem Noah
Russle. [...]
Markus-Sherman-Stiftung:
Ein privates im Jahre 2055 ins Leben gerufenes Projekt zur
Kolonisierung des Weltraums. Siehe Markus Sherman
Mars:
Der vierte Planet im Sol-System und erste Kolonie der Menschheit
aus dem Jahre 2047, sowie Werftplanet für die Modulklasse.
Marsstunde:
Die 25ste Stunde in der Zeitrechnung mit einer Dauer von 37
Minuten. Diese Option war einfacher, als an jeder Stunde den
ungeraden Wert von 1,54 Minuten anzuhängen.
Modul-Klasse:
Primärer Schiffstyp zur Kolonisierung des Weltalls aus den Jahren
2070 - 2100.

NCP:
National Christian Party. Orthodox konservative Partei zum Erhalt moralischer Vorstellungen aus Sicht des Christentum. Bezieht sich in vielen Fällen auf das alte Testament.

Öl-Kriege:
Offizielle Bezeichnung *»Krieg gegen den Islam« (2047 – 2064)*. Resultat aus dem *»Krieg gegen den Terror« (2001 – 2045)*. Aufgrund des enorm wirtschaftlichen Aufschwungs, welchen die USA und Europa durch diese Kriege gewannen, spricht man auch von den *»Öl-Kriegen«*.

Oortsche Wolke:
Ein gigantisches Asteroidenfeld um das Sol-system.

OWE:
Optronische Wach Einheit. Automatische KI-Drohnen, die bei Verstoß gegen Gesetze eine Volkswachteinheit rufen. Kleine Delikte werden mit einen Eintrag ins Bürgerregister direkt geahndet.

Pandion:
Einziger Energiekonzern auf dem Mars. Rechtmäßiger Eigentümer der Omegatechnologie, Verwaltung des Chrys und Sponsor der NCP. Sponsor der NCP. Gegründet 2068 in Red City.

Partei, Die:
Die NCP, National Christian Party (Gegründet 2041) gewinnt 2120 überraschend die US-Wahlen. Nach und nach entlarvt sie etliche Kongressmitglieder als korrupt und kriminell und schaltet somit die politischen Gegner aus. Andere Politiker fallen Islamischen Anschlägen zum Opfer. 2124 ist die NCP mit 80% Zustimmung alleiniger Herrscher der USA. Splitterparteien der NCP bilden sich in den kommenden Jahren auf der ganzen Welt.

PCP:
Personal Computer Pad. Die Weiterentwicklung des normalen Computers als handliches Allroundgerät.

Red City:
Hauptstadt auf dem Mars. Gegründet 2065. Der einzige Ort, an dem Menschen leben.

Satz/ SE [Sprungeinheit] (Petasatz):
Militärisch für einen Raumsprung. Ein Standard, bzw Petasatz entspricht 10 Petameter (1,057 Irdische Lichtjahre) Weiterführung des metrischen Systems welches „Lichtjahr" als „Einheit" ignoriert.

Sherman, Markus (2022 - 2054)
Mitarbeiter der Nasa und Hauptinitiator des großen Detektionsprojekts für detaillierte Planetensuche. Seine bahnbrechende Ortungstechnik erlaubte es den Menschen in der Mitte des 21sten

Jahrhunderts etliche definitiv bewohnbare Welten zu entdecken.
Auf seinen Ideen hin ist das Kolonialprojekt 2070 entstanden.
Während der Etablierung des Forschungsinstitutes stirbt Sherman
bei einem Unfall. Seiner zu Gedenken wurde das Projekt nach ihm
benannt.

Surona, Ayasha (2045 bis 2138):
Mutter von Farhod Surona. [...] 2085 ermittelte sie gegen die
Sherman-stiftung, welche die Kolonial II-Katastrophe zu vertuschen
versuchte.
Zu Lebzeiten kämpfte sie auf der Erde bis zuletzt für Frauenrechte
und Gleichberechtigung.

Volkswacht:
Polizei des Erdregiems seit 2138. Es überwacht die Bevölkerung, ob
diese sich an die Gesetze hält.

Warem:
Eine Außerirdische Handelsrasse, die dem Erd-Regime gereinigtes
Chrys abkauft. Erstkontakt 2121. Es gab niemals eine Handels-
einigung mit dem Regime, sodass die Warem die einzigen freien
Händler im bekannten Raum sind.

Abbildung eines männlichen und weiblichen Warem's

Weltkrieg, dritter:
Mit Zunahme der Religion, ein propagandistisches Resultat aus dem
„Krieg gegen den Terror" (2001 – 2040) und der *„Öl-Kriege"* (2047 –
2064) die sich in muslimischen Staaten abspielten, wurden die
Forderungen für christlichen Werte unter der westlichen Bevölker-
ung stetig lauter. Muslime und verschiedene Randgruppen

wurden von vielen Seiten zu Feindbildern erklärt. Die NCP trieb diese Entwicklung seit ihr Bestehen voran und erfüllte ihre eigenen Forderungen diesbezüglich nach dem Parlamentseinzug im Jahre 2124. Die andauernden Umstrukturierungen der Partei trieb ab 2132 Gegner und Befürworter dieser Politik in teils Bürgerkriegsähnlichen Zuständen auf die Straßen. Die Weltstaaten bekämpfte geschlossen jede systemkritische Stimme - zuletzt mit Waffengewalt.

ZeroCity
Überdachte Testsiedlung von 2038 bis 2048 für die Kuppelkonstruktionen Red Citys in den Wüsten Afrikas. 10 Jahre lebten und forschten dreihundert Wissenschaftler in dieser Autarken Konstruktion, um Schwächen und Notwendigkeiten für das Leben auf dem Mars aufzudecken. Der Betrieb der Teststadt wurde nie eingestellt.

Zintok, Marek (später LeSolda) *(2053 bis 2125)*
Vater von Christian LeSolda. 2085 ermittelte sie gegen die Sherman-stiftung, welche die Kolonial II-Katastrophe zu vertuschen versuchte. Seine Ermittlungsergebnisse tragen die direkte Verantwortung an dem Ruin der Sherman-stiftung, der darauffolgenden Übernahme durch Pandion. Ebenso trägt er an der Machtergreifung der NCP im Jahre 2120 die alleinige Verantwortung. Obwohl Marek im späteren Alter aufgeschlossen wurde, verstarb er an einer Krankheit, weil er sich auf „Heilung durch Gebete" verlassen hat, anstatt ins Krankenhaus zu gehen.

Auszug historischer Abriss
(Auszug)

Die Geschichte der Erde

1994 - Kostya Chadov wird geboren
2013 - Kyan Camon wird geboren
2018 - Martin Chase wird geboren
2020 - Markus Sherman wird geboren
2025 - Russland formiert sich zu einer neuen Sowjetunion.
Kostya Chadov Forschung wird gefördert.
2026 - Für Ganymed und Kallisto werden Forschungsstationen geplant.
2027 - Abschaffung der Sozialleistungen in Europa
Welt ist ein 100% de stabiler Kapitalismus
2028 - Gipfeltreffen der Weltraumbehörden CNSA (China), JAXA(Japan) und ISRO (Indien)
2029 - Gründung der „AAXO" *(Asian Aerospace Exploration Organisation) (Ziel Kallisto und Titan)*
2030 - Afghanistan wird von den USA annektiert
2031 - „Roskosmos" und „ESA" arbeiten aufgrund des AAXO-Bündnisses enger zusammen.
2032 - Kostya Chadov verlässt Russland und tritt der britischen ESA bei
2033 - Irak wird von der NATO annektiert und wird NATO-Mitglied
2034 - 'ErASA' *(ESA und Roskosmos)* einen sich zu einem Programm. Kooperation mit AAXO.
2035 - NASA und ErASA/AAXO errichten Raumstation „Spaceport" und Zero City in der Sahara
2036 - Internationale Mondbasis »Luna1« wird begonnen.
2037 - Kostya Chadov (mit Martin Chase) hat erstmals erfolgreich einen Menschen eingefroren
2038 - Iran wird durch die USA erobert. 30 Millionen tote Zivilisten. Beschluss der Kernkraftfreien Erde.
2039 - Captain Kyan Camon wird vor dem Militärgericht unehrenhaft entlassen. Geht zur NASA.
2040 - 'Irakistan' wird gegründet (ehemals Irak, Iran, Syrien, Afghanistan) Zwangsfrieden zwischen Suni und Shia
2041 - 'Zero City' wird für 5 Jahre von 300 Wissenschaftlern besiedelt. u.a. M. Sherman und K. Camon

Aufbruch ins All

2042 - Mondbasis „Luna-1" wird besiedelt. Markus Sherman entwickelt neues Sensorensystem.
2043 – Red City wird geplant und vorbereitet.
Kriegspropaganda gegen den Islam beginnt erneut.

2044 - Markus Sherman entwickelt Graviton-Pulser.
2045 - Saudi Arabien wird von den USA aus Irakistan angegriffen.
Der Islam wird zersplittert.
2046 - K. Chadov trifft *(in Zero City)* M. Sherman und K. Camon
2047 - Auswertung Zero City, NASA/ErASA und US-Militär planen die Kolonisierung des Mars
2048 - Ersten Güter und Arbeiter werden von »Luna1« zum Mars vorgeschickt. USA haben Saudi Arabien erobert.
2049 - Marskolonieschiffe werden vom Luna-1 gestartet
Beginn Kartografierung / Sensorentest Sherman
2050 - Mars kolonisiert durch NASA, ErASA und AAXO
2051 - Erste-Kuppel wird auf dem Mars errichtet.
2052 - Pandion Corporation wird auf dem Mars gegründet.
USA bezieht Stellung
2053 - Als Reaktion auf den Islam etabliert sich auf der Erde das Christentum in den Köpfen der Menschen
2054 - Markus Sherman stirbt, als er 14 Bauarbeiter rettet.
Planung der Stationen auf Mond Ganymed wird begonnen.
2055 - Sherman-stiftung gegründet von K. Camon (42) und K. Chadov (61) teilweise Trennung vom US-Geld
2056 - Die Hauptstadtkuppel wird eröffnet - bebaut - besiedelt.
2057 - Fünf erdähnliche Planeten sind bestätigt:
Orpheus, Adonis, Demeter, Chrysador und Erawou.
2058 - Kostya Chadov(64) holt Martin Chase (40) an Board der Stiftung
US-Militär nur beratend tätig.
2059 - Werbekampanien suchen 10 000 Menschen für Kolonialprojekt
NASA baut die erste Modulklasse
2060 - Sherman stellt hunderte von Arbeiter ein, die fortan auf dem Mars leben. Zwischenhalt für Station „Ganymed", die teurer und schwere ist, als anfänglich gedacht.
2061 - Erste Marsboden-werft wird errichtet. Testflug der ersten Modulklasse durch US-Militär. Kolonisierung Ganymed durch NASA und Europa durch ErASA. Sherman kauft erste Teile Red Citys.
2062 - Die ersten 5000 mögliche Kolonisten sind gefunden
Modul-Klasse wird nun in Serie gefertigt. 30 Schiffe sind geplant
2063 - See-Kuppelkonstruktion wird begonnen.
Zivilisten mehren sich mit jeder Materiallieferung.
2064 - 'Red City' wird für Zivilisten und zusätzliche Arbeiter zugelassen.
Kolonisten Training beginnt.
2065 - Krieg Saudi Arabien - Irakistan beendet.
Muslime wird das arbeiten in „sensible Bereiche" Verboten.
2066 - Hunderte von Kolonisten kommen dazu. Ausschreibung für militärisches (NATO)Personal

2067 - Kolonial-praxistest wird erfolgreich abgeschlossen. Religiöse bilden Proteste gegen Sherman.
2068 - Marsbevölkerung liegt bei 10.000 Menschen. Parteien etablieren sich vor Ort.
2069 - Finale Prüfung, welche alle möglichen Kolonisten endgültig auswählt /NASA finanziert Start
2070 – Die ersten Fünf Kälteschlaf-Kolonieschiffe gestartet (19. August)
2071 - Irdisch christliche Proteste gegen die Kolonisierung nehmen ab. Das US-Militär verlässt den Mars
2072 - AAXO gibt Kallistopläne auf und überträgt seine Anteile an Kostya Chadov, und verlässt die Mission.
2073 - Neu orbitale Raumstation wird begonnen (Spaceport2)
2074 - Farhod Surona wird geboren NASA übernimmt AAXO-Pläne für Kallisto
2075 - Menschen fordern eine Kirche in Red City – Sherman gibt nach.
2076 - See-Kuppel wird fertig gestellt. Red City nimmt formen an. Kallisto wird von NASA-Team besiedelt.
2077 - Zweites Werft wird gebaut. Zehn weitere Modulklassen stehen bereit. Planung erweitert.
2078 - Das letzte irdische Atomkraftwerk wird abgeschaltet. Fusionskraftwerke haben übernommen.
2079 - Erster Test einer Microsingularität; 5 Monate aufgeladen = Drohne vom Mars zur Erde gesprungen.
2080 - Einwanderungswelle Mars: Werft und Mond-Versorgung gibt Arbeit / Camon geht in Rente (72)
2081 - K. Chadov (71) übernimmt geschlossen die Stiftung.
2082 - Pandion Corporation exportiert „saubere" und günstige Atom-Energie zur Erde. Beliefert Sherman-stiftung mit Reaktoren.
2083 - Sherman-stiftung erwirbt 49% der NASA-Aktien von Red Citys
2084 - 'Spaceport II' wird durch NASA vom Sherman-geld im Erdorbit vollendet. Ziel der NASA: Mond Titan.
2085 - Der zweite Kolonialflug endet in einer Katastrophe Farhod wird eingefroren
2086 - Pandion Corporation unterstützt irdische NCP / US-Behörde entzieht der NASA die Gelder - verlassen Red City
2087 - Ausbau *Red Citys* wird gestoppt. Pandion ersteigert 51% der NASA-Anteile.
2088 - Sherman kann Red City nicht mehr tragen. Nach Konkurs hoffen alle auf die 3. Kolonialflotte. Veräußerung von Schiffen an Pandion.
2089 - ErASA verkauft seine Mars-Anteile auf den offenen Markt. Pandion erwirbt alle Anteile.
2090 - Pandion *(als Hauptaktionär)* geht erstmals offensiv gegen die dritten Kolonialpläne vor.

2091 - Muslime aller Welt formieren sich vereint gegen Unterdrückung -
Christliche Gegenreaktionen im Westen.
2092 - Kolonisten für den dritten Start bleiben unerwartet aus.
103 bereits gebaute Schiffe und Module stehen bereit.
Drittes Werftanlage fertiggestellte, jedoch nicht betrieben.
2093 - Sherman bietet 50% Rabat für ärmere Menschen aus den Gettos.
Vermögende sind verprellt und stornieren ihre Plätze.
2095 - Gerade mal 800 Kolonisten stehen für den dritten Start bereit.
Kostya Chadov verhindert Übername durch Pandion.
2096 - NASA bricht die geplante Titan-Mission ab. Alle Forscher bleiben
auf Ganymed.
2098 - Kolonieschiff V erreicht „Adonis" - kontaktiert aber nicht den Mars.
Entdeckung der Regenerationstechnik.
2099 - 5 weitere Modulklassen und 40 Module sind produziert und teils
als Frachter im Sol-System im Einsatz.
2100 - Dritter geplanter Start wird durch Pandion abgebrochen.
2101 - Mond Kallisto wird evakuiert und aufgegeben.
2102 - Fünf weitere Schiffe laufen vom Band, ehe die Werften schließen.
Raumprogramm endgültig eingestellt.
2106 - Kostya Chadov stirbt im Alter von 110.
Der senile Camon stimmt der Finanzierung durch Pandion zu.
2107 - Pandion und NCP *(US)* übernehmen die Sherman-stiftung
2109 - *Ypsilon* wird entwickelt und tötet sich im selben Jahr.
Erlass des globalen KI-Gesetzes.
2112 - Mond Titan wird von AAXO-Wissenschaftlern besiedelt.
(Reaktivierung der alten Pläne)
2114 - Station auf Kallisto wird von AAXO erworben und reaktiviert.
2116 - Unfall auf Titan. Alle AAXO-Mitarbeiter sterben.
2117 - Camon stirbt im Alter von 104 Jahren
2118 - AAXO wird eingestellt. Die Menschen auf den Jupitermonden
streben Unabhängigkeit an.
2119 - Kolonieschiff III erreicht Chrysador. (16.Juli 2119)
Die Kolonie wird gegründet und Erstkontakt I'To hergestellt.

Aufstieg des Regims

2120 - Erster NCP-Wahlsieg. Internetverbot „Stufe I"
Planet Prokne wird entdeckt und durch die Erde Kolonisiert.
Die 'Modulklasse B' entwickelt
2121 - Erstkontakt Chrysadors mit den Warem durch die I'To.
2222 - Jungfernflug der Modulklasse B .
Erstbesuch des Regims auf Chrysador.

Chronologische Übersicht der Koloniewelten

Band I
    2085 - Ein kleiner Schritt
    2099 - Der Erste wird der Letzte sein

Band II
    2119 - Ein großer Schritt
    2138 – Für die Zukunft

Band III
    2143 - Ein fremder unter Millionen

Band IV
    2172 - Aus dem Paradies
    2187 - Schicksale
    2203 - Erstkontakt

Band V:
    2233 - Was wirklich zählt
    2250 - Familienbande

Band VI
    2253 - Mischka

Demeter
    2254 - 2257 - Demeter

Band VII
    2258 - Nur das Beste
    2263 - Epochen
    2264 - Schätze des Heiligen

Akina
    2264 – Akina
    2265 - Akina – Jahr II

Liebe Leserin und liebe Leser :)

Dies war das zweite Buch der Koloniewelten, welches ja eigentlich seinen Namen noch nicht ganz verdient hat. ;)
Bereits 2013 wurden die hier vorliegenden Zeilen verfasst. Die Idee hinter den Koloniewelten allgemein entwickelten sich nahezu von allein, als ich zwischen 2007 und 2014 an „Demeter" geschrieben habe. *(Der Roman hatte damals eine SEHR lange Pausenzeit ertragen müssen)*

Damals noch recht Wage in den Details, wusste ich schon früh, dass ich ein Einzelschicksal zum Tragen der Verantwortung haben wollte. Dieser jemand ist Marek LeSolda, dessen Wirken sich indirekt durch die kommenden Jahrzehnte ziehen wird.

Leider hat dieses Buch erst in der dritten Auflage einen Profi-Lektor gesehen – oder andersrum. Was ich durchaus bedauere, und hoffe, man möge es mir verzeihen. Wer darüber hinaus bemerkt hat, dass dieses hier ein wenig dünner war als das erste, dem sei gesagt, dass das dritte Buch es in sich hat – Seitenzahl, Inhalt, Lektor :D
Alles so, wie es sein soll.

Der Epilog auf Chrysador entstand im übrigen lange nach Beendigung des zweiten Romans. Ich war solange mit den offenen Schluss unzufrieden, dass ich noch einmal das künftige Wirken der NCP darstellen wollte. Ebenso ist die abschließende Kurzgeschichte nur noch einmal gedacht, die Pervertierung unserer Welt darzulegen. :P

Mit diesen Geschichten verlassen wir auch die Erde und widmen und künftig den wirklichen Koloniewelten ;)

Sollte dieses Buch gefallen haben, macht euch doch mal bemerkbar ;)

LG
Galax Acheronian

Und wer hat Schuld?

Der Galax war's!

Eigentlich wollte Galax Acheronian nie Autor werden, obwohl er es indirekt schon immer war.
Sein Kindheitstraum war es, Comics zu machen, in denen er eigene schrille Figuren eben so schrille Geschichten erleben ließ. Was er auch viele Jahre für sich allein machte.
Daraus wurden nach einem kurzen Ausflug in die Fanfiction einige Kurzgeschichten und bald ein Roman, der nie für die Öffentlichkeit bestimmt war.

Inzwischen ist dieser Roman veröffentlicht – und einige mehr. Kurzgeschichten schwirrend derzeit dutzende umher.

„Festgefahren" hat er sich in der Science-fiction, die ihm bisher am Besten gelang, wie verschiedene Nominierungen für z.B. den DSFP oder KLP gut dokumentieren. ;)

Mit seinen Koloniewelten zeichnet er eine naheliegende Zukunftsversion, die teils auf aktuelle technische, wie auch politische Entwicklungen der letzten Jahre beruhen. Denn in der Welt des Autors bleibt Sciencefiction eine Mahnung und Warnung aus der Gegenwart an die Zukunft. Es geht dort weniger um das „Knall-Puff-Peng" großer Raumschlachten, wie man es leider viel zu oft vorgesetzt bekommt. Vielmehr geht es ums reflektieren, besinnen und das Finden von Lösungen – und in der Selbstverteidigung ist „Flucht" doch meist die Ideallösung.

Warum also bei all den Irren hier auf der Erde bleiben, wenn man da draußen doch unter sich eine eigene Welt erschaffen kann?
Bei aller Trostlosigkeit soll und muss Sciencefiction dennoch Spaß machen, träumen lassen und unterhalten ;)

Werbung :P

Was bisher geschah

Ein kleiner Schritt
Koloniewelten 2085

Der erste Roman der Serie jetzt überall im Handel

9,99 als Print
und
2,99 als E-Book

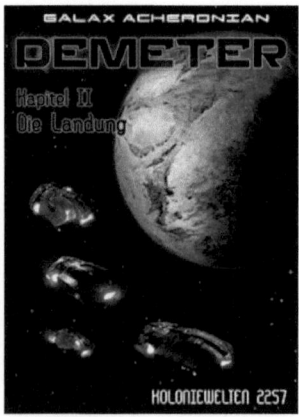

Demeter
Koloniewelten 2257

Nach 189 Jahren erreicht die fünfte Flotte der ersten Mission von 2070 endlich ihren Zielplaneten – weiter von der Erde entfernt, als jedes andere Schiff des Projektes.
Kapitel 1 und 2 als E-book überall zu haben.
Kapitel 3 und 4 (leider) nur bei Amazon.

*Schon vielen Jahren schreibt Galax Acheronian Science Fiction.
Die sich inzwischen angesammelten Storys gibt's auch gebunden:*

Science fiction Stories

Neun Erzählungen aus den Jahren 2010 bis 2013 mit einer exklusiven Bonusgeschichte auf 330 Seiten.

überall im Handel

12,99 als Print
und
2,99 als E-Book

Science fiction Stories II
(Band II)

Vier längere Novellen und zwei Kurzgeschichten, die zwischen 2013 und 2019 geschrieben worden sind.

Ebenfalls mit einer Bonusgeschichte, und zahlreichen Illustrationen auf knapp 400 Seiten.

Ab 2020 überall, wo es
Bücher gibt.

Band III erscheint voraussichtlich 2021